黒狼王子が辺境に押し掛けてきました
…ありがとう」
か、世界でたった一人、
けは届いてほしいと
は願う。
「俺の隣にいてくれて、
ありがとう」
「いますよ。
ずっとあなたの隣にいます。
あなたを愛してるから」

# 黒狼王子が辺境に押し掛けてきました

ミヤサトイツキ

23683

角川ルビー文庫

# 目次

口絵・本文イラスト／カモバーガー

リュカは神様という存在をたいして信じていない。

しかし、信仰心《しんこうしん》が薄《うす》い、より正確に言うと限りなく皆無《かいむ》に近くても、自分の理解の範疇《はんちゅう》を超《こ》えた出来事に見舞《みま》われると、日頃《ひごろ》はまったく意識していない神様という存在を引っ張り出し、こう尋《たず》ねたくもなる。

神様、いったい何がどうなってこうなったのですか、と。

まさに今、長身の美青年に応接間の壁際《かべぎわ》まで追い詰《つ》められたリュカは、逃《に》げ道を阻《はば》むように壁に両手をついてくる彼を見上げ、心の中で神様に問いかけていた。

涼《すず》しげな美貌《びぼう》を持つ青年は、知的な色を灯《とも》す黒の瞳《ひとみ》で真っ直《す》ぐにリュカを見つめている。不思議な圧がある眼差《まなざ》しはリュカの心までも射貫《いぬ》くようで、リュカはただ身を縮ませ、頭の上の小さく丸っこい耳をプルプルと震《ふる》わせるしかない。

「リュカさん」

青年は低音の弦楽器《げんがっき》を思わせる深い声音《こわね》でリュカを呼ぶ。本来ならば辺境伯の末子であるリュカに敬称《けいしょう》など付けずとも問題ない身分の彼だが、律儀《りちぎ》に付けるのは、生来の生真面目《きまじめ》さの表れか。

頭の上には黒の毛に覆《おお》われた耳が立ち、腰《こし》からは耳と同じく漆黒《しっこく》の毛並みの尻尾《しっぽ》が伸《の》びる。

そんな彼の異名を、この国において知らぬ者はいないだろう。

畏敬《いけい》の念を込め、人は彼を、黒狼王子《こくろう》と呼ぶ。

　そんな王子がなぜ、国の中心である王都から遠く離《はな》れたこの辺境で、さながら獲物《えもの》を狙《ねら》う狼《おおかみ》のようにリュカを壁際に追い詰めているのか。神様はまだ答えをくれない。

「俺はあなたに魅力《みりょく》を感じています。先日あなたに対して抱《いだ》いた愛らしいという気持ちにも変わりはありません」

　迷いも躊躇《ちゅうちょ》もない口調で断言され、リュカの胸が恐《おそ》れや怯《おび》えとは別の理由で大きく跳《は》ねた。そんな場合ではないのに不覚にも心臓が早鐘《はやがね》を打ち始め、顔が熱を帯びる。

　青年は頰《ほお》を染めるリュカにぐっと顔を近づけ、鼻先が触《ふ》れ合いそうな距離《きょり》で告げる。

「だからこそ、このまま大人しく引き下がるのは惜《お》しいんですよ」

　青年の鋭《するど》い視線はリュカに彼から目をそらすことを許さない。リュカは自分の意思に反して高鳴る胸の音を聞きながら、心の中だけで叫《さけ》ぶ。

　——やめろ！　大人しく引き下がってくれ！　何も惜しくないから！

　——王子の相手なんて俺には無理だから！

　内心ではもはや半泣き、いっそのこと実際に泣きじゃくりたいくらいの心境であるリュカだが、中途半端《ちゅうとはんぱ》に開いた口から王子を拒絶《きょぜつ》する言葉は出ない。リュカの沈黙《ちんもく》を承諾《しょうだく》と考えたのか、そもそもリュカの意向など考慮《こうりょ》するつもりはないのか、王子はにこりともせず続ける。

「好きになったら逃がすつもりはありませんので、その際は、ご検討よろしくお願いします」

　自他共に認める小心者、凡人《ぼんじん》の中の凡人、特技は二度寝《にどね》と日向《ひなた》ぼっこであるリュカが、容姿

端麗《たんれい》な王子の恋《こい》のお相手、もとい黒狼王子の恋の獲物として狙われている。
いったい、何がどうなってこうなったのか。
神様はやはり、答えをくれない。

事の発端《ほったん》は、およそ半月前に遡《さかのぼ》る。

# 第一章

西から吹《ふ》き抜《ぬ》ける強風に前髪《まえがみ》が躍《おど》り、リュカはヘイリアの地に秋が来たことを知る。

隣国《りんごく》との国境線沿いに位置するヘイリア辺境伯領は、北部にそびえ立つ険しい山脈から流れる水の恩恵《おんけい》を受けた豊かな土地だ。

川となって大地を進む水は、やがてヘイリアの中心都市ローメルンに流れ、街中に張り巡《めぐ》らされた水路となって人や物を運ぶ。小船がのんびりと行き交《か》う水路と、白い外壁《がいへき》と赤い三角屋根が特徴《とくちょう》的な建物が生み出す景観は、どこか牧歌的な雰囲気《ふんいき》を抱いていた。

春は石畳《いしだたみ》の街の至る所に花々が満ち、夏は眩《まばゆ》い光に水路の水面が煌《きら》めき、秋は色鮮《いろあざ》やかな木々に彩《いろど》られ、冬は音もなく降り注ぐ白雪にすべてが染まる。自然の流れと一体になった美しさこそがローメルンの人々の誇《ほこ》りであり、この地で生まれ育ったリュカも同意見であるのだが、今まさにローメルンの大通りを歩くリュカの眉間《みけん》には、深い皺《しわ》が刻まれていた。

——ああ、もう！

——風が、強い！

吹き荒《あ》れる向かい風を全身で受け止めたリュカは、淡褐色《たんかっしょく》の目を細めて前方を睨《にら》む。

いたって平凡《へいぼん》ゆえに親しみやすいという印象を抱かれがちな顔立ちのリュカだが、今やその柔和《にゅうわ》な顔は強風への恨《うら》みでしかめられている。緩《ゆる》く癖《くせ》がついたブロンドの髪《かみ》も乱れ、髪の隙間《すきま》から覗《のぞ》くネズミに似た耳も風に煽《あお》られ大きく揺《ゆ》れ動く。細身の身体《からだ》を包むフード付きの長いローブも大きくはためき、抱《かか》えた書類の束がバサバサと音を立てた。

季節が初秋へ移り変わると、ヘイリアに強風が吹き、夏の名残《なごり》の熱気を遠くに押しやる。愛するヘイリアに間もなく実りの季節が訪《おとず》れると思えば喜ばしくもあるが、やはり煩《わずら》わしい風までも愛せるほどリュカは懐《ふところ》が深くなかった。

軽くため息をついたリュカは右手で暴れる髪を、左手ではためくローブを押さえた。その拍《ひょう》子《し》に、左腕《ひだりうで》に抱えていた書類の束が石畳の地面に落ちる。

こんなこともあろうかと、紙の端《はし》に穴を開け、事前に紐《ひも》で綴《と》じておいたのだ。紐のおかげで風の中でも書類が散らばることはなく、リュカは的確な判断をした己《おのれ》を褒《ほ》め称《たた》えた。二十九年生きているリュカは、大人になったら多少のことでは誰《だれ》にも褒められないと知っているので、ことあるごとに自分を褒めるようにしている。

リュカは余裕綽々《よゆうしやくしやく》の面《おも》持ちで紙束に腕を伸ばしたが、リュカの指が触れる寸前に、書類を綴じていた紐の結び目がほどけた。

「え」

どうやら抱えている間に結び目が緩んでいたらしい、という無慈悲《むじひ》な現実に気づいたとき、ひときわ強い風が吹き抜けた。

紐という枷《かせ》から解き放たれた書類が残酷《ざんこく》にも離散《りさん》していくさまは、さながら春のローメルンを彩る花々が儚《はかな》く散る姿にも似ていた。

「……嘘《うそ》だって言ってくれえええええ！　誰でもいいから！」

だが、たとえ通りすがりの心優《やさ》しい誰かが嘘だと言っても、現実は現実である。

リュカは走った。石畳の地面を蹴《け》り、細い路地に滑《すべ》り込み、身を屈《かが》め、時に跳躍《ちょうやく》し、書類を集めた。想像上ではしなやかな筋肉で森を駆《か》ける鹿《しか》のように華麗《かれい》に集めていた。だが、実際にはローブの裾《すそ》を踏《ふ》んで地面に転がり、涙目《なみだめ》になっていた。

はたして一人で暴風に舞《ま》う書類をすべて回収できるのか、という問いがリュカの頭の中に浮《ふ》上《じょう》したが、結論から言うと、リュカ一人では無理だった。というのも、リュカが怪《あや》しげな動きをしていると気づいた街の人々が、リュカに手を貸してくれたのだ。

ローメルン中央広場にて、リュカは書類を手にした人々に囲まれていた。

「はい、リュカ様。もう落とすんじゃないよ。ちゃんと全部揃《そろ》ってるかい？」

「ああ、紐で縛《しば》るのか。どれ、俺がやってやる」

狐耳《きつねみみ》の青年はリュカの手から書類と紐を掻《か》っ攫《さら》うと、紐でしっかりと束ねたのち、リュカに押し付けた。リュカに任せたら悲劇が繰《く》り返されかねないと判断されたらしい。

その名の通りローメルン中心部に位置するこの広場は、普段《ふだん》であれば台の上に野菜や果物を大胆《だいたん》に並べた露店《ろてん》が多数並ぶのだが、現在では強風に吹き飛ばされることを防ぐため、品物は木箱に収めた状態での販売《はんばい》となっている。露店の数も少なく、ぽつぽつと並ぶ程度だ。

市が縮小された様は少しばかり寂《さび》しくも思えるが、感傷的になるのはおそらくリュカだけで、露店を出している当の本人たちは逞《たくま》しいものである。露店の番をしながらリュカの失態の尻拭《しりぬぐ》いに奔走《ほんそう》した人々は、呆《あき》れた表情を浮《う》かべた。

「そもそもねえ、ちゃんと鞄《かばん》に入れてくるべきなのよ。なんでこのまま持ってきたの」

「おおかた、ちょっとの距離だから大丈夫《だいじょうぶ》だろうとでも思ったんだろうさ。まったく仕方がない男だな、リュカ様は。目を離したら何をやらかすかわからん」

人々から貴族相手とは思えない物言いをされるリュカだが、ぞんざいな口調はリュカに対する不敬ではなく、親しみと捉《とら》えるべきものだ。距離《きょり》を感じさせない態度はリュカの希望に沿ったものなので、リュカはただ感謝を胸に抱《だ》き、耳をプルプル震《ふる》わせる。

「皆《みんな》、ありがとう……それで、これは皆に見てもらいたくて持ってきたんだ。収穫祭《しゅうかくさい》のことで」

リュカがそばにいた鳩《はと》の翼《つばさ》を持つ男性に紙束を差し出すと、人々は一斉《いっせい》に彼に身を寄せ、彼の手元に視線を落とした。

ヘイリアの秋の風物詩として欠かせないものが、中央広場にて行われる収穫祭である。

その年に収穫されたホップから造られたビールが初めて人々の前に姿を現す収穫祭は、主に野菜や果物、食卓《しょくたく》に並ぶパンが売買される日常的な市とは趣《おもむき》を異にする。街の料理人が腕を振《ふ》るってビールに合う料理を提供し、甘い菓子《かし》が売られ、設置されたステージ上でヘイリアの楽団が音楽を奏《かな》で、人々は思い思いに舞《まい》を楽しむのだ。

ローメルンの外からも人が集まる収穫祭は、出店すれば大きな収益を見込める。強風が吹く初秋は日常の市が小規模になることもあり、日頃《ひごろ》から広場で露店を出している商売人にとっては絶対に逃《のが》すことのできない機会だった。

ヘイリアの人々にとって非常に重要な意味があるからこそ、収穫祭を主催《しゅさい》するヘイリア辺境伯の息子《むすこ》であり、実質的な運営の責任者であるリュカも、日々準備に精を出している。

「去年との変更点《へんこう》とか、正式に決まった出店者の一覧とか、皆にも伝えておきたいことをまとめてあるんだ。もちろん後で掲示板《けいじばん》にも張り出すんだけど、とりあえず、皆で回して確認《かくにん》しておいてもらってもいい？」

「おう、了解《りょうかい》だ。今日ここにいないやつにも伝えておくよ」

「ありがとう。お願いするよ」

商売人たちは強い連帯感のもとで繋《つな》がっている。人々の繋がりを頼《たよ》りにしたほうが、掲示板を活用した周知よりも迅速《じんそく》に、漏《も》れなく情報を伝達できるのだ。

「あと、当日とか、前日の準備に関してなんだけど、人手が必要なことがあったら姉上に頼《たの》んで兵を動かしてもらうこともできるから。何かあったら遠慮《えんりょ》なく――」

「ああ、いつでも言ってくれ」

頭上から降ってきた声につられ、リュカと人々は揃って空を見上げた。その瞬間《しゅんかん》、空に広げられた大きな翼が太陽を遮《さえぎ》り、リュカの視界に影《かげ》が差す。

上空から舞い降りてきたその人は、リュカの頭より高いところで背中の翼を閉じると、華麗に広場へと降り立った。着地と同時に腰《こし》の剣《けん》が揺れ、留め具がキンと軽《かろ》やかな音を立てる。

「皆、久しいな。息災そうでなによりだ」

長身を黒の軍服に包んだ彼女は、猛禽類《もうきんるい》を思わせる切れ長の目を人々に向けた。濃褐色《のうかつしょく》の瞳《ひとみ》には薄《うす》く氷が張った冬の湖に似た静けさがあるが、瞳の奥にはヘイリアを守るという強い意志を宿していることをリュカは知っている。

今年で三十二歳になるリュカの姉、鷹《たか》の獣人《じゅうじん》であるセレンだ。

「セ、セレン様……！」

人々は驚愕《きょうがく》に息を呑《の》んだのち、慌《あわ》ててセレンに礼をした。男性は右手を左胸に当てて上体を傾《かたむ》け、女性は背を伸《の》ばしたまま わずかに膝《ひざ》を折る。不慣れなことが一目瞭然《いちもくりょうぜん》である人々の礼は正式な作法からはかけ離《はな》れていたが、セレンは気にする素振《そぶ》りもなく苦笑《くしょう》した。

「堅苦《かたくる》しくなる必要はない。ほら、楽にしてくれ」

セレンはおずおずとした態度で自身を見る人々を見回した。

「収穫祭に関してはリュカの言ったとおりだ。必要なときは遠慮せず申し出るように。もちろん、日頃の生活で何か困ったことがあった際も同様だ。力になろう」

「ああ、セレン様……なんとありがたいお言葉……」

「それが我《われ》らヘルゼン家の役目だ。私たちは常に皆と共にある」

そう断言したセレンはリュカに向き直る。

「王都から父上が戻《もど》られた。リュカに話があるので、屋敷《やしき》に戻ってほしいそうだ」

「おや、父上が。わかりました。ちょうど用が終わったところなので、これから戻ります」

「ああ、よろしく頼む」

セレンが短く答えたとき、突風《とっぷう》が吹《ふ》き抜《ぬ》けた。その場に集《つど》う者が揃って髪《かみ》や服の裾を押さえる中、セレンだけは軍靴《ぐんか》で石畳《いしだたみ》を力強く蹴り、跳躍すると、翼で風を受けて瞬《また》く間に空中へと舞い上がった。

澄《す》んだ青空を背景に鷹の翼を広げ、大空を翔《かけ》ていくセレンの姿はひどく眩《まぶ》しく、決して消えない憧憬《しょうけい》をリュカの胸に呼び覚ます。憧《あこが》れが放つきりきりとした痛みは、決して手に入らないからこその痛みだと知っている。

「セレン様はいつお会いしても凛々《りり》しく、麗《うるわ》しいお方だ……」

セレンが去った空へと向けられた人々の眼差《まなざ》しは羨望《せんぼう》そのもので、リュカは若干《じゃっかん》の居心地《いごこち》の悪さを覚えた。

セレンが悠々《ゆうゆう》と広げた翼はリュカの背には存在しない。リュカにあるのは、髪の隙間《すきま》から覗《のぞ》くネズミに似た耳だけである。

――まあ、俺は養子だから、違《ちが》うのは当然なんだけど……。

幼い頃《ころ》に実の両親を亡《な》くしたリュカは、父の遠縁《とおえん》であったヘイリア辺境伯に引き取られ、へルゼン家の末子となった。

代々ヘイリア辺境伯の爵位《しゃくい》を受け継《つ》ぎ、強い軍事的権限をもって隣国《りんごく》に接するヘイリアを守護してきたヘルゼン家は、由緒《ゆいしょ》ある猛禽類家系として知られている。リュカの養父となったヘイリア辺境伯と彼の妻、リュカの長兄《ちょうけい》、セレン、次兄も全員が猛禽類獣人だ。

といっても、唯一《ゆいいつ》猛禽類獣人ではないリュカが家族に異端児《いたんじ》として扱《あつか》われたことは一度もない。両親はリュカと実の子を区別せず、四人の子に平等に愛を注ぎ、兄姉《けいし》もリュカを末の弟として可愛《かわい》がった。

現在、長兄はより国境に近い要塞《ようさい》で守りを固め、セレンは他国にまでその名を轟《とどろ》かせる剣士となり、次兄は王都の近衛《このえ》兵団に所属している。ヘイリア辺境伯の子供たちは、身体《からだ》を鍛《きた》え、剣の腕《うで》を磨《みが》き、ヘイリアを守る家の伝統を受け継ぐにふさわしい人間に成長したのである。

そう、文官であるリュカ以外は。

リュカが兄姉と異なり、剣を手放し文官のローブを羽織った理由は実に簡単である。

驚《おどろ》くほど臆病《おくびょう》だったのだ。

兄姉と同じく幼い頃に剣術の稽古《けいこ》を始めさせられたリュカは、剣を手にした途端《とたん》、その気になれば自分も他人も殺せる凶器《きょうき》を手にしていると気づき、あまりの恐《おそ》ろしさに号泣《ごうきゅう》した。

獣人の身体能力や気質は持って生まれた動物の特徴《とくちょう》に大きく影響《えいきょう》される面はあるものの、決してそれがすべてではない。一般《いっぱん》的に強いというイメージがつきまとう肉食獣や猛禽類の獣人でも皆が勇猛果敢《ゆうもうかかん》であるわけではなく、小心者もおり、読書を好み学問の道に進む者もいる。狩《か》りをしないゆえか弱いとみなされがちな草食動物の獣人でも、優《すぐ》れた剣士になる者も、気性《きしょう》が荒《あら》い者もいる。皆、人として当然の個性や性格を持つのだ。

だからこそ、リュカが猛禽類の兄姉とは異なる草食動物の獣人であるという事実は、リュカが剣の道に進まない理由にはなり得なかった。だがいかんせん、リュカは気が小さいうえに運動が大の苦手だった。父はそんなリュカに稽古を強《し》いるのは酷《こく》だと考えたらしく、リュカの剣術稽古は早々に打ち切りになった。

以来、リュカは一度も剣に触《ふ》れることはなく、二十九歳になった今では文官としてヘイリアに尽《つ》くしている。

領内の行事を執《と》り行い、孤児院《こじいん》や診療所《しんりょうじょ》運営に関《かか》わり、時に人々の相談役を務める。幅広《はばひろ》く人々の暮らしを支える仕事に、リュカはリュカなりの誇《ほこ》りを抱《いだ》いている。一方で、家の伝統を受け継ぐ兄姉の姿を目の当《ま》たりにするたび、純粋《じゅんすい》な憧れが胸を焦《こ》がし、今の自分の姿は本当に正解なのだろうかという迷いと不安が胸をかすめることは、否定できない。

「なーに暗い顔してんだい！　リュカ様！」

複雑な気分になっていたところで肩《かた》を強く叩《たた》かれ、リュカは「うひょわっ」とその場で軽く飛び上がった。リュカの肩を叩いた女性は、リスの尻尾《しっぽ》を揺《ゆ》らして豪快《ごうかい》に笑う。

「リュカ様はリュカ様じゃないか。あたしは今のリュカ様が好きだよ！」

「そうだ、そうだ。リュカ様までセレン様みたいに格好《かっこう》良くなったら、俺らは気軽に声もかけられなくなっちまう。そしたら収穫祭の準備とかやりにくいだろ」

「一生懸命《いっしょうけんめい》だから、放《ほう》っておけねぇって思っちまうんだよなあ。俺はそれもリュカ様の良いところだと思うぜ」

口々に同意を示され、卑屈《ひくつ》になっていた心中を見抜《みぬ》かれていた羞恥《しゅうち》がリュカの胸に溢《あふ》れる。同時に、迷いと不安からくる息苦しさが溶《と》けていく気配がした。

リュカに向けられる人々の視線に羨望や敬愛が含《ふく》まれていないことは確かだが、代わりに友や仲間に対するものと同じ種類の、深い親愛が滲《にじ》んでいる。それはただ気安い態度で接してほしいとリュカから皆に願い出ただけでは手に入らないものだ。

両親や兄姉と異なる立場や役割だからこそ、得られないものがあると同時に、得られるものがある。家族との差異を悲観的に捉《とら》えることは簡単だが、見方を変えれば差異を肯定《こうてい》することもできる。リュカはそうして自身を肯定して、完全には消えない憧憬になんとか蓋《ふた》をし、愛するヘイリアをリュカなりの手段で守るのだ。

この命が尽きるまで、リュカもまたヘイリアと共にある。

「じゃあ、俺は屋敷に戻るよ。何かあったらいつでも言って」

嘘《うそ》のない微笑《ほほえ》みを残し、リュカは人々に背を向けた。来るときは向かい風だった強風は、今や追い風となり、力強くリュカの背中を押している。

「リュカよ。第七王子のクライス殿下《でんか》と見合いをせんか？」

ヘイリア辺境伯ジャン・ヘルゼン、つまりはリュカの父が放った衝撃《しょうげき》的なひとことに、リュカは「ふぁ？」と間抜《まぬ》けな顔で間抜けな声を漏《も》らした。

中央広場をあとにしたリュカはローメルン北部の小高い丘《おか》の上にある屋敷に帰ったのち、父の書斎《しょさい》を訪ねた。半月ぶりの再会となる父と軽く挨拶《あいさつ》を済ませ、書斎机の前にある革張《かわば》りのソファーに向かい合って腰《こし》かけ、メイドが運んできた紅茶で喉《のど》を潤《うるお》したところで、およそ現実的ではない提案を受け、近年稀《まれ》に見るほどの間抜け面《づら》を晒《さら》すこととなったのだ。

「ふぁ、ではないぞ、リュカ。クライス殿下との縁談《えんだん》はどうかと思ってな」

五十五歳という年相応の皺《しわ》が刻まれたジャンの顔に冗談《じょうだん》の色はない。梟《ふくろう》の獣人であるジャンの目は丸く、どことなく愛らしい一方で、瞳には猛禽類らしい鋭《するど》く怜悧《れいり》な光が灯《とも》る。

第七王子クライスは容姿《ようし》端麗《たんれい》で頭脳明晰《めいせき》、真っ黒な毛並みを持つ狼《おおかみ》の獣人であることから、黒狼王子との異名を持つ。弱冠《じゃっかん》十九歳にして複数の言語を完璧《かんぺき》に操《あやつ》る秀才《しゅうさい》で、歴史や経済への造詣《ぞうけい》も深く、外交の場では他国の重鎮《じゅうちん》と対等に渡《わた》り合う、将来有望な王子と聞いている。

ヘイリアという辺境での暮らしに満足しているリュカは、他《ほか》の都市や王都への興味をさほど抱いていない。しかし他地域への関心が薄いリュカでさえその名と評判を把握《はあく》しているほど、クライスは高名な王子だった。

だからこそ、三十歳手前でおよそ優秀《ゆうしゅう》とは言い難《がた》いリュカと、若く優れた王子クライスの縁談という言葉の異常性に、リュカは身を震《ふる》わせる。

「お、俺と殿下が、見合いとは……なぜそんな天変地異の前触《まえぶ》れみたいなことに……」

「リュカも知っているだろう。殿下が望まれていることを」

ジャンの含みのある物言いに、リュカは頭の上の耳をぴくりと動かした。

「……男性と結婚《けっこん》して、パートナーと愛し合いたい、とのことでしたね」

およそ半年前のことだ。クライスは十九歳になると同時に、自身の性的指向が同性愛であるため、男性との婚姻《こんいん》を望むと公言した。

同性愛者が宗教的弾圧《だんあつ》を受けた時代は過ぎ去り、現在では同性愛者の迫害《はくがい》は不当なものという認識《にんしき》が共有されている。そのため当事者が自らの性的指向を表明し、同性パートナーとの交際や婚姻を隠《かく》さず公表する例も、特に都市部では増加傾向《けいこう》にある。

とはいえ、王族における同性婚は前例がない。ゆえに、クライスの公表は大きな衝撃を伴《ともな》って国中に広まった。

「陛下にとっても寝耳《ねみみ》に水の話だったらしくてな。陛下は殿下の妻となる女性の候補を前々から考えていたが、相手は男がいいと言われたもので、候補者の選び直しとなった。既《すで》に殿下が誰《だれ》かと良い仲になっていれば話は別なのだが、恋仲《こいなか》と呼べる者はまだいないようでな」

もしかしたら、クライスは恋をする相手は男性だとうっすら自覚していても、まだ本格的に恋をしたことはないのかもしれない。リュカも十代半ばの頃、他者に対して恋になりきらない淡《あわ》い魅力《みりょく》を感じた経験が何度もある。

「ということで、候補者を探す陛下と殿下から、誰かふさわしい男はいないかと相談された。そこで私は思った。うちのリュカはどうだろうか、と」

「なんでそこで俺のことを思い出すんです。いちばん思い出したら駄目《だめ》な人間ですよ」

「駄目なわけあるまい。辺境伯の息子《むすこ》ならば立場的にも問題はないし、人柄《ひとがら》も申し分ない」

「だからといって――」

「それに、リュカもまた、愛するのは男性だろう」

リュカは反論の言葉を失ってむっつりと黙《だま》り込む。リュカもまたクライスと同様に同性愛者だからこそ、ジャンがクライスとの縁談を持ち掛《か》けたのだと、薄々《うすうす》気づいていた。

「もちろん、リュカは私たち家族以外にはそのことを打ち明けていないから、リュカの名は出していないぞ。本人の意向を確認してみるとだけ陛下と殿下に伝えて、帰ってきた」

「無理です。それが本人の意向です」

「そう言わず、もう少し考えてみないか？」

「王子のお相手なんて俺には無理ですよ！　父上、あなた自分の息子がどれだけ小心者か知らないんですか！　心臓がひっくり返って口から飛び出します！」

「拾って飲み込めばよかろう」

「そんな無茶《むちゃ》な！」

王子との縁談や婚姻など非現実的だというのに、このままでは安寧《あんねい》の地へイリアから引っ張り出されて王都に放《ほう》り投げられかねない。リュカは自分の平穏《へいおん》かつ平凡《へいぼん》な暮らしを死守するため、立ち上がった。

「俺の幸せはこのへイリアという辺境にあるんです！　ここで自分に合った仕事をして、決して高望みせず、大志など抱かずに生きる！　王子の寵愛《ちょうあい》も王都での華《はな》やかな生活もいりません！　そんなものを与《あた》えられたらかえって寿命《じゅみょう》が縮みます！」

腹に力を入れ、堂々と断言する。想像上では腕《うで》を組んで仁王立《におうだ》ちし、王子との縁談など不要という強固な意志を表明した。実際には慣れない大声を出したせいで言い終えた瞬間《しゅんかん》に疲《つか》れを感じ、大人しくソファーに座り直していた。息子は疲れたようだと察したのか、ジャンが空になっていたリュカのカップにポットから紅茶を注いだ。

リュカは紅茶を一気に飲み干した。

「俺は一生未婚でも構わないんですよ。今さら恋とか愛とか、疲れるだけです」

恋愛《れんあい》というのは、心が満たされる一方で、心が消耗《しょうもう》するものでもあるのだ。他人に感情の手綱《たづな》を握《にぎ》られ、相手の仕草や態度に一喜《いっき》一憂《いちゆう》し、やがて叶《かな》わず散る。失恋ばかりを繰《く》り返してきたリュカにとって、恋とは痛みや焦燥《しょうそう》や虚《むな》しさに満ちたものだった。

恋は、とにかくままならない。好きになってほしい人には好かれないのに、好きにはなれない相手に好かれることもある。

加えて、リュカには他にもクライスに会うことを避《さ》けたい大きな理由があった。

「それに……緊張《きんちょう》のあまり、ど、動物型になったら、どうするんです」

獣人《じゅうじん》の形態には、人の身体《からだ》に動物の耳や尻尾《しっぽ》、翼《つばさ》が生えた人型と、動物そのものである動物型の二種類がある。といっても、全裸《ぜんら》に等しい動物型は他者に見せるべきではないとされているため、日常生活で人が動物型となることはほとんどない。

人型と動物型を切り替《か》える能力は成長するにつれ自然と身に付くが、やはり人によって得手不得手があり、リュカは苦手なほうだった。ひどく緊張したり、怯《おび》えたり驚《おどろ》いたりすると、自らの意思に反して動物型となるのだ。

リュカは最悪の光景を想像する。クライスを前にした瞬間、緊張が限界を迎《むか》え、リュカの姿が変化する。頼《たよ》りなく地面に落ちるリュカの服の中から、茶色い毛に覆《おお》われた丸っこい姿のリュカが鼻先を覗《のぞ》かせる。

「うひぃっ……考えただけで怖《こわ》い……」

戦慄《せんりつ》したリュカはネズミに似た耳を震わせ、自分の腕で自分の肩《かた》を抱《だ》いた。

──そんなことになったら、俺が、あの獣人だってバレるじゃないか！

自らがとある草食動物の獣人であることにコンプレックスがあるリュカにとって、他者に何の獣人であるか明かすことは抵抗感《ていこうかん》があった。心の脆《もろ》い部分をむき出しの状態で外に放置するような恐怖《きょうふ》は、常識を破ることへの恐怖とはまるで別の、リュカ個人の心に根差した恐《おそ》れだ。

リュカの複雑な心中は、おそらくジャンには伝わらなかったのだろう。ジャンは梟めいた動きで首を傾《かし》げた。

「父は、可愛《かわい》いと思うぞ」

「二十九になった息子相手に可愛いはやめてくださいよ。俺が恥《は》ずかしいんです」

「何を言う。いくつになっても子は可愛い」

ジャンはわずかに口角を上げた。微笑《ほほえ》むと猛禽類《もうきんるい》らしい鋭利《えいり》な眼差《まなざ》しが柔《やわ》らかくなる。

ヘイリアの守護者たる家の伝統よりもリュカの幸福を優先し、幼いリュカの小さな手から剣《けん》を取り上げたジャンの手のぬくもりは、リュカの記憶《きおく》に鮮明《せんめい》に刻まれている。養子になってから絶えず無条件に与えられてきた愛情は、リュカの胸の奥の、リュカでさえ触《ふ》れられないところに大切にしまわれていて、ふとした瞬間に、春風に似た柔らかさを伴って心に満ちる。

「一度だけでも殿下《でんか》に会ってみないか？　それでも無理だと思ったら帰ってきなさい。なに、殿下は陛下によく似て人格者だ。断ったからといって厳罰《げんばつ》に処すような真似《まね》はしない」

穏《おだ》やかに言い聞かせる声が優《やさ》しく鼓膜《こまく》を動かし、リュカの決意がぐらぐらと揺《ゆ》れ動く。

リュカがこれまで好きになった人たちは、皆《みな》が女性と恋仲になって結婚し、父になった。詳細《しょうさい》を語ったことはないが、ジャンはおそらく、リュカの恋は一度も実ったことがないと察している。だからこそ、同じ立場のクライスとならばうまくいく可能性があるのではないかと考えている。リュカの幸福がヘイリアでの穏やかな日々にあることを理解し、必ずしも結婚を望まないという意向を受け止め、肯定《こうてい》したうえで、リュカに機会と選択肢《せんたくし》を提示している。選ぶのはあくまでリュカだと、言外に伝えながら。

ジャンの考えをそこまで見透《みす》かせるくらいには、リュカは愛されてきた。リュカの人生を真剣に考える父に応《こた》えたいと思うくらいには、愛されてきた。

──それに……父上と陛下の関係を考えたら、一度も会わないわけにはいかないか。

ジャンと国王は良好な関係を結んでいると聞いている。ここでリュカが頑《かたく》なに縁談《えんだん》を拒《こば》むことで、その関係に罅《ひび》を入れる事態になることは避けたい。

「……わかりました。クライス殿下にお会いします」

かくしてリュカは、生まれ育った安寧の地ヘイリアを離《はな》れ、クライスがいる王都へ向かうことになったのである。

半月後、リュカは円卓《えんたく》の前に置かれた椅子《いす》の上で身を縮めていた。

周囲の木々は深緑の葉をつけた枝を悠々《ゆうゆう》と伸《の》ばし、蒼穹《そうきゅう》から落ちる光を受け止め、木漏《こも》れ日が地面へと降り注ぐ。風が吹《ふ》けば耳に届くのは葉擦《はず》れの音だ。静謐《せいひつ》な空気には木々や土の匂《にお》いが満ちている。

森の中と見紛《みまが》うほどの光景だが、少し視線を西に移動させれば、枝葉の先に白亜《はくあ》の宮殿《きゅうでん》の一部が窺《うかが》えた。部が窺《うかが》えた。屋根の端《はし》に細かな装飾《そうしょく》が施《ほどこ》された華美《かび》な姿は、澄《す》んだ空を背景に堂々とそびえ、王者の威信《いしん》と誇《ほこ》りを放っている。

この日、リュカはとうとう、第七王子クライスとの見合いの日を迎えていた。

リュカの心臓は既《すで》に暴走状態に入っており、今にもひっくり返って口から飛び出しそうである。円卓の上には二人分の茶会の用意がなされ、リュカのカップにはそばに控《ひか》えたメイドによって既に紅茶が注がれていたが、手をつける余裕《よゆう》はなく、香《かお》りもよくわからない。

これほど緊張していては、いつ限界を迎えて動物型に変化してもおかしくない。現に背中のあたりが妙《みょう》にゾワゾワしており、そろそろまずいぞとリュカに忠告している。

リュカは思った。正直に言って帰りたい。望郷の念が胸に溢《あふ》れ、リュカは今や遥《はる》か彼方《かなた》にあるヘイリアの地を想《おも》う。嗚呼《ああ》、我が愛《いと》しの故郷よ、永遠に豊かであれ。

そうリュカが祈《いの》っていると、頭の上の小さな耳が、こちらに近づいてくる足音を捉《とら》えた。

「待たせてすまない」

どこか温かで深い響《ひび》きがある、落ち着いた声だった。リュカがそちらに視線を動かすと、黒い毛に覆われた狼《おおかみ》の耳と尻尾を持つ美青年がそこにいた。

すらりとした長身は黒を基調とした衣装《いしょう》に包まれている。真っ直《す》ぐな黒髪《くろかみ》は艶《つや》やかで、少し

ばかり長めの前髪《まえがみ》の隙間《すきま》から、目尻《めじり》がきりりと上がった黒の双眸《そうぼう》が覗く。形よく伸びた眉《まゆ》と高い鼻梁《びりょう》、薄《うす》い唇《くちびる》が収まった顔からは、凛々《りり》しさと共に知的な品格が感じられた。

華やかな輝《かがや》きではない、静かな美しさが彼にはあった。夏の太陽や大輪の薔薇《ばら》よりも、音もなく降り注ぐ雪や皓々《こうこう》と光る月に似た、静寂《せいじゃく》と共にある研《と》ぎ澄まされた美だ。

「第七王子のクライスだ。遠方からはるばる来てくれたこと、嬉《うれ》しく思う」

クライスに見惚《みと》れていたリュカはそこで我《われ》に返り、慌《あわ》てて椅子から立ち上がった。背筋を伸ばしてから右手を左胸に当て、わずかに上体を倒《たお》す。

「お初にお目にかかります。ヘイリア辺境伯ジャン・ヘルゼンの末子、リュカと申します」

「ああ、よろしく」

クライスは鷹揚《おうよう》に頷《うなず》いたが、笑《え》みを見せることはしない。愛想《あいそ》に欠ける人物であるようだ。

リュカとクライスが席についたタイミングで、メイドがクライスのカップに紅茶を注いだ。

クライスはメイドに礼を言って下がらせると、紅茶を口に含《ふく》んだ。リュカもつられてカップに口をつけたが、湯を飲んでいるようで味がしなかった。

「ヘイリア辺境伯から、リュカ殿《どの》はカロンを好むと聞いた。遠慮《えんりょ》せず食べてほしい」

クライスが勧《すす》めた皿の上には、手のひら大の円形の菓子《かし》が五つほど置かれていた。小麦粉に卵を混ぜて作った生地《きじ》を薄く伸ばし、こんがり焼き、砂糖を振《ふ》りかけたシンプルなものだ。この国伝統の焼き菓子《がし》カロンは、確かにリュカの好物である。

「ありがとうございます……いただきます」

まさか味がわからないので結構ですとも言えず、リュカはカロンを手に取り、小さく割った欠片《かけら》を口に入れた。本来ならば表面にまぶされた砂糖のジャリジャリとした食感と甘さを楽しんだのち、徐々《じょじょ》に口に広がる生地本来の優しい甘みを味わうことができるのだが、今のリュカにとっては味のないパン同然だった。

カロンを咀嚼《そしゃく》するリュカを凝視《ぎょうし》するクライスの瞳《ひとみ》には、静かだが不思議な圧があった。見合いというより取り調べといった様相を呈《てい》する場の緊張感《きんちょうかん》に耐《た》えられず、リュカの背中のゾワゾワ感が増していく。

クライスはおもむろに口火を切った。

「今日は、来てくれて本当にありがとう。自分と同じ立場の人と、こうして話をする機会を得られたのは初めてだから、とても嬉しい」

「……殿下は、これまでも男性とこうして見合いをされたとお聞きしたのですが」

男性と結婚《けっこん》してパートナーと愛し合うことを望むと公表してから、今日この日までの間に、クライスは複数名の男性貴族と見合いをしたとジャンから聞いている。ならば、リュカが初めてというクライスの発言には矛盾《むじゅん》がある。

「これまで会った者は皆、本当は女性だけを愛する人だったんだ。息子《むすこ》を俺と結婚させて権力を握《にぎ》ろうとした貴族によって送り込まれた人で、男に恋愛《れんあい》感情を抱くと嘘《うそ》をついていた」

「そんな……」

「俺の立場や権力だけを狙《ねら》う者ばかりが近寄ってくるのは今に始まったことではないから、慣れているし、予想もできていた。俺は王子だから、ある意味で当然のことだ」

クライスの声や表情には悲愴感《ひそうかん》も、落胆《らくたん》も、怒《いか》りさえ表れていない。クライスはただ淡々《たんたん》と事実を述べている。彼の幸福を踏《ふ》み躙《にじ》る手酷《てひど》い裏切りである貴族の行為《こうい》が、彼にとってはもはや当たり前のものなのだと気づき、リュカの胸にちくりと小さな痛みが走った。

個としての自分を蔑《ないがし》ろにされることも当然だと、その諦観《ていかん》に辿《たど》り着くまでに、クライスは十九年間の人生でどれだけの苦悩《くのう》や痛みを味わってきたのだろう。

「……私は、殿下に、お幸せになっていただきたいと思っております」

クライスの静かな瞳が、微《かす》かに揺れ動いた気がした。

「私は、家族と……親友以外には打ち明けられませんでした。多数の人が普通《ふつう》とすることと違《ちが》うのは、やっぱりなんだか怖《こわ》くて」

同性愛を理由に他者を弾圧《だんあつ》することは不当であるという認識《にんしき》は社会で共有されているが、やはり多くの人々は異性愛を前提として生きており、その前提はそのまま社会における空気となる。リュカが未婚だと知った人から娘《むすめ》や孫娘《まごむすめ》を結婚相手候補として紹介《しょうかい》されそうになった経験は一度や二度のことではなく、賢王《けんおう》と名高い国王でさえ、息子であるクライスの結婚相手は女性だと迷いなく決めつけていた。

　本人にとっては決して悪気のない厚意《こうい》を向けられるたび、リュカは曖昧《あいまい》に笑って誤魔化《ごまか》すことを選んだ。どのような反応を返すのが適切なのか、いくら考えてもわからなかった。わからないまま、曖昧な笑みの裏で諦《あきら》め、本音は心の奥にしまい、絶対に見えないように蓋《ふた》を閉め、厳重に鍵《かぎ》をかけた。

「魅力《みりょく》を感じる人に出会っても、どうせ叶《かな》わないからと気持ちを抑《おさ》えて、それでも好きになってしまって、好きだと伝えることもできずに失恋《しつれん》して。そんなことを繰《く》り返してきました」

　どれほど魅力的に思える人でも、恋《こい》をしないようにと必死に心を抑えていた。同性を好きになる人は少数派で、相手が同じようにリュカを愛してくれる可能性は低いからだ。誰《だれ》だって傷つくだけの恋愛などしたくない。それでも理性では心の行き先を決められず、何度も勝手に失恋確定の恋を始めては、気持ちを口に出すこともできず終わった。

「誰かと想いを通じ合わせた経験がない私では、殿下《でんか》のお役に立てるようなことは何も申し上げられないのでしょうが……それでも、私は公表された殿下に敬意を表し、あなた様の幸福を願います。王子様としてではなく、お一人の人間としての幸福を」

　公表に至るまでのクライスの葛藤《かっとう》は、きっとリュカでは想像もつかないものだろう。自らの想像力が及《およ》ばないほどの懊悩《おうのう》だと理解していても、リュカは思いを馳《は》せずにはいられない。

　他者に明かすか、沈黙《ちんもく》するか、そこに絶対の正解はない。選択《せんたく》はその人自身の意思に委《ゆだ》ねられるべきであり、どちらの選択も等しく尊重されるべきだ。

そう理解したうえで、リュカは自らの手で幸福を摑《つか》むため、自らの意思で広く伝える選択をしたクライスの決意と勇気に敬意を表し、彼の幸福を願う。王子としての立場や権力を狙う者ではなく、一個人としての彼と深い愛で結ばれる人間が現れるようにと願う。

純粋《じゅんすい》にクライスの幸福を願う人間がここにいると、リュカは言葉にして伝えたいのだ。まだ十九歳であるクライスの諦観は、あまりにも寂《さび》しいものに思えるから。

静寂があたりに満ち、微かな葉擦れの音が響いた。静けさを湛《たた》えたクライスの瞳を見つめるうち、沈黙はやがて居心地《いごこち》の悪さに変化し、リュカは自分が分不相応な発言をしたと気づく。途端《とたん》に恐怖《きょうふ》に似た後悔《こうかい》が押し寄せ、リュカは頭の上の耳をプルプルと震《ふる》わせた。

「も、申し訳ございません……出過ぎたことを申しました……」

「……いや」

クライスは神妙《しんみょう》な面持《おもも》ちで顎《あご》に手を当てた。

「ヘイリア辺境伯からあなたのことはよく聞いている。小心者と言わざるを得ないうえ、情けなくないと言えば嘘になる、と彼は言っていたが……だからこそ、とても優《やさ》しいのだと言っていた。人の気持ちに寄り添《そ》える優しさがあると」

クライスの口元が緩《ゆる》み、形の良い唇が美麗《びれい》な微笑《ほほえ》みを描《えが》く。初めて見た柔《やわ》らかな表情に、リュカは思わず目を奪《うば》われる。

「家族以外に、一人の人間としての幸福を願われたのは初めてだ。ありがとう」

「……い、いえ、そんな」

喜色が滲《にじ》むクライスの微笑《びしょう》を直視できず、リュカは目をそらした。リュカは愛想がない男がふとしたときに見せる笑みに弱いのだ。相手が希代の美青年ともなればなおのことである。

「では、あなたも一人の人間として、俺と一緒《いっしょ》に幸せになることを考えてくれないか」

「え……」

目を見張った直後、リュカの顔がさっと熱くなった。するとクライスはリュカの反応を不思議に思ったのか、黒く立派な尻尾《しっぽ》をぴょこんと動かす。

「結婚を考えてこの場に来てくれたと思っていたのだが、違ったか？」

「い、いえ！　その……そんな素敵《すてき》なお言葉をかけていただいたのが、初めてなので……」

見合いの場なのだからクライスの発言は不自然なものではないのだが、やはりこうして明確に結婚に意欲的な姿勢を示されると、口説かれた経験に乏《とぼ》しいリュカは平静を失う。照れくささで無意識に耳を震わせるリュカを見て、クライスは「ははっ」と破顔した。

「愛らしいな、あなたは」

飾《かざ》らない言葉が耳朶《じだ》を優しく撫《な》で、好意が透《す》けて見える笑顔がぱっと視界に焼き付く。リュカの心臓が大きく跳《は》ね上がって、緊張《きんちょう》とは別の意味で早鐘《はやがね》を打ち始めた。

「もちろん、すぐに結論を出さなくて構わない。俺としてはしばらく王都に滞在《たいざい》して、俺との時間を取ってくれると嬉《うれ》しい。あなたのことがもっと知りたくなったから」

「……光栄です、殿下」

頬《ほお》を染めるリュカの前で、クライスは気品ある仕草で紅茶を飲む。目を伏《ふ》せると睫毛《まつげ》の長さが際立《きわだ》ち、美貌《びぼう》をさらに端整《たんせい》に飾る。

端麗《たんれい》な容姿や優《すぐ》れた頭脳もクライスの魅力であることは確かだが、なにより一人の人間として丁寧《ていねい》にリュカと関係を築こうとする点に好感が持てた。理性的で、知性と品性に満ちた振舞《ま》いは大人びていて、十歳という年齢《ねんれい》差をあまり感じさせない。不意に見せる笑顔《えがお》は愛らしくもあり、もっと見たい、もっと笑ってほしいという欲求が胸に溢《あふ》れる。

知的な雰囲気《ふんいき》漂《ただよ》う落ち着いた男性は、もともとリュカが特に魅力を感じるタイプの人だ。

心が引き寄せられる甘酸《あまず》っぱい予感がリュカの胸をかすめたとき、闖入者《ちんにゅうしゃ》の声がその場の空気を破った。

「失礼いたします。殿下、少々よろしいですか」

恐縮《きょうしゅく》した様子で近寄ってきた猫耳《ねこみみ》の青年はクライスの傍《かたわ》らで膝《ひざ》をつくと、少し離《はな》れたところに立つ女性を目で示した。動物の耳も尻尾も翼《つばさ》もない彼女は、上着の胸元《むなもと》が隣国《りんごく》の象徴《しょうちょう》である薔薇《ばら》のブローチで飾られていることから、来訪中の隣国政府関係者と窺《うかが》えた。

「すまない。すぐに済ませる」

クライスはリュカにそう詫《わ》びて女性に歩み寄る。

次にクライスの口から飛び出したのは、聞き慣れない言葉だった。

おそらくは隣国の公用語と思われる言葉をクライスは流暢《りゅうちょう》に操《あやつ》り、女性と淀《よど》みなく意思を疎《そ》通《つう》する。隣国語を理解できないリュカでは何を話しているのか見当もつかず、クライスの言語能力の高さを目《ま》の当たりにして唖然《あぜん》とするしかない。

——語学に堪能《たんのう》だって、話には聞いてたけど、これは……。

不可思議な力が働き、リュカが座る椅子《いす》とクライスが立つ場所が引き離される。実際にはさほど距離《きょり》があるわけではないのに、クライスが大海を隔《へだ》てた遥《はる》か彼方《かなた》にいる錯覚《さっかく》を抱《いだ》く。

リュカは勝手にクライスに近寄ろうとしていた自身の心を鷲掴《わしづか》みにして、動きを封《ふう》じた。

おいちょっと待て、よく考えろ、と浮《う》かれる心に言い聞かせる。現実を忘れてはいけない。

リュカは優秀《ゆうしゅう》とは言い難《がた》い二十九歳で、クライスは十九歳の若さで数か国語を操り活躍《かつやく》する将来有望な王子である。二人の間には峡谷《きょうこく》といって差し支《つか》えないほどの深い隔たりがあり、それは好意だけで容易に越《こ》えられるものではなかった。少なくとも、リュカにとっては。

甘酸っぱい情感に押しやられていたゾワゾワ感が復活し、リュカの背中に舞い戻《もど》る。

クライスと女性の会話はものの数分で終わり、クライスは去っていく女性を見送ることなくリュカのもとへと戻ってきた。

「申し訳ない。今晩は隣国の王子との晩餐《ばんさん》会の予定になっていて、その件で少し」

「さようでございましたか。私のことは、どうかお気になさらずに」

クライスはそこでリュカの顔をじっと見た。彼の顔に逡巡《しゅんじゅん》が浮かんでいることを察知し、ゾワゾワ感が押し寄せていたリュカの背中を嫌《いや》な予感が駆《か》け上がる。

「もし、今回の縁談《えんだん》を前向きに考えてくれるなら、婚約者《こんやくしゃ》として同席しても構わない。その場合は隣国の王子に挨拶《あいさつ》をお願いしたいが、俺が通訳を務めるので言葉に関しては心配しなくて大丈夫《だいじょうぶ》だ。どうする？」

淡々《たんたん》とした調子で投げかけられた問いの意味を理解するのに、少々の時間を要した。それくらい、リュカにとっては現実味のない内容だった。

凍《こお》り付いた笑みを顔に貼《は》り付けたリュカは、確信する。

やっぱり俺には無理だ、と。


結論から言うと、リュカと第七王子クライスの婚姻《こんいん》は成立しなかった。

というのも、やはり王子と結婚という重圧に耐《た》えきれなかったリュカが、生まれたての子鹿《こじか》よりも足を震わせて丁重《ていちょう》に婚姻を断り、脱兎《だっと》を軽く追い越《こ》す速さでヘイリア辺境伯領に帰ったからである。

「食《く》らえ！　ユニコーンの角！」

一人の男児が両手で作った拳《こぶし》を額に重ね、周囲にいた子供たちに駆け寄った。子供たちは甲《かん》高《だか》い歓声《かんせい》を上げて広大な庭を逃《に》げ回る。やがてユニコーン役は他《ほか》の子供に移り、同じような光景が繰《く》り返されていく。

ユニコーンは一本の角を額から生やした白馬とされており、想像上の生き物であるため、ユニコーンの獣人《じゅうじん》も存在しない。現実にはいないという点が子供たちの好奇心《こうきしん》と憧《あこが》れを刺激《しげき》するのか、今も昔も、子供たちはユニコーンごっこに夢中だ。

「あんまり危ないことしちゃ駄目《だめ》だよー」

ローブを羽織ったリュカは孤児院《こじいん》の庭で走り回る子供たちに声をかけた。冷たさが増し始めた風などものともせず薄着《うすぎ》で遊ぶ子供たちからは生返事しか返ってこないが、危険性がない遊びであることは一目瞭然《いちもくりょうぜん》なので、リュカもそれ以上口うるさく叱《しか》ることはしない。

三階建ての建物と広大な庭からなるローメルン孤児院は、街の中心部から少し北に外れたところに位置している。ヘイリア辺境伯によって運営されている公的な孤児院だが、収穫祭《しゅうかく》と同じく、実質的な責任者はリュカが務めていた。

「次！　私がユニコーン！」

子供たちが元気に遊ぶ微笑ましい光景がリュカの目に焼き付き、頭の上の耳に弾《はず》んだ声が届く。頰を撫でるのは、強風が止《や》んだ後に吹《ふ》く秋のヘイリアらしい乾《かわ》いた微風《びふう》だ。少し視線を遠くにやれば、赤い三角屋根が可愛《かわい》らしいローメルンの街並みがそこにある。

郷土愛を嚙《か》み締《し》めたリュカは、大きく両腕《りょううで》を広げて茜色《あかねいろ》に染まり始めた空を仰《あお》いだ。

「安寧《あんねい》の地において平穏《へいおん》な暮らしを謳歌《おうか》する……嗚呼《ああ》、これこそが我が人生！」

感激してうっすらと涙《なみだ》するリュカを遠巻きに見つめ、子供たちは顔を近づけて囁《ささや》き合う。

「リュカ様はどうしたんだろ？」

「大変なんだよ、大人ってやつは。そっとしといてやろうぜ」

「もう少し俺らがユニコーンごっこやってるところ、見せてやるか」

先ほどまで一心不乱に遊んでいた子供たちが、密《ひそ》かに子供らしからぬ配慮《はいりょ》に満ちた会話をしていることを、リュカは知らない。

ヘイリアへの愛に泣くリュカだが、実のところはクライスを非常に魅力《みりょく》的に感じていた。婚約者として晩餐会に参加しても構わないという旨《むね》の発言から、クライスもまたリュカを好意的に見ていたことがわかる。

だが、やはりクライスの隣《となり》に立つことは尻込《しりご》みするうえ、なりふり構わず彼と共にいたいと思うほどの強い気持ちがあるわけでもなかった。もうあんな人には出会えないだろうな、という切なさを伴《ともな》う諦観《ていかん》があることは否《いな》めないが、結局は縁《えん》がなかったということなのだから、無《む》駄《だ》な執着《しゅうちゃく》は持たないほうが賢明《けんめい》だろう。

子供たちの小腹が空《す》いた頃《ころ》を見計らって、リュカは持参したカロンを子供たちに配った。菓《か》子《し》がもらえると聞けば先ほどまで遊びに全力投球していた子供たちも一目散に走り寄ってきて、その無邪気《むじゃき》な姿にリュカの口角は自然と上がる。

「リュカ様、王都に行ってたって本当？」

「そうだよ。近衛《このえ》兵団の兄上に用があってね」

王族との婚姻の話があったとなればローメルンの噂《うわさ》の種になることは目に見えていた。変に騒《さわ》がれることを避《さ》けるため、街の人々には表向きの理由を話すようにしている。

「じゃあ、王都のレモネード飲んだ？」

「レモネード？　飲んでないけど……レモネードがどうかしたの？」

「え、リュカ様知らないの？　今、王都で売ってるやつが大人気なんだって！」

周囲にいる他の子も大きく頷《うなず》いているところを見るに、子供たちの間では周知の事実であるようだ。おそらく、王都に商用で向かった商売人にでも聞いたのだろう。

先日の王都訪問では、見合いを終えるまではクライスのことで頭がいっぱいで、見合い後は一日でも早くへイリアに帰るべく王都を飛び出してきたので、街を見て回る余裕《よゆう》もなく、流行に関する情報はリュカの耳に入らなかった。ローメルンから出る機会が滅多《めった》にない子供たちに土産話《みやげばなし》をするためにも、少しは王都を歩く時間を取ってもよかったなとリュカは思う。

「よし。じゃあ、今度行ったとき、持ち帰れそうだったら買ってくるよ」

「本当？　やった！」

子供たちは目を輝《かがや》かせ、顔を見合わせて軽く跳《は》ね回る。微笑《ほほえ》ましさに目を細め、リュカは黙《だま》ったままリュカのローブを掴《つか》んでいる女児の顔を覗《のぞ》き込んだ。

「アイナも甘い飲み物、好きだもんね？」

静かにカロンを齧《かじ》っていたアイナは顔を上げ、栗色《くりいろ》の丸い目でリュカを見つめた。

この場にいる子供の中では最も幼い四歳であるアイナは、去年の秋からローメルン孤児院で暮らしている。馬の耳と尻尾《しっぽ》を持つ馬の獣人で、耳と尻尾は、肩《かた》につく長さの髪《かみ》と同じ栗色の毛で覆《おお》われていた。

アイナは人見知りをする控《ひか》えめな性格で、言葉で自分の気持ちを表現するのは苦手な子なのだが、耳と尻尾には比較的《ひかくてき》感情が表れる。現に、リュカに問いかけられたアイナの尻尾は、肯《こう》定《てい》を示してブンブンと大きく動いていた。

「……うん。アイナも好き」

リュカは頷いたアイナの頭を軽く撫《な》でた。その拍子《ひょうし》に眉《まゆ》の下で切り揃《そろ》えられたアイナの前髪《まえがみ》が揺《ゆ》れ、額に薄《うす》く残る傷痕《きずあと》が前髪の隙間《すきま》から覗く。リュカはアイナの髪を整え、縦に線が入った傷痕を隠《かく》すと、子供たちに向き直る。

「さて、俺はそろそろ行くね。今日はこれからお客さんが来るんだ」

ジャンの知人だという子爵《ししゃく》の令息がリュカの補佐《ほさ》役として、しばらくヘイリアに滞在《たいざい》することになっている。もう間もなくその子爵令息がヘルゼン家の屋敷《やしき》に到着《とうちゃく》する予定なのだ。

「おう、わかった。焦《あせ》って転ぶなよ、リュカ様」

「転びませんー。俺は走り回ってすぐ転ぶ君たちとは違《ちが》うんですー」

「この前、中央広場の近くでローブの裾《すそ》を踏《ふ》んで転んでたって聞いたよ。間抜《まぬ》け」

「なっ……誰《だれ》から聞いた！」

リュカが顔を赤くすると、歓声を上げた子供たちは蜘蛛《くも》の子を散らすように逃げた。唯一《ゆいいつ》、友達に手を引かれるアイナだけが振《ふ》り返り、リュカに手を振る。苦笑《くしょう》したリュカはアイナに軽く手を上げて応《こた》え、孤児院の敷地《しきち》を出る。

乾いた風に枝葉を揺らす木々の脇《わき》を抜《ぬ》け、小船が進む水路沿いの通りを歩く。微《かす》かな水音を聞きながら小さな橋をいくつか渡《わた》り、狭《せま》い路地を進むと、小高い丘《おか》とその上に建つヘルゼン家の屋敷が視界に入った。

白の外壁《がいへき》の上に赤い屋根が載《の》った屋敷の外観は、色合いだけ見ればローメルンの多くの建物と似通っているが、決定的に異なるのはその大きさだ。まるで丘の上に白い巨大《きょだい》な岩が載っているような佇《たたず》まいで、ヘルゼン家の屋敷は堂々とそびえている。王宮に見られたような繊細《せんさい》な美しさを放つ装飾《そうしょく》の類《たぐい》はないが、そのどちらかというと武骨な姿は、華《はな》やかさよりも堅牢《けんろう》な守りを誇《ほこ》りとした一族の気高い精神を感じさせた。

屋敷の南側、ローメルンの街並みを見下ろす形ではためくのは、盾《たて》の前で交差する二本の剣《けん》と、盾の背後で広げられた鳥の翼《つばさ》が描《えが》かれた旗だ。鳥の翼、盾、二本の剣が重ねられた紋《もん》は、ヘイリアの守護者たるヘルゼン家の紋章である。

丘の上へと至る坂道を上がったリュカは、門を抜け、屋敷の中へと足を踏み入れた。

暖炉《だんろ》やソファーが設《しつら》えられた広間には誰の姿もない。まだ子爵令息が到着する予定時刻には少し早いが、早めに到着して応接間でリュカを待っている可能性もある。そう考えたリュカは赤い絨毯《じゅうたん》が敷《し》かれた階段を横目に、広間の奥にある応接間へと向かった。

「失礼いたします。リュカです」

応接間のドアをノックして中に声をかけると、すぐに「うむ。入ってくれ」というジャンの声が聞こえた。やはり客人は既《すで》に到着し、応接間で待機していたらしい。遅《おく》れたことへの申し訳なさと、面識がない人に会う緊張感《きんちょうかん》を同時に抱《かか》え、リュカはそっと応接間のドアを開けた。

そこで、リュカの目は点になった。

ジャンとセレンと共に応接間にいた人物が、どう見ても子爵令息ではなかったからである。

「……ふぁ？」

窓から秋の斜陽《しゃよう》が差し込む応接間の中央には、低めのテーブルを挟《はさ》む形で、二つの重厚感溢《じゅうこうかんあふ》れるソファーが置かれている。片方のソファーにはジャンとセレンが並んで腰《こし》を下ろし、穏《おだ》やかな表情をしたジャンとやや強張《こわば》った面持《おもも》ちをしたセレンの向かいには、驚《おどろ》くほど場違いな人間が、さも当然のような顔をして座っていた。

漆黒《しっこく》の毛並みに覆われた狼《おおかみ》の耳と尻尾を持つその人は、リュカと目が合ってもにこりともせず、静かに立ち上がる。

「先日はどうもありがとうございました、リュカさん」

第七王子クライスは怜悧《れいり》な瞳《ひとみ》でリュカを見据《みす》え、感情を見せずに言い放った。

言葉を失ったリュカは瞬きを繰《く》り返した。身分にそぐわない丁寧《ていねい》な言葉遣《ことばづか》いには違和感《いわかん》があるが、冷ややかな美貌《びぼう》も、柔《やわ》らかな響《ひび》きのある低い声も、知的で落ち着いた雰囲気《ふんいき》も、間違いなく彼がクライス本人であると告げている。

とはいえ、クライスはヘイリアにいるはずがない人間である。視覚や聴覚《ちょうかく》から得られる情報と思考が上手《うま》く噛み合わず、リュカは挨拶《あいさつ》も忘れて立ち尽《つ》くす。

「で、殿下《でんか》……？」

「殿下と呼ぶのは控えてください。俺の身分が知れ渡ることは避けたいので。俺はあくまであなたの仕事を補佐する子爵令息です。口調も注意するようにお願いします」

淡々《たんたん》と告げられる言葉はリュカが理解できる範囲《はんい》の外に落ちた。リュカは助けを求める視線をジャンとセレンに送るが、二人は「では、私たちはこれで」と声を揃えて言い、そそくさと応接間をあとにする。

応接間には困惑《こんわく》のあまり背中をゾワゾワさせるリュカと、妙《みょう》に堂々とした態度を貫《つらぬ》くクライスが残された。

――な、なんだこれ……。

――まったくもって意味がわからない……。

「俺がここにいる理由が皆目見当《かいもくけんとう》もつかない、といった顔ですね、リュカさん」

的確に言い当てられて身を竦《すく》ませるリュカを見下ろし、クライスは続ける。

「俺のほうこそ、あなたの行動理由が理解できないんですよ」

「はい……？」

「将来有望で容姿端麗《たんれい》な俺との婚姻《こんいん》を断るなど実に非合理的で理解に苦しみます。ですがあなたは俺との婚姻を断り、ヘイリアに帰った。何か並々ならぬ事情があるがゆえにそんな選択《せんたく》をせざるを得なかったのか、単に度し難《がた》いほどの愚《おろ》か者であるのか、ここ数日寝《ね》る間も惜《お》しんで考えているのですが、未《いま》だに納得《なっとく》できる答えに辿《たど》り着けていません」

クライスの声が意味をなさない音としてリュカの右耳に入り、脳に情報を残さず、左耳から抜けていく。ゆえにリュカがクライスの意図を理解できたのは、やや間を置いてからだった。

つまり、クライスは自分がリュカに選ばれると信じて疑っていなかったのだ。いや、信じていたというよりも、太陽は東から昇《のぼ》ることと同様に、彼にとってはもはや確定した未来、不変の事実だったのだろう。だがクライスの予想に反してリュカは彼との結婚を突《つ》っ撥《ぱ》ね、ヘイリアへと帰った。だからこそ彼はリュカが非合理的な選択をした理由が気になり、ここまで来た。

リュカは悟《さと》る。

この男は、知的で落ち着いた美青年などという可愛《かわい》らしいものではない。

恐《おそ》ろしいほどの自信と合理主義を抱えた変人だ。

「考えれば考えるほど不可解です。不可解だと思えば思うほど、以前にも増してあなたへの興味が溢れ、もっと知りたいという欲求を抑《おさ》えきれなくなりました。ということで、しばらく補佐役としてあなたのそばにいさせてもらいます。こちらには休暇《きゅうか》という形で来ていますし、父とヘイリア辺境伯の許可も取ってありますのでご心配なく」

クライスは大きく踏み出し、リュカと距離《きょり》を詰《つ》めた。身を強張らせたリュカは反射的に後退するが、さほど広くない応接間の中に逃《に》げ場はなく、リュカの背中と踵《かかと》はすぐに壁《かべ》に触《ふ》れる。

クライスはさらに退路を塞《ふさ》ぐように、リュカの顔の横に両手をついた。

背中の壁が、クライスの身体《からだ》が、顔の横の腕《うで》が、硬直《こうちょく》するリュカを囲う檻《おり》と化す。

「リュカさん」

涼《すず》しげで端整《たんせい》な顔が目の前に迫《せま》り、不思議な圧を放つ瞳がリュカを射貫く。声を放つことも動くことも封《ふう》じられ、リュカはさながら狼に牙《きば》を立てられる寸前の獲物《えもの》のように、小さく丸っこい耳をプルプルと震《ふる》わせ、背中を支配する不穏《ふおん》なゾワゾワ感に耐《た》えるしかない。

神様、いったい何がどうなってこうなったのですか。

普段《ふだん》は存在を意識しない神様に尋《たず》ねても、神様は答えをくれない。

「俺はあなたに魅力《みりょく》を感じています。先日あなたに対して抱《いだ》いた愛らしいという気持ちにも変わりはありません」

場に似つかわしくない単純な口説き文句に、リュカの心臓が己《おのれ》の意思に反して跳《は》ねる。

クライスは鼻先が触れ合う寸前までリュカに顔を寄せた。

「だからこそ、このまま大人しく引き下がるのは惜しいんですよ」

声がリュカの胸を強引《ごういん》に摑《つか》み、強引に揺らす。獲物にとどめは刺《さ》さないくせに、甘噛《あまが》みで柔く牙を突き立て、逃がすこともしない。厄介《やっかい》な狼に目をつけられたと思うのに、心の隅《すみ》に確かに残っていたクライスへの好意が容赦《ようしゃ》なく引き摺《ず》り出され、抵抗《ていこう》するリュカの胸を甘酸《あまず》っぱいもので満たす。

相反する感情に心を両側から引っ張られるリュカは、胸の内で泣き叫《さけ》ぶしかない。

——やめろ！　大人しく引き下がってくれ！　何も惜しくないから！

——王子の相手なんて俺には無理だから！

しかし、小心者ゆえ口には出せないリュカの哀願《あいがん》などクライスに伝わるわけもなかった。クライスはやはりにこりともせず、遠慮《えんりょ》など一切《いっさい》見せずに言い放つ。

「好きになったら逃がすつもりはありませんので、その際は、ご検討よろしくお願いします」

愛すべき故郷へイリアで自分に合った仕事をして、決して高望みせず、大志など抱かずに生きる。今さら恋愛《れんあい》も結婚もいらない。そう考えていたはずなのに、いったい何がどうなって、容姿端麗《ようしたんれい》にして頭脳明晰《めいせき》な王子の恋《こい》のお相手候補に挙がってしまったのか。

思えば、クライスとの縁談《えんだん》を受けたあの瞬間《しゅんかん》が、波乱の始まりだったのだ。

そう理解しても既に遅《おそ》い。あらかじめわかっていたら適切な選択ができたというのに、人生には後々になってから正解がわかることが多々ある。だからこそ人生は面白《おもしろ》いのだと強がる余《よ》裕《ゆう》は、あいにく今のリュカにはない。

# 第二章

リュカの一日の仕事は、領内の官吏《かんり》から提出された報告書や申請書《しんせいしょ》等に目を通すことから始まる。

領内の官吏の大半はヘルゼン家を主《あるじ》とする下級貴族の家柄《いえがら》の者であり、それぞれの担当地域にて日々業務を行っている。各地域の官吏から届く書類に目を通し、必要な処理をすることもまた、ヘイリア辺境伯末子であるリュカの重要な仕事だった。

早朝の名残《なごり》がある光が差し込む自らの仕事部屋で、リュカは黙々《もくもく》と机に向かい、書類をめくる。そんな勤勉なリュカを見守るのは、壁際《かべぎわ》に整然と並ぶ資料を収めた本棚《ほんだな》と、窓際《まどぎわ》で静かに佇《たたず》む小さな円卓《えんたく》と椅子《いす》である。部屋の中央に鎮座《ちんざ》する革張《かわば》りのソファーは物言わずにリュカを二度寝に誘《さそ》っているが、リュカは視線を手元に落として甘美な誘惑《ゆうわく》を振《ふ》り払《はら》う。

気に入りの家具を好きなように並べた仕事部屋で、決まった仕事に取り組む。リュカが愛する平凡《へいぼん》で平穏《へいおん》な日々の一部である。

今、この瞬間はいつもと何も変わらない。そう自らに言い聞かせたリュカが清らかな微笑《びしょう》を浮《う》かべたとき、リュカの穏やかな時間を木端《こっぱ》微塵《みじん》に破壊《はかい》する不届き者の声が耳に突き刺さった。

「なるほど、リュカさんが仕事中に飲む紅茶は朝食時のものとは別の銘柄《めいがら》……」

クライスはリュカの机に置かれた紅茶のカップを興味深そうに覗《のぞ》き込んだ。

リュカは清らかな微笑を一瞬にして消す。朝起きたら昨日のことは悪い夢で、第七王子は跡《あと》形《かた》もなく消えているのではないかと淡《あわ》い期待を抱いていたが、人生は期待していることほど実現しないものである。第七王子はこの日も元気にリュカの観察に勤《いそ》しんでいる。

「リュカさん、今日はこれから何を？」

すべての書類に目を通し終えたところで、クライスがリュカに尋ねた。椅子から立ち上がる途中《とちゅう》だったリュカは、尻《しり》を中途半端《ちゅうとはんぱ》に浮かせた格好のまま固まる。

「今日は、収穫《しゅうかく》祭の件で醸造《じょうぞう》所に向かいますので……」

あ、とリュカが思ったときには既《すで》に遅かった。クライスの瞳が不満げにすっと細められ、リュカは慌《あわ》てて言い直す。

「醸造所に行くから、殿下《でんか》……ではなくクライスくんも一緒《いっしょ》に行こう、か……」

「……甘く見積もって及第《きゅうだい》点です。了解《りょうかい》しました、リュカさん」

クライスはリュカを置いてさっさと部屋を出ていった。クライスの眼光の鋭《するど》さに身震《みぶる》いしていたリュカは、王子を格下に扱《あつか》うことへの恐怖《きょうふ》とひとまずこの場を切り抜《ぬ》けた安堵《あんど》を同時に抱《かか》え、クライスを追う。

昨日、ヘイリア辺境伯領に押し掛《か》けてきたクライスは、リュカに一つのことを命じた。その命令内容は、自分を決して王子として扱わないようにすること、というものだった。

事情を把握《はあく》していない民《たみ》の前でクライスを子爵令息《ししゃく》として扱う必要性は理解できる。とはいえ、リュカと二人きりの際は本来の身分で接しても問題ないのではないか。不敬が積み重なることに怯《おび》えるリュカは昨晩クライスにそう提案したのだが、すげなく却下《きゃっか》された。

クライスはこう述べた。

「時と場合によって相手への振る舞《ま》いを変えることなど俺にとっては造作もないことですが、リュカさんがいついかなるときも適切に切り替《か》えられるとは思えません。俺を王子として扱う時間が増えれば増えるほど、俺を単なる補佐《ほさ》役とすべき場において、うっかり俺を『殿下』などと呼ぶ可能性が高くなるでしょう。ならば最初から、俺を王子扱いする時間は完全に排除《はいじょ》したほうが賢明《けんめい》です」

遠回しに馬鹿《ばか》にされている気がしたが、口に出す度胸はリュカにはない。

「ですが、これはあくまで俺の合理的思考によって導き出された俺の意見です。最も適切な意見であると自負していますが、検討の余地がないわけではありません。完璧《かんぺき》に切り替えられると断言できるなら、二人きりの際に俺を王子扱いすることを許可します。できますか？」

「できません。ごめんなさい」

「……なぜ謝るんです？　できることとできないことが人によって異なるのは当然なのだから、できないことを謝る必要はないと思いますが」

そこでクライスは首を傾《かし》げた。クライスの言動に透《す》けて見える高慢《こうまん》さと自信は、彼が自身の高い能力を正確に把握していることからもたらされるものなのだろうが、悪気はないらしい。

本人にリュカを貶《おとし》める意図はなく、しかも十歳も年下となれば、こちらが寛容《かんよう》にならざるを得ない気がしてくる。加えて相手は王子であるので、たとえどれほど立腹しようと、憤《いきどお》りで支配された心中を正直に彼に打ち明ける選択肢《せんたくし》はない。

昨晩のやり取りを思い返したリュカは、共に屋敷《やしき》の廊下《ろうか》を進むクライスに悟られないよう、密《ひそ》かに嘆息《たんそく》した。

子爵令息としてリュカの補佐役を務めるというのは、リュカに近づき探求心を満たすための単なる口実だろう。冷静に考えて、休暇を取ってヘイリアに来訪した王子が、わざわざ自分より位が低い貴族の仕事を補佐するわけがない。

そこまで考えると、困惑《こんわく》で占《し》められていたリュカの胸に小さく怒《いか》りの炎《ほのお》が灯《とも》った。

国という大きなものを見据《みす》え、外交の場においても活躍《かつやく》するクライスからしてみれば、街の人々を相手にするリュカの仕事は確かに地味に感じられるかもしれない。だがリュカはリュカなりの誇《ほこ》りを抱き、ヘイリアの人々の暮らしに直結する仕事を行っている。自らの矜持《きょうじ》とヘイリアを踏《ふ》み躙《にじ》られた気持ちになり、リュカは反抗的《はんこう》にクライスを睨《にら》み上げる。

すると視線を感じたのか、クライスが横目でリュカを見下ろした。静かな興味が含《ふく》まれた視線は、リュカの髪《かみ》から覗く小さな耳に注がれている。

「一つ、気になっていることがあるのですが……リュカさんは何の獣人《じゅうじん》なんですか？」

「うひょわっ」

リュカはその場で軽く跳《と》び上がり、脱兎《だっと》のごとき速さで壁際に後退する。耳をプルプル震《ふる》わせると、クライスは不思議そうに尻尾《しっぽ》をぴょこんと動かした。

「どうしました、リュカさん。そんな動揺《どうよう》させるような質問ではなかったと思いますが」

「あ、あの……それは、その……」

とある草食動物の獣人であることにコンプレックスを抱き、基本的に何の獣人であるか他者に明かさないリュカにとっては、クライスの問いは弱点を的確に射貫《いぬ》く矢だ。問いへの答えも動揺の理由も口にできないリュカの頭頂部と腰《こし》を、クライスは冷静に観察する。

「小さく丸みを帯びた耳はネズミやリスといった小動物を連想させますが、長い尻尾はないんですよね。服の中に隠《かく》せるほど短い尻尾なのか、尻尾自体がないのか……髪はブロンドですけど、人型の際と動物型の際の毛色は必ずしも一致《いっち》しませんから、ヒントになりませんし……」

――や、やめろー！　考えるのをやめろ！　こっちは何の獣人かバレたくないんだよ！

リュカの悲痛な心の声を察したわけではないだろうが、顎《あご》に手を当てて長考する姿勢に入っていたクライスは、そこでふとリュカの腰から視線を外した。

「……まあいいでしょう。話したくないようですから、無理に尋《たず》ねることはしません」

「は、はあ……そうしてもらえると、助かる……」

「なので、俺に話してもいいと思ったら教えてください。出会ったばかりである今は難しいかもしれませんが、信頼《しんらい》関係を築けばおのずとそのときが訪《おとず》れるでしょうから」

近い将来、自分は必ずリュカから秘密を打ち明けられるだけの信頼を得ると確信している口ぶりには、絶対的な自信が透けている。

唖然《あぜん》とするリュカを置いて、クライスは「行きますよ」と廊下の先へと向かう。その毅然《きぜん》とした足取りが、堂々とした後ろ姿が、凛々《りり》しい耳と尻尾が、全身から溢《あふ》れる自己への肯定《こうてい》が、リュカの尖《とが》った心をさらに混乱と苛立《いらだ》ちの海に落とす。

——なんなんだ、あの男は！

物言わずわなわなと震え、リュカは決意する。

絶対に、あの無自覚高慢自信家変人王子に教えてなるものか、と。

クライスは見合いの際にリュカが発した言葉や振る舞いがお気に召《め》したようだが、あいにく、リュカは王子の隣《となり》に立てる可能性など皆無《かいむ》に等しい凡人《ぼんじん》かつ小心者なのである。その真実が発覚すれば、クライスも時間の無駄《むだ》だったと悟《さと》り王都へ帰還《きかん》するだろう。

必ずやその瞬間《しゅんかん》まで秘密を死守し、おそらくまだ一度も折れたことがないと思われるクライスの高い鼻がポッキリ折れたさまを見届け、肩《かた》を落として王都に戻《もど》る彼の後ろ姿を笑顔《えがお》で見送ってやるのだ。目が合ったら怖《こわ》いので物陰《ものかげ》から。

若造よ、今に見ていろよ、とリュカは心の中で宣戦布告する。対戦者であるクライスがあずかり知らないところで、密かに戦いの火蓋《ひぶた》は切られたのだった。

クライスを伴《ともな》ったリュカは馬車に乗り込むと、西の方角に向けて出発した。クライスと共にヘルゼン家に滞在《たいざい》している彼の護衛たちが距離《きょり》を開けて同行しているはずだが、そこはさすがお忍《しの》びで辺境に来た王子の護衛役と言うべきか、目視できる範囲《はんい》に姿は見えない。

やがて二人は、ローメルン郊外《こうがい》に構える醸造所に到着《とうちゃく》した。

市街地から離《はな》れていることから、醸造所の広大な敷地《しきち》の周辺には木立が茂《しげ》り、野原が広がり、清らかな小川が流れる。まさに自然豊かなヘイリアの大地に抱《いだ》かれた醸造所といった佇《たたず》まいをしており、朝から波打っていたリュカの心が少しだけ凪《な》ぐ。

敷地内に足を踏み入れると、ずらりと並ぶ重厚《じゅうこう》な建物がリュカとクライスを迎《むか》えた。ひとつひとつがヘルゼン家の屋敷と同程度の大きさがあり、一見すると貴族の子弟《してい》が通う高等学院にも見えるが、建物内にあるのは教室ではなく、醸造《じょうぞう》職人たちの汗《あせ》と涙《なみだ》の結晶《けっしょう》であるビールだ。

「おお！　リュカ様！」

最も醸造所の門に近い建物から姿を現した中年の男性はリュカの姿を認めると、頭部にある犬の垂れ耳を上下に跳《は》ねさせて駆《か》け寄ってきた。

「いやいや、ここまでお越《こ》しいただいて、ありがとうございます。どうです？　まずは一杯《ぱい》」

「やめておくよ。仕事があるんだ。アドルフさんも、飲み過ぎないようにね」

「ははは っ！　そうですなあ！」

快活に笑うアドルフは、一見すると酒好きで陽気な中年男性である。だが先祖から受け継《つ》いだ酒造会社の社長として、複数の酒場も経営する彼の手腕《しゅわん》を侮《あなど》ってはならない。

「アドルフさん、こちらは俺の手伝いをしてくれているクライスでん……くん」

殿下と言いかけたところでクライスの鋭い眼差《まなざ》しに串刺《くしざ》しにされ、リュカは慌てて言い直した。クライスは「でんくん？」と首を傾げるアドルフの前で背筋を伸《の》ばす。

「クーウェル子爵三男のクライスだ。現在、リュカ様の補佐を務めている。よろしく」

実のところはクーウェル子爵なる爵位《しゃくい》を持つ者は存在しないのだが、この国の爵位をすべて把握、記憶《きおく》している者などそうそういない。平民となればなおさらで、アドルフは瞠目《どうもく》すると右手を左胸に当てて上体を倒《たお》した。

「これはこれは……わ、私はここへイリアにて長らくビール造りをしております、アドルフと申しまして……あの、ビールならばお好きなだけ……」

「アドルフさん、別にビールの強奪《ごうだつ》に来たわけじゃないんだから、そんなに怯えないでよ」

「そ、そんなこと言ったって……リュカ様、子爵様のご子息ですよ」

「それを言うなら俺は辺境伯の息子《むすこ》だよ」

「ほ、本当だ！」

アドルフは度肝《どぎも》を抜《ぬ》かれたといった様子で叫《さけ》んだ。貴族らしい威厳に欠けるリュカは、時おり民に辺境伯の末子という立場を忘れられることがある。とはいえそれだけ親しみを持たれているということの表れでもあるので、リュカは深く気にせず仕事の話を進めることにした。

「収穫祭《しゅうかく》に出す今年のビールも出来上がってきたって話だよね」

「はい、良い感じです。今年も皆《みな》さんに楽しんでもらう日が今から楽しみで！」

収穫祭にて初めて人々の前に姿を現す、その年の夏季に採れたホップを使用したビールは、すべてヘイリアの酒造業を一手に担《にな》うアドルフの会社によって造られている。

そのためアドルフのビール造りに問題が発生すると、収穫祭で売られるビールにも多大な影《えい》響《きょう》が生じる。過去には醸造所の設備が故障し、収穫祭において完全にビール販売《はんばい》がなかった年もあったと聞いている。

ビールが収穫祭の盛り上げに一役買っている以上、運営側としてはビール販売がない収穫祭はなんとしても回避《かいひ》しなければならず、場合によってはヘイリア外からでもビールを調達したいというのが本音だ。土地で採れたものを楽しむことで土地に感謝する収穫祭の本旨《ほんし》からは少し外れることになるが、参加者が楽しめなければ収穫祭を開催《かいさい》する意味がなく、場が盛況《せいきょう》でなければ他《ほか》の料理や菓子《かし》を売る出店者の利益にも繫《つな》がりにくい。

収穫祭の経済効果をよく理解しているアドルフたち生産者側も、自らがビールを提供できなくなった場合は遠慮《えんりょ》なく他所《よそ》からビールを手配してほしいという思いを抱いていた。ゆえにリュカは外部からビールを調達する必要が生じる可能性を常に念頭に置き、毎年夏頃《ごろ》から頻繁《ひんぱん》にビールの製造状況《じょうきょう》をアドルフに確認《かくにん》するようにしている。

といっても、収穫祭までおよそ一ヶ月となった現段階で何の問題も発生していないのだから、今年も杞憂《きゆう》に終わると考えていいだろう。

中央広場に出す露店《ろてん》に関してアドルフといくつか確認したのち、アドルフが尋ねた。

「収穫祭と関係ない話で申し訳ないんですが、ローメルンの東に空いている物件ってないですかね？　今、市街には広場に面したところに酒場がありますが、できれば東のほうにも店を出せたらと思いまして」

空き家や空き物件を放置しておくとやんちゃな若者のたまり場になったり、賊《ぞく》の拠点《きょてん》にされたり、逃亡《とうぼう》中の犯罪者が身を潜《ひそ》めたりと、人々の平穏《へいおん》な暮らしを脅《おびや》かす種になることがある。

そのためヘイリアでは持ち主がいない、または管理不可能な空き家や空き物件はヘイリア辺境伯の管理下に置かれ、場合によっては希望者に貸し出される仕組みが導入されていた。

その賃貸借契約《ちんたいしゃくけいやく》に関する業務もリュカの仕事の一つだ。しかし賃借希望者はそうそう現れないこともあり、さすがに貸出可能物件のすべてを把握《はあく》できてはいない。

「東側か……どうだったかな。一度、屋敷《やしき》に戻って確認してみるから――」

「ローメルンの東部なら七区の端《はし》にありますよ」

最初に挨拶《あいさつ》をしたきり沈黙《ちんもく》を保っていたクライスが口を挟《はさ》み、リュカは驚《おどろ》いて彼を見る。

「かつては小さなレストランでしたが店主が亡《な》くなって店は閉められ、店主の息子たちは遠方にいるということで、辺境伯の管理下となりました。息子たちも希望者がいればぜひ自由に使ってほしいと言っていますし、それなりに大きな通りに面していますので、酒場を出すには適しているかと」

クライスの手元には、当然、空き物件について記録された資料の類《たぐい》はない。リュカが呆《ほう》けた面持《おもも》ちをしていると、アドルフが「それはいいですね」と目を輝《かがや》かせた。

「リュカ様、ぜひ一度、そちらを見せていただきたい！」

「あ、ああ……うん、わかった。また改めて連絡《れんらく》するね」

「ありがとうございます！　では、私はこれで失礼します」

アドルフは弾《はず》むような足取りで去っていった。アドルフの姿が建物内に消えてから、リュカはクライスにやや懐疑《かいぎ》的な眼差しを向ける。

「……七区の端に貸出可能物件があるって、どうして知ってたの？」

「屋敷にあった物件の一覧に目を通したからですが」

「目を通したからって……全部覚えたってこと？」

「それ以外に何かありますか？」

もちろん、管理物件一覧に記されている情報は一読しただけで記憶できるほどの量ではない。リュカはクライスの人並み外れた記憶力に舌を巻き、半ば戸惑《とまど》いながら口にする。

「でも、なんでそんなことわざわざ……頼《たの》んでもいないのに」

「なんで、と言いますが、当然の行いでしょう。俺はリュカさんの補佐《ほさ》役なので、仕事に必要と思われる知識は頭に叩《たた》き込んでおくべきです」

クライスの返答はまるで真剣《しんけん》にリュカの補佐役を務めようとする人間の言葉のようで、リュカは目を見張った。

労力と時間を使って意欲的にリュカを支える姿勢は、自らの探求心を満たすため補佐役という立場を口実に使ったというリュカの予想と乖離《かいり》している。

「……なんで」

「はい？」

「なんで君がそこまでするんだ。君はそんなことしなくていい立場なのに。君は……」

王子なんだから。

その言葉は声にならず、かすれた吐息《といき》になって消えた。

「……リュカさんが何を言いたいのか、なんとなく察しましたが」

クライスはやや間を置いてから続けた。

「たとえ俺がどんな立場でも、補佐役と言いながらあなたを補佐しないなど、あなたにも、あなたの仕事にも、失礼じゃないですか」

リュカを見つめる瞳《ひとみ》に揺《ゆ》らぎはなく、クライスが当然のようにリュカの補佐役たる選択《せんたく》をしたことを物語っていた。

クライスの頭の中には、私欲のために補佐役という立場を利用する選択肢《せんたくし》など存在していなかった。信じられないほど純粋《じゅんすい》に、透明《とうめい》で澄《す》んだ心をもって、リュカを補佐することを決めた。

ここでリュカは思い返す。クライスは出会ったときから、王子という立場を抜きに、一人の人間としてリュカと丁寧《ていねい》に関係を築こうとしていたことを。

自己中心的な振る舞いへの腹いせのように勝手な憶測《おくそく》をし、腹を立てた自らの行いがどれほど恥《は》ずべきものだったのか、リュカはようやく悟《さと》る。

「ですが、俺の立場を考えれば、リュカさんがそう思ったのもある意味で当然です」

「……え？」

「俺は当然の行いをし、あなたは当然のことを考えた。ただそれだけのことであり、それ以上の意味はありません。ですから、お気になさらずに」

感情を排除《はいじょ》した平淡《へいたん》な声音《こわね》には聞き覚えがあった。見合いの場で、王子の立場ありきの扱いを受けることは当然だと語った際の、諦観《ていかん》に満ちた声だ。

冷ややかな罪悪感が一瞬《いっしゅん》にしてリュカの中で膨《ふく》れ上がり、リュカは衝動《しょうどう》に突《つ》き動かされた。

「ごめん」

馬車に戻《もど》ろうとしていたクライスの足が止まる。瞳に驚きを宿して振り向くクライスに、リュカは謝罪を繰《く》り返す。

「君のことを誤解してた。本当にごめん」

「お気になさらずにと言ったのに……なぜ謝るんです」

「俺が……謝るべきだと思ったから。君が他人から王子の立場ありきの扱いを受けることを当然としても、俺までそれを当然とするのは、間違《まちが》ってると思う」

おそらくは自己防衛の意味合いを含むと予想できるクライスの諦観を、リュカが否定することはできない。しかしリュカは、彼の個としての部分を切り捨て、立場や役割だけで認識《にんしき》し、彼と接することは避《さ》けたかった。

「君は、王子である前に一人の人間だから」

クライスの目が見開かれ、静かな瞳が揺れ動いた。驚愕《きょうがく》が露《あら》わになったのも一瞬のことで、すぐにクライスは目をそらし、頭の上の耳をわずかに伏《ふ》せ、尻尾《しっぽ》を頼《たよ》りなく動かした。迷いを示す反応は、常に泰然《たいぜん》と構える彼にしては珍《めずら》しい。

「……リュカさんは、やはり不思議な人です」

そっと紡《つむ》がれた声は予想外にか細い。

「それでもそれがあなたなのだと思えば、やはり、もっと知りたいと思います。あなたの心はきっと……驚くほど真っ直《す》ぐなのでしょうから」

クライスは探《さぐ》るようにリュカと目を合わせ、どこか不器用に口角を持ち上げた。気恥《きは》ずかしさと動揺《どうよう》を残した微笑《びしょう》はクライスの心の最も柔《やわ》らかい部分の現れに見えて、罪悪感に満ちていたリュカの胸が小さく音を立てる。

屋敷を出る前はクライスにあれほど尖《とが》った感情を向けていたのに、笑顔《えがお》を見せられれば容易に心が跳《は》ねる。誤解が解けて印象が変化したとはいえ、さすがに単純すぎるのではないか。そう呆《あき》れるものの胸のぬくもりは不快ではなく、リュカは照れ隠《かく》しに顔を背《そむ》ける。

——ん？　待てよ……。

そこで、とある疑問が浮上《ふじょう》した。リュカはおそるおそる口を開く。

「……あのさ、補佐役なのに俺の仕事を手伝わないのは失礼だって言ったけど、俺の都合を聞かずに補佐役になるのは、君にとっては失礼な行いじゃないのかな……？」

「有能な俺が補佐役になるのだから、迷惑《めいわく》に思う者はいないでしょう」

尊大に言い放ったクライスは、愕然《がくぜん》とするリュカをその場に置いて馬車へと歩き出す。

——こ、こいつ……やっぱり無自覚高慢《こうまん》自信家変人王子だ！

他者に対する敬意は持ち合わせている一方で、自らの高い能力の正確な把握からもたらされる自信が彼の自己肯定《こうてい》を支えている。自身がリュカの役に立つことは疑いようのない真実と考えているため、彼にとっては、補佐役として押し掛《か》けたことは失礼には当たらないのだ。

そんな姿は、やはりリュカが理解できる範疇《はんちゅう》の外にいる。

既《すで》に馬車に乗り込んだクライスが、開いた扉《とびら》から顔を覗《のぞ》かせた。

「何してるんですか、リュカさん。ぼーっと突っ立っているのは時間の無駄《むだ》だと思いますが、今日のあなたはそれほど暇《ひま》だということでしょうか」

これまでの発言から、クライスは言葉をありのままの意味に捉《とら》え、使う人間であり、嫌《いや》みを含《ふく》ませるたちではないと判断できる。だから、この言葉はあくまで言葉どおりの『今日はそれほど忙《いそが》しくなく、余裕《よゆう》があるのですか？』という意味でしかない。

そう理解していても、思考と感情はまるで別物である。

つまり、腹が立つことは腹が立つ。

——暇じゃないからな！

心の中で反論したリュカは小走りで馬車へと向かった。リュカが走る先には涼《すず》しい顔を馬車から覗かせたクライスがいる。苛立《いらだ》ちとわずかな、だが確かな好感を一緒《いっしょ》に抱《かか》えてクライスのもとへ進むリュカの走りを支えるように、秋のヘイリアらしい乾《かわ》いた風が吹《ふ》き抜《ぬ》けた。


「すっげー！　リュカ様より偉《えら》そう！」

「頭も良さそう！」

「それに、間抜《まぬ》けじゃなさそうだし！」

クライスを囲み口々に好き勝手な所感を述べる子供たちを前にして、リュカは引き攣《つ》った笑みを浮《う》かべた。

醸造《じょうぞう》所から市街に戻り、収穫《しゅうかく》祭に向けてさまざまな仕事をこなしたリュカは、この日最後の用事を片付けるため孤児院《こじいん》を訪《おとず》れた。既に東の空には夜の帳《とばり》が下り始める頃合《ころあ》いだったが、子供たちは遊び足りないと言わんばかりに庭で駆《か》け回っており、リュカと共に敷地《しきち》に入ってきたクライスをいち早く発見すると、見慣れたリュカを押しのけクライスを取り囲んだのである。

「俺はリュカさんの補佐役だから、リュカさんより偉いってのは少し違うかな」

クライスは困ったように眉根《まゆね》を寄せ、苦笑《くしょう》する。子供相手だと存外に表情が豊かな男だ。

「嘘《うそ》だ！　リュカ様のほうが下《した》っ端《ぱ》臭《しゅう》すごいもん！」

「君たちねえ……」

黙《だま》っていられなかったリュカは思わず口を挟《はさ》むが、クライスは納得《なっとく》した素振《そぶ》りで続けた。

「まあ、リュカさんは確かにそうだね」

「否定してよ」

失礼な子供に同調するなど、失礼な男である。憤慨《ふんがい》したリュカは腕《うで》を組んで仁王立《におうだ》ちし、辺境伯令息たる威厳溢《いげんあふ》れる姿を子供たちに見せつけた。

「今日は皆《みんな》と遊びに来たわけじゃありません！　俺たちは大事な用があるから、皆は好きに遊んでなさい」

「ということは、普段《ふだん》はやっぱり遊びに来てたってことか。仕事してますーみたいな顔で」

「うぐっ……ち、違う！　君たちと一緒に遊ぶことも俺の仕事のうちで……」

しどろもどろに弁明するリュカの視界の端《はし》で、孤児院の入り口が開き、中から若い男女が姿を現した。リュカはこれ幸いとばかりに子供たちの白けた眼差《まなざ》しから逃《のが》れ、男女に駆け寄る。

「これはこれは、リュカ様」

男女はリュカに気づくと揃《そろ》って柔和《にゅうわ》な笑みを浮かべた。丸みのある羊の角を頭から生やした男性は恭《うやうや》しく一礼し、鴉《からす》の翼《つばさ》を持つ女性も優雅《ゆうが》に軽く膝《ひざ》を曲げ、上体を傾《かたむ》ける。

年齢《ねんれい》は二人とも三十歳前後だろう。シャツに上着を重ねた男性とワンピース姿の女性は共に身綺麗《みぎれい》な服装で、いかにも裕福《ゆうふく》な商人夫婦《ふうふ》といった風体《ふうてい》である。二人の素性《すじょう》や住居、暮らしぶりを確認《かくにん》しているリュカは、外見からもたらされる印象が間違いではないことを知っている。

「今日はアイナ、どんな感じだった？」

「ずいぶんとお話ししてくれるようにはなったのですが、まだ緊張《きんちょう》しているようでして」

「ですが、アイナちゃんの幸せが最も大切ですので、ゆっくり時間をかけようと思います」

もともと他者に安心感を与《あた》えるような穏《おだ》やかな顔立ちの二人だが、アイナに関して語る際はいっそう柔らかな表情になる。リュカは時おり頷《うなず》き、相づちを打ちながら、アイナとの会話や遊びの内容、アイナが示した反応などの話に耳を傾ける。

ひととおり話し終えると、夫婦はリュカに丁寧に別れを告げてその場から去っていった。夫婦の居住地はヘイリアの南に隣接《りんせつ》するフラン伯爵《はくしゃく》領だ。おそらくこれから馬車に乗り込み、長い道のりを帰るのだろう。

「会話から察するに、アイナという子の里親希望夫婦といったところでしょうか」

「うひょわっ」

背後から声をかけられ、リュカは軽く飛び上がる。背中を駆け上がったゾワゾワ感を堪《こら》えて振《ふ》り返ると、遠ざかっていく夫婦の背中を眺《なが》めるクライスがいた。

クライスを取り囲んでいた子供たちはいつの間にか建物の中に戻ったらしく、リュカの近くにいるのはクライス一人だ。いったいいつからリュカと夫婦の話に耳を傾けていたのかと思いつつ、リュカは深く息を吐《は》き出し、暴れる心臓をなだめる。驚愕で容易《たやす》く動物型に変化する身としては、気配を殺して背後に立つのは控《ひか》えていただきたいところである。

「さすが、鋭《するど》いね。君の言うとおり、あの夫婦はアイナっていう女の子の里親希望なんだ」

「それで、その子との面会に訪れた夫婦から詳細《しょうさい》を聞くこともリュカさんの仕事だと」

「そう。こうやっていつも――うおっ」

腰《こし》のあたりに衝撃《しょうげき》を感じて視線を落とすと、リュカの腰にしがみつく小柄《こがら》な子供の、大きな栗色《くりいろ》の瞳《ひとみ》と目が合った。

「アイナ！　わざわざ会いに来てくれたの？」

「うん。あのね、リュカさまが来てるよって、他《ほか》の子に教えてもらったの。それで……」

アイナの声が尻《しり》すぼみになり、瞳がおずおずとクライスを捉える。信頼《しんらい》するリュカに会いたくて飛び出してきたが、見知らぬクライスがいるため緊張を拭《ぬぐ》い去れないようだ。リュカのローブの内側に隠れようとするアイナに苦笑して、リュカはクライスを手で示す。

「アイナ、この人はクライスくんだよ。しばらく俺の手伝いをしてくれる予定なんだ」

「初めまして、アイナ」

クライスは膝を折ってアイナと目線を合わせたが、アイナは半分ローブに隠れたまま動く気配がない。里親希望として何度も顔を合わせている夫婦に対してもまだ完全に心を開いていないのだから、初対面のクライスと言葉を交《か》わすのは、人見知りのアイナには難しいだろう。

無理にクライスと会話させる必要はない。リュカはアイナを孤児院の中に促《うなが》そうとしたが、クライスがアイナに話しかけるほうが早かった。

「アイナは、リュカさんのどんなところが好き？」

投げかけられた問いはリュカにとっても予想外のもので、リュカは「え」と声を漏《も》らす。質問の真意がわからずクライスとアイナを交互《こうご》に見つめていると、たっぷりの間を置いてから、アイナがおそるおそるといった様子で口を開いた。

「……優《やさ》しいところ」

「うん。俺も、リュカさんの優しいところ、大好きだよ」

「ちょ、ちょっと、何を言って……」

大好きという部分が綺麗《きれい》に切り取られ、リュカの頰《ほお》が熱を持つ。リュカが動揺で耳をプルプル震《ふる》わせていると、不意にアイナがローブから顔を出した。

「……あのね、アイナのお名前、アイナっていうの」

小声で囁《ささや》くように告げ、アイナはリュカのローブから出てクライスに歩み寄る。

「……はじめまして、クライスさま」

「うん、ご挨拶《あいさつ》ができて偉いね」

クライスは人好きのする笑顔《えがお》でアイナの頭を撫《な》でた。アイナは嫌《いや》がる素振りも見せずじっとしており、ゆらゆら揺《ゆ》れる尻尾《しっぽ》が彼女の喜びを表している。その意外な光景はリュカに言葉を失わせるには十分で、リュカはしばらく黙ったまま二人を見つめていた。

「びっくりしたよ。アイナが初対面の人と話すなんて、初めてだったから」

孤児院を出て屋敷《やしき》へと戻《もど》る道すがら、リュカは隣《となり》を歩くクライスにそう声をかけた。

夜の帳は徐々《じょじょ》に西へと広がっており、街を包む夕闇《ゆうやみ》は濃度《のうど》を増す。家々の窓の内側に灯《とも》る温かな光が路地に音もなく漏れ、空気にはどこかの家の夕食の匂《にお》いが溶《と》ける。

「君は、意外と子供と接するの慣れてるんだね」

「幼い頃《ころ》の、自分に対する兄や姉の態度を思い返し、実践《じっせん》しただけです。俺自身も妹がいる兄ですから、子供と接する経験がまったくなかったわけではありませんし」

クライスもリュカ同様に、弟として兄や姉からの愛情を享受《きょうじゅ》してきたという事実が、不思議な親近感をリュカの胸にもたらした。王室における家族観はリュカにとっての家族観とはまるで異なる気がしていたが、案外、ヘルゼン家と似通っているのかもしれない。

「それより、アイナの額の傷痕《きずあと》ですが、あれはここに来る前から？」

先ほどアイナの頭を撫でた際、普段は前髪《まえがみ》で隠《かく》れている額の傷痕を目にしたらしい。やはり鋭い男である。

「そう。保護したときには、もうアイナの額にあったんだ」

昨年の秋、ローメルン市街で雨に打たれていた一人の女児が保護された。親を捜《さが》すも見つからず、額に傷痕があったその子はアイナという名を与えられ、孤児院《こじいん》で暮らすこととなった。

「保護される前のことは何も覚えてないみたいなんだ。それに加えて、あの子は馬の獣人《じゅうじん》だけどまだ一度も馬の姿になったことがなくて。だから職員の間じゃ、それだけつらい思いをしたんじゃないかって話になってる」

人型と動物型を切り替《か》える能力が完全に身に付くのはだいたい十歳くらいだ。アイナのような幼児はふとしたはずみですぐ動物型になるものだが、保護されてからのアイナはまだ一度も馬の姿になっていない。これは強い精神的苦痛を感じた子供に見られる特徴《とくちょう》だった。

「そんな事情もあるから、養子の件は少し不安もあるんだよね。里親希望の夫婦ともずいぶん打ち解けてきたけど、まだ完全には信頼関係を築けていないから、こっちもじっくり夫婦の人《ひと》柄《がら》を見極《みきわ》めて、アイナとの関係を見守ってる感じかな」

「……確かに、慎重《しんちょう》に事を進めるのが賢明《けんめい》でしょうね。人身売買への警戒《けいかい》も必要ですから」

クライスが発した人身売買という言葉に、リュカは頭の上の耳をぴくりと動かした。

近頃《ちかごろ》、国内各地で発生しているのが、孤児院の子供を狙《ねら》った人身売買である。

巨大《きょだい》人身売買グループによって行われるその犯行の手口は、里親希望者として孤児院に近づき、養子として連れ出した子供を国外の富裕層《ふゆう》へ売りさばくという狡猾《こうかつ》なものだ。人口の九割を獣人が占めるこの国から出たことがないリュカでは想像がつかないが、国境線の先では獣人は稀有《けう》な存在で、獣人の子供を珍《めずら》しい愛玩《あいがん》動物として購入《こうにゅう》する者も多いという。

人身売買グループに関して判明しているのは、グループが蛇《へび》をシンボルマークとしていること、またグループ内での連絡《れんらく》は光の強さによって黒にも赤にも青にも見える特殊《とくしゅ》なインクを使用した手紙を用いて行われることの二点のみだ。もちろん公的機関による捜査《そうさ》も行われているが、グループの全容の解明には程遠《ほどとお》く、解決の兆《きざ》しは見えていないのが現状である。

そのため孤児院側も自衛として里親希望者には用心しており、養子縁組《ようしえんぐみ》の話を持ち掛《か》けられた際は、公的書類による身分証明を含《ふく》めた徹底《てってい》的な素性の確認を行うことにしている。

アイナの里親希望夫婦は、既《すで》にその厳重な身元確認によって潔白が証明されていた。

「あの夫婦に関しては大丈夫《だいじょうぶ》だよ。フラン伯爵領にある領民票の写しを取り寄せて、身元を確かめたんだ。人身売買グループの人間でもさすがに公的書類の偽造《ぎぞう》は無理だろうから」

加えて、リュカは実際にフラン伯爵領にある二人の住居にも訪《おとず》れている。主に高級な織物を取り扱《あつか》っている裕福な商人らしい瀟洒《しょうしゃ》で大きな家であり、設《しつら》えられている家具も上物で、申告《しんこく》されている職業に虚偽《きょぎ》はないことが窺《うかが》えた。

「なるほど……そうなると、確かに人身売買の線は排除《はいじょ》していいかもしれません」

「気になる？　アイナのこと」

「当然でしょう。俺にはアイナを含めたすべての子供に対する責任があります。この国に生きるすべての子供の安全と幸福を考えるのも、この立場に生まれた俺の役目です」

窓から漏れ出る光に照らされたクライスの横顔は大人びていて、彼の精神的成熟を物語る。他者に尽《つ》くすことを当然とする姿勢は、王子として生きる中で自然と育《はぐく》まれたものか。

「そもそも――」

真面目《まじめ》な顔で何かを言いかけたクライスの言葉が、前触《まえぶ》れなく轟《とどろ》いた低い音に遮《さえぎ》られた。

狼《おおかみ》の唸《うな》り声にも似ているが、実際にはそんな物騒《ぶっそう》なものではなく、クライスの腹部から鳴り響《ひび》いた微笑《ほほえ》ましい腹の虫である。

クライスは先ほどまでの大人びた表情が嘘《うそ》のように頬を染め、顔を伏《ふ》せた。

「……いい匂いするもんね。シチューかな」

「……うるさいです」

「仕方ないって。君、食べ盛りなんだし」

「だから、うるさいです。成人してるんだから子供扱いしないでください」

口を尖《とが》らせたクライスは顔を背《そむ》けると、照れくさそうに耳を伏せ、尻尾を揺らした。羞恥《しゅうち》を誤魔化《ごまか》そうとする姿は常に泰然《たいぜん》と構える頭脳明晰《めいせき》な王子としての姿とはまるで別物で、不意に覗《のぞ》かせた年相応の部分がリュカの胸をきゅっと締《し》め付ける。

「……え、可愛《かわい》い」

「なっ……」

クライスが衝撃《しょうげき》を受けた顔で振《ふ》り向き、リュカは慌《あわ》てて「あっ」と両手で口を塞《ふさ》ぐ。心の中のみで呟《つぶや》いたつもりが口に出していたらしい。不敬を悟《さと》ったリュカはクライス同様に頬を紅潮させ、耳をプルプルと震わせた。

――つ、つい、正直な気持ちが……怒《おこ》ったかな？

クライスは不満そうに眉根《まゆね》をぎゅっと寄せ、固く結ばれていた口を開いた。

「……あなたのほうが、ずっと可愛いですから」

甘い感情が滲《にじ》む声がリュカの鼓膜《こまく》を揺らし、気恥《きは》ずかしさを堪《こら》えた表情がリュカの視界にぱっと焼き付いた。

クライスはリュカの腕《うで》を控《ひか》えめに摑《つか》むと、そっとリュカに身を寄せた。クライスの匂いが強く鼻腔《びこう》をくすぐり、胸が大きく跳《は》ねた瞬間《しゅんかん》、吐息《といき》交じりのかすれた声が耳元を撫でる。

「こうやって耳を震わせるのとか、可愛いってわかってます？」

は、という疑問とも吐息とも区別がつかない音がリュカの口から漏れた。

クライスの声に、見合いの場で告げられたお行儀《ぎょうぎ》の良い『愛らしい』とはまるで別の、瑞々《みずみず》しく爽《さわ》やかな熱が込められていることに気づけないほど、リュカは鈍感《どんかん》ではない。

クライスはリュカの腕を放すと足早に歩き出した。真っ赤になった顔でクライスの隣に並ぶ度胸はなく、リュカは彼の数歩後ろを黙《だま》って歩いた。吹《ふ》き抜《ぬ》ける風には秋の夜らしい冷気が染《し》み込んでいるのに、なぜだか熱を持つ頬《ほお》はなかなか冷めなかった。


クライスがヘイリアに来て、早いもので一週間が経過した。

「ヘイリアにはもう慣れた？」

ヘルゼン家の屋敷へと至る坂道を進みながらリュカが尋《たず》ねると、隣を歩くクライスは眉《まゆ》一つ動かさず、横目でちらりとリュカを見下ろした。

「俺は居住地である王都以外の場所でも普段《ふだん》と変わりなく過ごすことができますので、慣れる慣れないは問題となりません。日頃《ひごろ》の気の小ささから、リュカさんは慣れた土地以外では気を張っていて夜も満足に眠《ねむ》れない人かと思いますが、俺はそんなことありませんので」

「……さようでございますか」

ヘルゼン家の屋敷以外だと落ち着かないリュカは、引き攣《つ》った顔で短く返すしかなかった。

人を小馬鹿《こばか》にするような物言いだが、クライスにリュカを貶《おとし》める意図はない。人によって能力や性質が異なるという至極《しごく》当然の事実の上に立つクライスは、感情を一切《いっさい》挟《はさ》まず、リュカには無理だが自分には可能であるということを述べているにすぎないのだ。

だが、やはり理解していても腹が立つことは腹が立つ。

生意気な男め、とリュカは憤慨《ふんがい》する。リュカがクライスの背中を小突《こづ》きたい衝動《しょうどう》を堪えていると、クライスが口を開いた。

「ですが……あなたのお気遣《きづか》いには感謝します」

クライスはそれだけ言うと、前方へと眼差《まなざ》しを戻《もど》した。落ち着いた横顔をしばし見上げたリュカは、苛立《いらだ》ちと好感がない交ぜになった心持ちで顔を背ける。

立腹させられることが多いのに、立腹させられるだけではないから、この男は厄介《やっかい》だ。

——この前、可愛いって言ったんだよな、俺のこと……。

リュカは人知れず頬を染める。自分が可愛いわけがないだろうと反発したいのに、贈《おく》られた言葉の熱と重みと甘酸《あまず》っぱさに対処する方法を知らず、どうすることもできずにいる。

片想《かたおも》いばかりを繰《く》り返してきたリュカは、口説かれた経験に乏《とぼ》しく、他者からの好意への対処法を身に付けていない。

たった一度だけ他者から向けられた恋愛《れんあい》感情も、愛情と呼ぶにはあまりに暴力的で、リュカは手酷《てひど》く拒絶《きよぜつ》して身を守ることしかできなかった。

拒絶の意思を示した後に残ったものは罪悪感で、今でもリュカの胸に根を張っている。

「おかえりなさいませ」

屋敷《やしき》の玄関扉《げんかんとびら》を開けると、付近にいた老齢《ろうれい》の執事《しつじ》が恭《うやうや》しくリュカとクライスを出迎《でむか》えた。軽く手を上げて執事に応《こた》え、広間へ足を踏《ふ》み入れたリュカは、執事に連れられて広間から玄関へ向かおうとしていた二人の男を目にして足を止める。

五十代半ばほどの男と、リュカと同年代の男だった。目鼻立ちがはっきりとした精悍《せいかん》な顔立ちはよく似ており、こげ茶の髪《かみ》に少し癖《くせ》がある点も、やや垂れ気味の目が髪と同じ色である点も共通している。豪奢《ごうしゃ》な服は彼らが高位の貴族であることを示し、揃《そろ》って大柄《おおがら》な身体《からだ》からは威《い》圧感《あっかん》が漂《ただよ》う。二人の耳と尻尾《しっぽ》はヒョウのようでもあるが、昔から彼らと面識があるリュカは、親子である二人がヒョウではなくジャガー獣人《じゅうじん》であることを知っている。

「よう、リュカ。久しぶり」

若い男が口角を上げた。一見すると親しげな態度にも思えるが、彼の笑《え》みはどこか冷たく、リュカの胸に不穏《ふおん》なざわめきが広がる。

「……元気そうだね、アイザック。フラン伯爵《はくしゃく》も、お久しぶりです」

歩み寄ってきたアイザックに返したのち、リュカは彼の父に挨拶《あいさつ》をする。しかし伯爵は煩《わずら》わしそうに眉根を寄せ、息子《むすこ》に言い放った。

「私は先に行く。ヘイリア辺境伯との話は済んだのだから、このネズミに時間をかけるのは無《む》駄《だ》だ。お前も早めに来い」

他家の者に対するものとは思えない物言いだが、伯爵からの侮辱《ぶじょく》にもはや慣れているリュカはさしたる反応も示さず、外へ出ていく伯爵を見送る。客人である伯爵について外へ向かう執事がリュカを案ずる視線を寄越《よこ》してきたが、リュカは大丈夫だと示すように小さく頷《うなず》いた。

ヘイリア辺境伯領の南に位置するフラン伯爵領の領主である現フラン伯爵と、現ヘイリア辺境伯であるジャンは、子供の頃《ころ》から折り合いが悪いことで知られている。

より正確に言うならば、勉学も剣術《けんじゅつ》も自分より優《すぐ》れ、自分の初恋《はつこい》の相手と結婚《けっこん》したジャンをフラン伯爵が一方的に敵視しているだけで、ジャンは伯爵に対して特段の悪感情を抱《いだ》いていない。しかし相手にされていないという空虚《くうきょ》な事実はさらに伯爵の敵意に火を灯《とも》し、伯爵は昔から、ジャンの子供たちに対しても剣呑《けんのん》な態度を取る。

貴族というものは往々にして由緒《ゆいしょ》や血統を重視するものだが、伯爵は特にその傾向《けいこう》が強いと聞く。だからこそ伯爵は、同じ貴族として、猛禽類獣人《もうきんるい》ではないにもかかわらず辺境伯の養子となったリュカが気に入らず、ことさらにリュカを蔑視《べっし》していると考えられた。

「ところで、こいつ、最近リュカの補佐《ほさ》役をやってるっていうやつか？」

伯爵の姿が屋敷の外に消えたところで、アイザックがクライスを顎《あご》で示した。

とある子爵令息がリュカの補佐役を務めていることは聞き及《およ》んでいたらしいが、クライスの本来の立場を知るリュカにとってアイザックの態度は不敬そのもので、リュカは密《ひそ》かに戦慄《せんりつ》する。しかしクライスは動じず、右手を左胸に当ててわずかに上体を倒《たお》した。

「お初にお目にかかります。クーウェル子爵三男のクライスと申します」

「クーウェル子爵……聞いたことがないな。どうせ、どこぞの田舎《いなか》貴族だろ」

表面上は穏《おだ》やかにも見えていたアイザックの表情に、はっきりとした嘲笑《ちょうしょう》が浮《う》かぶ。

「まあ、剣も使えない情けないリュカの補佐役としてはぴったりかもな。俺は御免《ごめん》だが」

「……アイザック、彼に失礼だよ」

「なに真面目《まじめ》な顔してるんだよ。ヘルゼン家の人間にはふさわしくない地味で無価値な仕事の合間に、若い男と楽しんでいるんじゃないのか？」

臓腑《ぞうふ》をぐにゃりと握《にぎ》り潰《つぶ》された感覚に陥《おちい》り、リュカは思わず息を詰《つ》まらせた。

「……俺のことは手酷く振ったくせに、こいつはいいんだな」

リュカへの憎悪《ぞうお》と執着《しゅうちゃく》を募《つの》らせたアイザックの非難を受け、リュカの胸に深く根を張った罪悪感が激痛へと変化する。リュカは返す言葉もなく、激しい痛みに耐《た》えるしかない。

「おい、子爵の息子。たまには俺にもこいつ寄越せよ。共有しようぜ」

「……クライスくん、行こう」

リュカはクライスを伴《ともな》ってその場から離《はな》れようとしたが、「待てよ」とアイザックに腕を引かれた。上体が傾《かたむ》くと同時に、強引《ごういん》に引き寄せられた腕に痛みが走る。

「いっ……」

「逃《に》げるなよ。お前はいつからそんなに薄情《はくじょう》なやつになった？」

アイザックはリュカに顔を近づけ、軽薄《けいはく》な笑みさえも殺してリュカに問う。腕を摑まれているだけなのに、リュカは抵抗《ていこう》の手段も意思も奪《うば》われ、震《ふる》える瞳《ひとみ》をアイザックに向けた。

「放せ」

静かな憤怒《ふんぬ》を乗せた声が響《ひび》き、横から伸《の》びてきた手がリュカの腕を摑むアイザックの手首を

握った。リュカよりも大きなその手にぐっと力が込められたのは傍目《はため》にも明らかで、途端《とたん》にアイザックの顔が痛みに歪《ゆが》む。

それでもアイザックの手はリュカの腕《うで》から離れず、クライスは冷然とした声で続けた。

「放せと言ったんだが聞こえなかったのか？」

アイザックを射《い》貫く鋭利《えいり》な眼差しは、凍《い》てつく大地を駆《か》ける狼《おおかみ》に似ていた。吹雪《ふぶき》の中であっても前を見据《みす》え、雪も氷ものともせず、強靭《きょうじん》な足で地面を蹴《け》り、空気を震わせる遠吠《とおぼ》えを放つ。孤高《ここう》の王者を連想させる風格に、アイザックも何か底知れないものを感じたのかもしれない。アイザックの瞳が微かに揺らぎ、リュカの腕から彼の手が離れた。

クライスもまたアイザックの手首を放すと、リュカを背中に庇《かば》う形で立ち塞《ふさ》がる。

「あなた方の間に存在している複雑な事情を知り得ない部外者である俺は黙っているべきかと思ったのですが、あなたがあまりにも個性的な性格の人物である、歯に衣着《きぬき》せぬ物言いをするならば性格が悪い愚者《ぐしゃ》であるので、このあたりで口を挟ませてもらいます」

「なっ……」

アイザックは目を剝《む》くが、クライスは動じる素振《そぶ》りもなく滔々《とうとう》と語る。

「リュカさんの仕事は決して地味で無価値ではなく、民《たみ》の暮らしを支える非常に重要な仕事です。もっとも、伯爵令息にふさわしい品性と知性を有していないあなたの価値観からすれば地味で無価値な仕事に分類されるのかもしれませんが、俺もリュカさんもそこまで愚《おろ》かではないので、同意しかねます」

日頃《ひごろ》は声にあまり感情を乗せず、言葉の選択《せんたく》にも無用な感情を挟《はさ》まないクライスだが、このときばかりは言動の端々《はしばし》に隠《かく》しきれない怒気《どき》が滲《にじ》んでいた。自身を部外者と言いながらもリュカを庇って憤《いきどお》りを見せるクライスの姿は、冷静沈着《ちんちゃく》で合理的な普段《ふだん》の姿とはかけ離れている。

――なんで、君は……俺を庇う理由も必要もないのに。

驚《おどろ》きと共に温かなものが広がる胸の中で、リュカはそうクライスの背中に問いかける。そんなリュカの前で、クライスは背筋を伸ばして立ち続ける。彼にとってはここでリュカを守ることに絶対の意味があり、この場における最善なのだと言葉なく語るように。

「あなたの態度は、己《おのれ》が無知で度し難《がた》い馬鹿《ばか》であると他者に公言しているようなものです。現に、俺はあなたの名を無能という言葉と結びつけて記憶《きおく》しました。これ以上あなたを無能と判断する人間を増やさないためにも、態度を改めることをお勧《すす》めします」

「お、お前、子爵の息子の分際で……俺は次期伯爵だぞ！」

「知っています。それが何か」

クライスは余裕綽々《よゆうしゃくしゃく》といった態度で悠々《ゆうゆう》と尻尾を揺らした。

「俺の態度が無礼だと言うなら、その言葉、そっくりそのままお返ししますよ。他者に敬意を払《はら》えない者へ払う敬意など持ち合わせていませんから」

爵位を持ち出しても怯《ひる》む様子を見せないクライス相手では分が悪いと悟《さと》ったらしい。アイザックは小さな舌打ちだけを残し、大股《おおまた》で屋敷の外へと出ていった。

「なんなんですか、あの失礼が服を着て歩いているような無能は」

アイザックの姿が完全に視界から消えた後、クライスは気に入らなそうに吐《は》き捨てた。

「ヘイリア辺境伯とフラン伯爵の関係性については把握《はあく》していますが、あの息子もリュカさんと確執《かくしつ》がありそうですね。話から察するに……恋愛絡《れんあいがら》みでしょうが」

アイザックが抱いたリュカへの恋愛感情と憎悪、過去の出来事、クライスへの嫉妬《しっと》などは、アイザックの発言や態度から十分に察することができるだろう。クライスを巻き込んだ以上は黙《だま》っているべきではないと判断し、リュカは重い口を開く。

「……昔は、親友だったんだけどね」

リュカがアイザックと出会ったのは、二人が共に七歳の頃だった。

隣接《りんせつ》する領地を治める家同士、古くから両家は交流があった。たとえ当主同士の仲が良好とは言えない状況《じょうきょう》であろうと伝統的な付き合いが途絶《とだ》えることはなく、リュカとアイザックはフラン伯爵家の屋敷《やしき》で行われた新年のパーティーの場で、初めて言葉を交《か》わした。

臆病《おくびょう》なリュカはそもそも大勢の見知らぬ人間が集まる場が苦手だった。加えて、家族の中で唯一《ゆいいつ》猛禽類獣人ではないがゆえに向けられる好奇《こうき》や嘲笑の視線により消耗《しょうもう》していたため、最低限の挨拶だけを済ませたら即座《そくざ》に兄か姉の背後に隠れようと考えていた。

だが、アイザックはそんなリュカに人懐《ひとなつ》こい笑顔を見せ、リュカの手を引いて駆け出した。

どこに行くの、と尋《たず》ねたリュカに、アイザックは言った。

『ここにいるの嫌《いや》なんだろ。もっといい場所、行こう』

アイザックがリュカの手を引いて進んだ先にあったのは書庫だった。読書好きのリュカにとって壁《かべ》一面に並ぶ書架《しょか》は大広間のシャンデリアより眩《まぶ》しく、静寂《せいじゃく》は心地《ここち》好《よ》かった。

『本が好きだって聞いてたから、ここに連れてきたら喜ぶと思って』

少し照れたように笑うアイザックの表情を見た瞬間《しゅんかん》、リュカの胸に彼への親愛が芽生えた。

初めての友達が唯一の親友になるのに、そう時間はかからなかった。アイザックは快活で、運動が得意で、新しいことへの挑戦《ちょうせん》を好み、伯爵《はくしゃく》家の期待の星だった。次期伯爵として自己研《けん》鑽《さん》を怠《おこた》らないアイザックは頼《たの》もしくリュカを支え、守り、力強くリュカの手を引いた。

いつしかリュカとアイザックは、互《たが》いに恋愛対象を男とする秘密を共有した。

少年期のリュカはローメルンのパン屋で働く青年に恋《こい》をしていて、彼がどれほど魅力《みりょく》的か、本人に伝えられない思いをアイザックに話した。アイザックは笑《え》みを見せながら、リュカの話を聞いていた。アイザック自身が恋をしている相手のことは、決して話そうとしなかった。

現在のリュカであれば、アイザックの沈黙《ちんもく》の意味を察することができたかもしれない。しかしあの頃のリュカは自分が抱《かか》えた恋以外のことは何も見えず、恋愛経験に乏《とぼ》しく、今よりも他者の心の機微《きび》に鈍感《どんかん》だった。だからこそ、自分が悪気なく無邪気《むじゃき》に、笑顔で、アイザックの心を切《き》り裂《さ》いていることに気づけなかった。

「俺にとっては、アイザックはなんでも言い合える親友だったんだ。でも……今思えば、そう思ってたのは俺だけだったんだろうな」

アイザックがリュカにさえ隠した秘密を知ることがないまま、リュカは青年になった。互いに本格的に仕事を始め、多忙《たぼう》になり、会う機会は徐々《じょじょ》に減っていった。文官の仕事に手ごたえを感じ始めていたリュカは日々が充実《じゅうじつ》していて、ついアイザックから届いた手紙への返事を後回しにしてしまうこともあった。だが、アイザックへの親愛の情は少しも薄《うす》れていなかった。

そんなある日、アイザックが前触《まえぶ》れなくヘルゼン家を訪ねてきた。

暗い空から冷たい雨が降る日だった。アイザックは見たこともないほど憔悴《しょうすい》した面持《おもも》ちをしており、リュカは急いでアイザックを自室に案内した。メイドに温かいお茶を用意してもらうため部屋を出ようとしたとき、背後からアイザックに抱《だ》き締《し》められた。

『ずっと好きだった』

アイザックはリュカの耳元でささやいた。気づいたときには強引に唇《くちびる》を重ねられていて、アイザックの手がリュカの服の中に入り込んでいた。

恐怖《きょうふ》は丁寧《ていねい》に積み重ねられた親愛や友愛を容易《たやす》く破壊《はかい》し、リュカはアイザックの腕の中で抵抗した。アイザックは暴れるリュカに、頼む、と言い続けたが、短い懇願《こんがん》に込められた感情を理解しようとする余裕はリュカになく、リュカは必死にアイザックから逃《のが》れた。

「その後のことは、あんまり覚えてないんだ。気づいたらアイザックは屋敷からいなくなってて……謝罪の手紙が来たけどなんて返せばいいかわからなくて、返事はできなくて。それからは、友達とも言えない関係になった」

後々になっても、アイザックの行動の理由と懇願の真意を推し量《お》ることはできなかった。少年の頃《ころ》からアイザックはリュカに片想《かたおも》いをしていて、リュカが無自覚に彼を傷つけてきたという事実だけが、仄暗《ほのぐら》い罪悪感と痛みを伴《ともな》ってリュカの胸に深く根を張った。

「だから俺が悪いんだ。アイザックの気持ちに気づかず、彼を傷つけて、拒絶《きょぜつ》した。今のアイザックが俺を恨《うら》むのも当然だよ」

「当然じゃないでしょう」

間髪《かんはつ》を容《い》れずに否定され、リュカは驚きをもってクライスを見つめる。

「直接好きだと言われなかったのだから、彼の気持ちにリュカさんが気づけなかったことは仕方がないと俺は考えます。理解してほしかったら、彼はちゃんと言葉でリュカさんに気持ちを伝えるべきだったんです。人間は言葉もなしに分かり合えるほど賢《かしこ》くありません」

長い時間を共にしたのに気づけなかったと、リュカは自分で自分を責めてきた。自分自身でつけたその傷に、クライスの温かな声が柔《やわ》らかく染《し》み込む。

「同意がなかったのだから、彼の行いはただの暴力です。あなたは何も悪くありません」

正しいことを正しいと言い、過《あやま》ちを過ちと断言する。善悪の境界線を迷いなく引けるクライスの姿はリュカにとっては眩しすぎるものの、眩しすぎるからこそ、深く根を張る罪悪感と痛みを剝《は》がす。

「……ありがとう」

「礼には及《およ》びません。個人的に腹が立っただけですし、当然のことを述べたまでです」

「それでも……ありがとう」

少しの間、クライスは無言でリュカを見つめていた。何度か瞬《まばた》きを繰《く》り返したのち、クライスはリュカに歩み寄ると、リュカの様子を窺《うかが》いながら、そっとリュカの身体《からだ》に腕《うで》を回した。

リュカはきっと、本当はずっと誰《だれ》かに、リュカは悪くないと言ってほしかったのだ。

クライスの匂《にお》いや服越《ご》しに伝わる筋肉の感触《かんしょく》に、心臓が否応《いやおう》なしに跳《は》ねる。

「……辛《つら》かったでしょう」

背中を優《やさ》しくさすられ、リュカは返す言葉もなくただ息を呑《の》む。

「……不思議な気持ちです。俺が守らなきゃって、そう思わされる」

どういう意味か尋ねようとしたが、リュカの疑問は声にならず喉《のど》の奥で消えた。クライスの体温は決して不快ではなく、じわじわと身体に染み込む熱が爽《さわ》やかな甘さに変わるのを感じながら、リュカはクライスの腕の中で立ち尽《つ》くしていた。

リュカは日向《ひなた》ぼっこが大好きである。

どれくらい大好きかというと、屋敷の中庭に日向ぼっこ専用ベンチを設置し、仕事の合間でも日向ぼっこの時間が確保できると判断した暁《あかつき》には、日頃はあまり見せない俊敏《しゅんびん》さを発揮して中庭に駆《か》け込み、愛するベンチに横たわり、陽光を楽しむほどである。

ゆえに燦々《さんさん》と秋光が降り注ぐこの日も、リュカは中庭で日向ぼっこに勤《いそ》しんでいた。

周囲では葉を茂《しげ》らせた植木や小さな花々が微風《びふう》に揺《ゆ》れ、植木の間に道を作る敷石《しきいし》と共に、一分の隙《すき》もない見事な庭園を造り出す。リュカはいつも中庭に来るとその整然とした美しさに心が洗われるのだが、この日ばかりは眉《まゆ》をひそめ、悩《なや》ましげに呟《つぶや》いた。

「……俺が守らなきゃって、なんだよ。こっちは十歳も年上なんだぞ」

昨日クライスにかけられた言葉を脳内で反芻《はんすう》するリュカは、寝転《ねころ》がったまま腕を組む。

二十九年の人生をどうにか生き抜《ぬ》いてきた自負があるリュカにとって、リュカを庇護《ひご》対象とするようなクライスの発言は受け入れがたくもあった。とはいえクライスに救われた部分があるのは事実で、彼の腕の中で心が柔らかく揺れ動いたことも否定できない。

リュカは嘆息《たんそく》し、甘さを帯びる心中を落ち着かせる。クライスの存在を意識しすぎるべきではないと、よく理解していた。

——好きになったら、もう前みたいに簡単に離《はな》れられないんだから。

クライスとの見合い後に未練なく婚姻《こんいん》を固辞できたのは、リュカがクライスに恋をしていなかったからだ。もし本気で好きになっていたら、リュカは苛烈《かれつ》なまでのクライスへの愛情と、自分には王子の相手は務まらないという現実的な事情の間で板挟《いたばさ》みになり、心が左右から引っ張られて引き裂かれ、断腸の思いでヘイリアに帰る決断を下すことになっただろう。

たとえリュカとクライスが相思相愛になったとしても、小心者かつ凡人《ぼんじん》であるリュカが王室で生きていくことは不可能に近い。恋は盲目《もうもく》とは言うが、感情だけで途方《とほう》もない困難を受け入れられるほどの気概《きがい》はリュカにはなく、愛するヘイリアを離れることにだって抵抗《ていこう》はある。

愛情はただ愛情であるだけで、魔法《まほう》ではなく、現実の問題を解決してくれるわけではない。

クライスに恋をすることは、避《さ》けられない彼との別離《べつり》を選択《せんたく》する際、切り裂かれるほどの苦痛に苛《さいな》まれることと同義だった。

——だから、好きになりたくない。

——好きにはならない。絶対に。

「リュカ様」

執事《しつじ》に呼ばれてリュカが上体を起こすと、執事の背後には孤児院《こじいん》の職員に手を引かれたアイナがいた。アイナは泣きべそをかいていて、リュカは不穏《ふおん》な気配を感じ取るが、職員の女性は心配ないと示すように微苦笑《びくしょう》を浮《う》かべる。

「少しお友達と喧嘩《けんか》しちゃったみたいで。それで、どうしてもリュカ様に会うんだって言って聞かなくて……リュカ様はお仕事が忙《いそが》しいんだよとは伝えたんですが」

「そうだったんだ……じゃあ、少し二人でお話ししようか、アイナ」

日頃《ひごろ》は我が儘《まま》を言わないアイナが無理を言ってリュカに会いにきたのだから、今回のことはよほど応《こた》えたということだろう。リュカは無言で頷《うなず》いたアイナの手を引き、仕事部屋に向かう。

仕事部屋のソファーに並んで腰《こし》を下ろすと、アイナはぽつぽつと語り始めた。

「……あのね、ミラちゃんと、喧嘩しちゃって」

どうやら友人のミラと人形遊びをしようとしたが、使いたい人形が二人とも同じで、譲《ゆず》り合えずに口論になったということだった。友人関係においても我を強く出さないアイナだが、ミラはアイナより一つ年上の五歳で、孤児院の子供たちの中でも特にアイナと仲が良い子なので、アイナとしてもつい甘えが出たのだと予想がつく。

「アイナね、悪いことしちゃったって、わかってるの……だからミラちゃんに、ごめんねって言いたいんだけど……許してくれなかったらどうしようって、こわくて……」

「そっか……でも、大丈夫《だいじょうぶ》だよ。心配しないで。きっと、大丈夫だから」

「ミラちゃん、許してくれるかな……？」

「うん、きっとね。不安なら俺も一緒《いっしょ》に行こうか？」

仕事を調整すれば同行も可能だ。しかしアイナは首を横に振《ふ》った。

「アイナ、頑張るから……だからリュカさま、ちょっとだけ、もふもふして……」

リュカは戦慄《せんりつ》した。

なぜならアイナの言う『もふもふ』が、リュカにとっては禁忌《きんき》だからである。

つまりは、アイナはリュカに、動物型になってくれと懇願しているのである。

「も、もふもふ、してほしいの……？」

先ほどまでのいかにも頼《たよ》れるお兄さんといった姿も形無し、目を泳がせ、頭の上の耳をプルプルと震《ふる》わせ、意味もなくソファーから立ち上がり、これまた意味もなく、なおかつ年に一度あるかないかの俊敏さを見せて壁際《かべぎわ》まで瞬《またた》く間に後退し、全身全霊《ぜんれい》をもって動揺《どうよう》と困惑《こんわく》を露《あら》わにするリュカだが、対するアイナは「うん」と容赦《ようしゃ》ない。

「前みたいに、もふもふしてほしい……」

リュカは以前、一度だけアイナの前で動物型になったことがある。

昨年の秋のことだ。保護されたばかりのアイナは風雨に晒《さら》されていたことから発熱しており、しばらくヘルゼン家の屋敷《やしき》で療養《りょうよう》することとなった。

使用人やリュカの母などがアイナを看病する中、リュカも毎日アイナの様子を見に行った。

アイナが段々と心を開いてくれていることを感じ始めた矢先、事件は起こったのだ。

雷《かみなり》である。

リュカがアイナの部屋にいたとき、ちょうど空に暗雲が立ち込め、不穏な音がゴロゴロ鳴り始めた。アイナは怖《こわ》がってリュカにしがみつき、頼《たの》もしい大人たるリュカは少しも動じず、アイナを抱《だ》き締《し》め背中を撫《な》でていた――というのは真っ赤な嘘《うそ》で、雷が苦手なリュカもまた、実は震え上がっていた。同時に背中がゾワゾワしていた。

窓の外に雷光《らいこう》が走り、轟音《ごうおん》が空気を震わせた。リュカは「うひょわっ」という間抜《まぬ》けな声を合図に、動物型となった。

しかし不幸中の幸いと言うべきか、茶色の毛に覆《おお》われた丸っこいリュカの姿はアイナのお気に召《め》したようだった。リュカを抱《かか》えたアイナはまじないのように何度も「もふもふ……」と呟き、無事に雷をやり過ごした。

雷を乗り越《こ》えた経験から、アイナは精神的な安定を得るためにリュカの動物型を求めるようになった可能性があるが、全裸《ぜんら》に等しい動物型は他者に見せるべきではないというのが常識だ。安易に求めに応じるべきではないと判断し、リュカは膝《ひざ》を折ってアイナと目線を合わせる。

「アイナ、あのね――」

「リュカさん」

「うひょわっ」

部屋のドアが開く音と共にクライスの声が響《ひび》き、リュカはその場で飛び上がった。

クライスの闖入《ちんにゅう》など予想だにしていなかったリュカは度肝《どぎも》を抜かれ、背中を走ったゾワゾワ感は一瞬《いっしゅん》にして膨《ふく》れ上がり、さながら激流に似た勢いを伴《ともな》って限界値を容易《たやす》く超《こ》える。

まずい、と悟《さと》ったときには既《すで》に遅《おそ》く、抗《あらが》うすべはなかった。

手足が身体の中心へと引き込まれるような不思議な感覚が走った。身体の内側で骨格が変化し、腕が前足に、足が後足に変わる。足の指の間に現れるのは水かきだ。緩《ゆる》く癖《くせ》がついたブロンドの髪《かみ》は消え、明るい茶色の毛で全身が覆われる。

小さくなったリュカの身体《からだ》に直前まで着ていた服が落ち、リュカは服の間から鼻先を覗《のぞ》かせた。その際にリュカを見下ろすクライスと目が合い、リュカは凍《こお》り付く。

クライスの視線の先にいるリュカは、今や人の形をしていない。

猫《ねこ》よりも遥《はる》かに大きい身体はなかなか重量感がある。眠《ねむ》そうにも見えるやや細めの黒の瞳《ひとみ》と丸い鼻先、頭の上にちょこんとついた耳は顔の上部で一直線に並ぶ形になっており、顔を水面から少し出すだけで、視覚、嗅覚《きゅうかく》、聴覚《ちょうかく》による周囲の状況《じょうきょう》の確認《かくにん》と呼吸が可能となる。体毛も硬質《こうしつ》で素早《すばや》く簡単に水分を飛ばすことができ、泳ぐのに適した身体をしていた。

この動物がネズミの仲間と知れば、人はネズミとは思えない大きさに驚愕《きょうがく》するだろう。またネズミらしい尻尾《しっぽ》を持っていないことを意外に思うかもしれない。

人々が抱くネズミのイメージとは少し異なるこの動物を、人はこう呼ぶ。

「……カピバラ」

クライスの独白は見事に動物名を言い当てていて、リュカは縮み上がった。

――な、なんてこった……バレた……。

といっても、やはり潔《いさぎよ》くカピバラたる己《おのれ》がリュカであると認めるのは抵抗があるので、リュカは野生のカピバラを装《よそお》うことにした。冷や汗《あせ》をかきながら、我《われ》こそは水辺で自由に暮らしている野生のカピバラであると言外に主張していると、クライスはリュカから視線を外した。

「……アイナ。孤児院の先生が呼んでたから、そろそろ戻《もど》ろうか」

「はい、クライスさま」

「うん、先生は広間にいるんだけど、一人で行ける？」

アイナは大きく頷き、膠着状態《こうちゃくじょうたい》にあるリュカとクライスを不思議そうな目で交互《こうご》に眺《なが》め、リュカに小さく手を振って部屋を出ていった。

「……さて、リュカさん」

アイナがいなくなったところで名を呼ばれ、リュカは悲鳴を上げそうになったところをぐっと堪《こら》える。代わりに、私は野生のカピバラなので何もわかりませんな、という顔をした。

「リュカさんでしょ。リュカさんの服に埋《う》もれてるんだから、言い逃《のが》れできませんよ」

――うぐぅ……おのれ、小賢《こざか》しい……。

だがリュカは諦《あきら》めない。視線をさまよわせ鼻先をソファーやテーブルに近づけ、知らない部屋に連れてこられて混乱している野生のカピバラを演じた。

「野生を装っても無駄《むだ》です。この辺りに野生のカピバラはいません」

クライスはリュカの脳内を読んだかのように無慈悲《むじひ》な現実を告げる。打ちのめされたリュカはぴたりと動きを止め、四本足で立ち尽《つ》くし、プルプルと毛玉に似た身体を震わせた。

「……ああああああ！　もおおおおおお！」

リュカは叫《さけ》んだ。叫びながら床《ゆか》にゴロンと転がり、四本足をバタバタと動かした。

「カピバラにならないように、今まで必死に頑張《がんば》ってたのに！」

「そうですか……リュカさん、カピバラだったんですね」

クライスはソファーに腰かけ、床で騒々《そうぞう》しく喚《わめ》くリュカを見下ろす。瞳は幾分輝《いくぶんかがや》いており、リュカが何の獣人《じゅうじん》であるのかという問いへの答えを手にしてご満悦《まんえつ》であることが窺《うかが》えた。

満足げなクライスの姿を見て、リュカの中で積もり積もっていたクライスへの不満に火がついた。この男は極端《きょくたん》な自信と合理主義を抱えて自分勝手にヘイリアにやってきた挙げ句、好きになったら逃《に》がすつもりはないなどと宣言し、可愛《かわい》げのない高慢《こうまん》な態度を取る一方でリュカに好意を見せ、リュカを翻弄《ほんろう》した。振り回されるこちらの身にもなってほしいものだ。

一瞬にして憤怒《ふんぬ》が膨れ上がったリュカは、半ばやけくそになって声を荒《あら》らげる。

「元凶《げんきょう》のくせに涼《すず》しい顔しやがって！　どうせ俺の気持ちなんてわからないだろ！」

「はい。俺はどれだけ衝撃《しょうげき》を受けようと人型を保てるので、それができない人の気持ちはわかりません。付け加えると、俺は狼《おおかみ》なので、カピバラの気持ちもわかりません。そもそも他者の気持ちを完璧《かんぺき》に理解することなど不可能なのではないかと俺は——」

「ちくしょー！　腹立つ！　そういうところだぞ！」

「そういうところとは具体的にどのような——」

「まあカピバラに生まれたもんはしょうがないよなあ！　こんなんでも受け入れてるんだよ！　自分がカピバラである現実を！」

「ほう」

「でも受け入れながらも他人には隠《かく》してたんだよ！　それなのに……よりによって……あー！　受け入れたくないなあ！　無自覚高慢自信家変人王子にカピバラ姿を見られた現実を！」

「落ち着くことをお勧《すす》めします。しかし、リュカさん……あの……」

　無自覚高慢自信家変人王子呼ばわりされたクライスはさすがに少し憤《いきどお》りを覚えたのか、やや頬《ほお》を染めた。口元を手で覆う姿は何か言いたげでもあり、躊躇《ちゅうちょ》しているようでもある。

「……いえ、まあ、ひとまずいいです」

　クライスは何かを誤魔化《ごまか》すようにコホンと咳払《せきばら》いすると、居住まいを正した。

「それより、なぜカピバラが嫌《いや》なのか聞いてもいいですか？　もっとも、猛禽類《もうきんるい》家系のヘルゼン家においてカピバラとなれば、予想はつきますが」

　真剣《しんけん》な表情で問われ、リュカの苛立《いらだ》ちがやや鎮火《ちんか》する。冷静さを取り戻したリュカは上体を起こすと、尻《しり》を床について座る姿勢を取った。

「……簡単な話だよ。一族の中には、カピバラの俺が気に入らない人間も多かったんだ」

　リュカの実の父はヘルゼン家の分家筋の人間で、鷲《わし》獣人だった。彼は平民のカピバラ獣人女性との結婚《けっこん》を望んだが、猛禽類獣人同士の婚姻《こんいん》によって猛禽類家系を維持《いじ》してきた一族の大半は、二人の結婚に大反対した。ゆえに父は母と駆《か》け落ちし、親類の中では唯一《ゆいいつ》自分の味方でいたヘイリア辺境伯――ジャンとだけ連絡《れんらく》を取っていた。

やがてカピバラ獣人であるリュカが生まれたが、両親は不幸にも事故で命を落とした。知らせを聞いたジャンは残されたリュカを養子として迎《むか》え、リュカは彼の末子となった。

ところが、カピバラ獣人がヘルゼン家当主の息子《むすこ》となったことが、一族のリュカへの不満をより強くさせた。

「俺は全然覚えてないんだけど、あの手この手で俺を排除《はいじょ》しようとしたみたい。それで父上は激怒《げきど》して、俺を排除しようとした人を全員屋敷から追い出したんだ」

一族はヘイリア各地に離散《りさん》した。ローメルンの屋敷《やしき》に残ったヘルゼン家の者はジャンと妻、四人の子供たちのみとなった。

「だから物心ついたときには俺の周りには俺を蔑視《べっし》する人はいなくて、俺は一族の人間から悪感情を向けられてることなんて知らずに過ごした。でも俺が六歳のとき……父方の祖父が亡《な》くなって葬儀《そうぎ》が行われることになって、この屋敷に一族全員が集まったんだ」

粛々《しゅくしゅく》と進められる葬儀の合間に、リュカは屋敷に集《つど》う一族の会話を偶然《ぐうぜん》耳にし、親族から異《い》端児《たんじ》とされていることを知った。

「その頃《ころ》はちょうど、臆病《おくびょう》すぎて剣術を諦めた頃だったんだ。それが一族にも伝わってたんだろうね。親族は剣が使えないことを、すべて俺がカピバラ獣人であるせいにした」

親族は口々に言った。カピバラだから剣も持てない臆病者なんだ。強く美しい猛禽類であれば問題なかったはずなのに。だから猛禽類以外の血など混ぜるべきではなかった。カピバラなんて何の役にも立たない、ただの家の恥《はじ》だ。

親が死んだとき、一緒《いっしょ》に死ねばよかったのに。

六歳のリュカにとって、大人という存在は常に正しく強いものだった。ましてや部屋の中でリュカについて語る大人たちは、リュカが愛するジャンと血の繋《つな》がった親族だ。敬愛する父の親族ならば父と同じ善人であると確信するほどリュカは幼く、血縁者《けつえんしゃ》だからこそ存在する軋轢《あつれき》を想像できないくらいには無垢《むく》であり、両親や兄姉《けいし》、執事《しつじ》を始めとする使用人たちから無条件に与《あた》えられる愛情ゆえに純粋《じゅんすい》だった。

だからこそ親族が放った言葉は、圧倒《あっとう》的な正しさをもって、柔《やわ》らかく脆《もろ》いリュカの心を切り裂《さ》いた。

それからは、カピバラである自分を否定し続ける日々だった。

心の奥深くに刻まれた劣等感《れっとうかん》はことあるごとに顔を出し、リュカの自尊心を削《けず》った。成長するにつれて兄姉との明確な差異が浮《う》き彫《ぼ》りになると、剣の道を邁進《まいしん》する兄姉への憧憬《しょうけい》は痛いほどに膨《ふく》れ上がった。憧《あこが》れと一体になった自己否定は厄介《やっかい》で、次第《しだい》に自己嫌悪《けんお》に姿を変え、少年時代のリュカは世界でいちばんリュカのことが嫌《きら》いだった。

それでもなんとか息ができたのは、変わらずリュカに愛情を注いだ家族や使用人と、リュカの葛藤《かっとう》や鬱屈《うっくつ》のすべてを受け止めたアイザックのおかげだろう。大人になるにつれ、リュカは少しずつ己の在り様を受容し、家の伝統とは違《ちが》う自分の道を模索《もさく》するようになった。

「悩《なや》んだのも昔の話だよ。今じゃすっかり図太く大人になって、もう誰《だれ》に何を言われようと、カピバラなもんはカピバラなんだからしょうがないだろ、としか思わない」

他人に何を言われようと、多少のことでは揺《ゆ》らがないくらいには大人になった。誤った価値観から放たれる無遠慮《ぶえんりょ》な言葉を受け流し、自分の心を守るくらいの強かさ《したた》は身に付けた。カピバラ獣人という事実は否定しようがない。しかし剣を手放した先で文官という道を見つけたリュカは、ちゃんと今の自分を認めてやれている。

だが、やはり心の奥深くに根差した劣等感が完全に消えたわけではないのだ。

「……でもやっぱり、カピバラだって、他《ほか》の人には言いたくないんだ。それは俺がヘルゼン家の人間にふさわしくない決定的な証《あかし》みたいなものだから。そんなのは一部の人間の偏《かたよ》った見方で、間違ってるんだって、わかってるけど」

自己に対する肯定《こうてい》と自信は確かにリュカの中に存在している。しかし感情には濃淡《のうたん》があり、リュカの精神状態や外的要因によって肯定と否定は絶えず強弱を変え、強いほうがより大きな波となってもう一方を呑《の》み込み、心を占《し》める。自己肯定も、自信も、いついかなるときも胸を張れるほどのものではないのだ。

カピバラ獣人という事実には、幼い頃に植え付けられた劣等感が密接に結びついている。だからこそリュカは己《おのれ》がカピバラ獣人であることを他者に明かさず生きている。決して完全には克服《こくふく》できない劣等感を必死に隠し、可能な限り心を肯定で占め、日々を自分なりに必死に生き抜《ぬ》いている。

「だから隠すしかないんだよ。どう頑張っても忘れられないし、完全には切り離《はな》せないから」

自分の意思と努力で手に入れた現在の姿を、過去に投げつけられた身勝手な言葉によって形成された仄暗《ほのぐら》い劣等感に、呑み込まれてたまるかと思うのだ。重くて暗い粘着質《ねんちゃくしつ》な塊《かたまり》に自分の心を乗っ取られないために、自分なりに必死に抗《あらが》っている。

きっと、皆《みな》そんなものだろうとリュカは思う。誰しも他者に明かしたくない、自分自身でも直視したくないことの一つや二つあって、隠しながら、誤魔化しながら、懸命《けんめい》に生きている。

「……そうですか」

リュカが話し終えると、クライスは神妙《しんみょう》な面持《おもも》ちで静かに呟《つぶや》いた。

「今までずっと、めげずに頑張《がんば》ってきたんですね」

その声は予想外に柔らかな響《ひび》きを抱《いだ》いていた。驚《おどろ》きをもって耳をぴくりと動かしたとき、さらにリュカを驚愕《きょうがく》させる出来事が起こった。

クライスの手がリュカの頭に乗り、そっとリュカの頭を撫《な》でたのである。

リュカよりも大きな手が温かく頭部を包む。長く細い指の感触《かんしょく》は、心地《ここち》好《よ》くないと言えば嘘《うそ》になる。うっとりと目を閉じそうになったリュカだが、そこで我《われ》に返って目を剝《む》いた。

「……コラー！　お触《さわ》りの許可は出してないぞ！」

「すみません、つい……」

「つい、じゃない！」

リュカの努力や現在の姿を肯定されたことに若干《じゃっかん》の喜びを覚えたのは事実だが、昨日の発言といい、先ほどの言動といい、まるでクライスのほうが年上であるかのような態度と包容力ではないか。生意気である。実に生意気である。ここはひとつ、年上の威厳《いげん》を見せねばなるまい。

リュカは鼻息荒く憤慨《ふんがい》し、眠《ねむ》そうにも見える瞳《ひとみ》でクライスを睨《にら》み上げた。

「とにかく！　絶対に、他の人に俺がカピバラだと言うなよ。王都とかで言いふらすなよ。絶対だからな。もし口を滑《すべ》らせたら俺の水かきが君の顔面を襲《おそ》うからな。覚悟《かくご》しておけよ」

リュカは水かきがついた前足でクライスの靴《くつ》を叩《たた》いた。小心者による精一杯《せいいっぱい》の脅《おど》しである。

「……言いませんよ、そんなこと」

クライスは弱々しく呟くと、顔を手で覆《おお》った。指の隙間《すきま》から覗《のぞ》くクライスの顔はなぜだか赤く、少し苦しそうにも見え、思っていた反応と異なる様子にリュカは眉《まゆ》をひそめる。

「あなたがカピバラで、努力家で、めげずに頑張っていて、すごく可愛《かわい》いなんて。そんな可愛いあなた、誰にも言わずに独《ひと》り占《じ》めしたいに決まってるじゃないですか」

「……ふぁ？」

クライスは呆《ほう》けた顔をするリュカの両手、ではなく両前足を握《にぎ》った。さながら愛の告白でもするような真剣な面持ちで。

「リュカさん、俺、本気であなたに惚《ほ》れました」

クライスの宣言が意味をなさない単なる音として、リュカの脳内で反響《はんきょう》する。少しの間を置いた後に事態を把握《はあく》したリュカは、途端《とたん》に恐《おそ》れおののき、毛玉に似た身体《からだ》を震《ふる》わせた。

「ほ、惚れたって……な、なぜ、そんな天変地異みたいなことに……」

「まず、無自覚高慢《こうまん》自信家変人王子などと言われたのが人生で初めてで、感動しました」

「なんでだよ！　するなよ！　初めてだろうけど感動はするなよ！」

「俺に本音をさらけ出してくれる人はそうそういませんから。皆、俺を王子として扱《あつか》うばかりで……それが当たり前だと思ってましたけど、リュカさんは俺の立場を超《こ》えて、一人の人間として扱ってくれる。俺にとってはそれがすごく嬉《うれ》しいんです」

一種の切実さを滲《にじ》ませた表情で語られ、リュカは反論を封《ふう》じられる。一個人ではなく王子として扱われる立場と、立場に対する諦観《ていかん》を持ち出されると何も言えなくなってしまうのだ。

「それに、カピバラ姿でやかましく喚《わめ》くあなたが、とても可愛くて……」

「どこに可愛い要素があるんだ！　目を覚ませ！」

野生を装《よそお》った挙げ句に正体を見破られ、床《ゆか》に転がって四本足をバタバタと動かし、涙目《なみだめ》で不満を叫《さけ》ぶ三十歳手前のカピバラのどこに可愛げがあるというのか。

とはいえ、やはりリュカはクライスが放つ『可愛い』というあまりにも単純な口説き文句に弱い。リュカは反発しながらも茶色い毛の下で密《ひそ》かに頬《ほお》を染める。

「しかも水かきで脅してくるとか……なんなんだ、あんた。可愛すぎるだろ」

思わずこぼれたといったやや荒《あら》っぽい口調が、リュカの胸の奥の奥、心の急所に突《つ》き刺《さ》さった。リュカは丁寧《ていねい》な口調をする男が不意に見せる砕《くだ》けた物言いにも非常に弱いのである。

まずい、とリュカは思う。

弱点ばかりを的確に射貫《いぬ》かれて、リュカの心臓は甘酸《あまず》っぱい音を立てている。

「俺、これから本気でリュカさんのこと口説きます。だから俺の初恋《はつこい》、もらってください」

いつだって怜悧《れいり》な色を浮かべる知的な瞳に、今では隠《かく》しきれない熱が宿る。不思議なほどの圧を持つ強い眼差《まなざ》しに、正面から射貫かれる。

クライスの顔にある瑞々《みずみず》しく爽《さわ》やかな恥《は》じらいはいかにも初恋らしく、真っ直《す》ぐで眩《まばゆ》い感情の波が、リュカの心をさらって別の色に染め上げる。否応《いやおう》なしに、鮮《あざ》やかに色合いを変えていく心の行き先もわからないまま、リュカは高鳴る胸の音を聞いていた。

# 第三章

「おはようございます、リュカさん」

食堂に足を踏《ふ》み入れたリュカを迎《むか》えたのは、無表情で尻尾《しっぽ》を大きく振《ふ》るクライスだった。

カピバラ発覚事件の翌朝である。

昨日、本気で口説くとクライスに宣言された後、我に返ったリュカは荒ぶるカピバラと化した。丸っこい鼻先でクライスの足をぐいぐい押して彼を仕事部屋から追い出すと、人型に戻《もど》って服を着て、猛然《もうぜん》と仕事に取り組んだ。クライスもリュカの補佐《ほさ》役として真剣《しんけん》に職務に励《はげ》んでいたのだが、リュカは気づいていた。リュカと一緒《いっしょ》にいるときのクライスが、それまでとは別人かと思うほどに尻尾を大きく揺《ゆ》らしていたことを。

「……おはよう」

リュカが引き攣《つ》った顔で挨拶《あいさつ》を返すと、千切れんばかりに尻尾を振るクライスは嬉しそうに目を細めた。窓から差し込む朝日や磨《みが》かれたカトラリーよりも眩《まぶ》しい美青年の微笑《ほほえ》みに目を刺され、リュカは「むぐぅ」という呻《うめ》き声を上げるしかない。

——ぐっ……お、俺では手に負えない……。

リュカは救いを求めて食堂に視線を走らせた。広い食堂の中央に置かれた巨大《きょだい》な食卓《しょくたく》には朝食をとるジャンとセレンがおり、食卓の周囲では料理やお茶を用意するメイドたちが行き交《か》っている。しかし、誰《だれ》もリュカと目を合わせようとしない。

リュカは孤軍奮闘《こぐんふんとう》の定めを悟《さと》った。嗚呼《ああ》、なんと哀《かな》しいことだろうか。

「ク、クライスくんも、今からごはん……？」

「はい。食堂には少し前に来たんですが、リュカさんと一緒に食べたくて、待ってました」

甘い気配を持つ波動に襲われ、びく、とリュカは肩《かた》を震わせた。これまでもクライスとリュカの朝食時間は被《かぶ》っていたが、どちらかと言うと朝食をとるリュカの観察がクライスの主な目的だったはずだ。しかし、現在のクライスは行動の動機を興味関心から好意に変えている。

「昨日から、どうしようもないくらいにリュカさんと一緒にいたいんです」

「そ、そっかあ……」

「気づけばあなたのことばかり考えているし、離《はな》れていると、今あなたは何をしているのかと気になって仕方がありません。自分でも不思議なほどに」

──誰かこの初恋猛進《もうしん》男を止めてくれ。

リュカの切実な願いもむなしく、クライスは真剣な表情で胸に手を当てると、ぐっと拳《こぶし》を握り締《し》めた。

「これが……恋」

「やめろ！　朝から刺激《しげき》が強い！　やめろやめろ！」

カピバラ発覚事件により苛立《いらだ》ちや不満をすべてクライスにぶちまけ、あろうことかクライスを無自覚高慢自信家変人王子呼ばわりしたリュカにとって、彼を相手に声を荒らげることなど些細《ささい》なことになっていた。もはや本心を押し殺している場合ではない。

しかし、クライスはもちろん、多少リュカが情けなく声を張り上げたところで気後《きおく》れするような可愛げのある男ではなかった。

「と言われても、俺の気持ちは朝と夜で強さを変えることはありません。ずっとあなたのことが好きだし、あなた以外は見えませんし、本気で口説くと宣言した手前、惜《お》しみなく好意を伝えたいのですが」

「んぐぅ……い、いや、それでもさあ、ほら、ここには他《ほか》の人もいるし……ね？」

少し離れたところにいるジャンやセレン、メイドたちが先ほどから控《ひか》えめにリュカとクライスの様子を窺《うかが》っていることには気づいていた。距離《きょり》があるとはいえ、こうも騒《さわ》がしく会話していては話の内容も筒抜《つつぬ》けだろう。父と姉、家族同然の使用人の前で口説かれるこちらの身にもなってみろ、という不満を込めるリュカだが、返ってきたのは思いもよらない言葉だった。

「ご心配には及《およ》びません。リュカさんを口説くことに関して、リュカさんのご家族の許可は既《すで》に取っています」

リュカは唖然《あぜん》として口を半開きにした。律儀《りちぎ》にジャンやリュカの母、セレンのもとに赴《おもむ》き「リュカさんに惚れたので口説きたいのですが」と淡々《たんたん》と述べるクライスの姿が自然と頭の中に描《えが》き出され、リュカは「ヴァー！」と叫びながら文字どおりに頭を抱《かか》える。

「なんでだよ！　結婚《けっこん》の挨拶かよ！」

「結婚を前提としていますので」

「聞いてない！　俺は聞いてない！」

「一度は結婚前提で俺に会いに来たじゃないですか。今さらなに言ってるんですか？」

リュカは半泣きで悟った。自分は所詮《しょせん》、この男には敵《かな》わないのだと。

容姿《ようし》端麗《たんれい》にして頭脳明晰《めいせき》、恐ろしいほどの自信と極端《きょくたん》な合理主義を装備している時点でクライスは実に厄介《やっかい》な相手だったのだ。さらに初恋を背負ったとなれば、リュカが太刀《たち》打ちできる相手ではないのは明らかである。彼がその純粋《じゅんすい》さをもって、これまで以上にリュカを翻弄《ほんろう》することは容易に想像がついた。

対処法などまるでわからないリュカは思わず顔を両手で隠し、一歩後退する。

「わかった。口説くのはいいから、少し手加減して……」

「嫌《いや》です」

ぐい、と両手首をクライスに摑《つか》まれた。強引《ごういん》に顔を露《あら》わにされ、吐息《といき》が触《ふ》れ合いそうな距離で目が合う。家族やメイドたちの視線を気にするリュカはクライスを制止しようとしたが、不思議な圧を放つ瞳《ひとみ》に射貫かれ、反発の言葉は声にならず喉《のど》の奥で消える。

「仕事は私情を挟《はさ》まずきっちりやりますよ。だからせめて、仕事以外のときは好きにさせてください。こちとら隙《すき》あらば落としたくて仕方がないんです。あなたのことが好きだから」

「な、なに、言って……」

「俺はあなたのことが好きなので、あなたにも俺を好きになってほしいだけです」

音もなく降る雪に似た静けさを湛《たた》えていた瞳は、今では甘酸っぱい熱を抱《いだ》く。低音の弦楽器《げんがっき》を思わせる落ち着いた声音《こわね》もまた、隠しきれない甘さを帯びる。

「だからリュカさん、俺のこと、ちゃんと見てくださいよ」

自分を見ろと、臆面《おくめん》もなく言い放つことができるだけの自信は、高い能力と自己肯定《こうてい》からくるものか、はたまた怖《こわ》いもの知らずの苛烈《かれつ》な初恋がもたらすものか。

柔《やわ》らかく甘く、爽やかで瑞々しく、鮮やかに燃え上がる初恋真っただ中にいるクライスは、まだ失恋《しつれん》の痛みを知らない。迷いも躊躇《ちゅうちょ》もなく、全身全霊《ぜんれい》で、リュカに恋心を向ける。こちらが気後れするほど真っ直ぐなクライスの恋情はやはり眩しすぎて、恋などとうに手放したリュカの心の防護壁《ぼうごへき》に、少しずつ罅《ひび》を入れていく。

「俺は確かに恋の経験はありませんが、有能なので問題ありません。なので、安心して口説かれてください」

「……なんだそれ。生意気」

リュカは悔《くや》し紛《まぎ》れに呟《つぶや》いた。本当はクライスから顔を背《そむ》け、彼の両手を振り払《はら》ってしまいたいのに、なぜだかできなかった。

仕事以外の時間にどう口説かれるのかと身構えていたリュカだが、突発的《とっぱつ》に発生した新たな事件によって、懸念《けねん》はリュカの頭から吹《ふ》き飛んだ。

「リュカ様！」

そろそろ正午といった頃《ころ》、リュカの仕事部屋に駆《か》け込んできたのは酒造会社を営むアドルフだった。普段《ふだん》の温和な表情とは打って変わって彼の顔には焦《あせ》りと困惑《こんわく》が浮《う》かんでおり、リュカのみならず共に部屋にいたクライスの顔にも緊張《きんちょう》が走る。

「アドルフさん？　どうしたの？」

驚《おどろ》いたリュカがアドルフに歩み寄ると、アドルフは「ああ……」と悲嘆《ひたん》の声を漏《も》らし、リュカに縋《すが》り付いた。尋常《じんじょう》でないアドルフの様子にリュカは当惑《とうわく》すると同時に、胸に漠然《ばくぜん》とした嫌な予感が広がり始めた。

――もしかして……収穫祭《しゅうかくさい》に出すビールに何かあったのか？

「アドルフさん、落ち着いて。ほら、とりあえず座ってよ」

リュカはアドルフをソファーに促《うなが》し、自身もアドルフの隣《となり》に腰《こし》を下ろした。アドルフはリュカとソファーのそばに立つクライスを交互《こうご》に見つめ、苦しげに表情を歪《ゆが》ませると、肘《ひじ》を膝《ひざ》について顔を両手で覆《おお》った。

「収穫祭に出すためのビールが……フラン伯爵《はくしゃく》のご子息に、アイザック様に、買い占《し》められたんです！」

衝撃《しょうげき》がリュカの脳を揺らし、クライスもまた身を強張《こわば》らせた気配が伝わってきた。

リュカは冷たくなった指先を握《にぎ》り締め、やっとのことで声を発する。

「なんで……なんでそんなことに」

「先ほどアイザック様が醸造所《じょうぞう》に来て、製造中のものも含《ふく》めたすべてのビールを自分に売れと言ってきて……」

アドルフによると、醸造所を訪《おとず》れたアイザックは強引に売買契約書《けいやくしょ》にサインし、料金を前払《まえばら》いで全額支《し》払《はら》って去っていったらしい。つまり、醸造所にあるビールは今まさに造られている最中のものも含め、既にアイザックの所有物と化してしまったわけだ。

「それでは収穫祭にビールを出せなくなり、収穫祭を主催《しゅさい》するヘイリア辺境伯にも迷惑《めいわく》がかかるから、とやんわりお断りしたんですが、アイザック様は聞く耳を持たず……収穫祭に出すといってもヘイリア辺境伯が予約しているわけではないだろうと言われてしまい……」

アイザックの主張に誤りはなく、リュカは唇《くちびる》を噛《か》み締めた。

収穫祭でアドルフの酒造会社が独占《どくせん》的にビールを販売《はんばい》しているのは、もちろんアドルフの会社がヘイリアにおける酒造業を一手に担《にな》っていることもあるが、アドルフの家系が昔はヘルゼン家が私的所有する醸造所の管理人だったことに由来する。

かつて、貴族はそれぞれの家で醸造所を私的に所有しており、管理人として職人を雇《やと》って一族のためにビールを造らせていた。現在、国内に多数存在している伝統ある醸造所は、ほとんどが貴族の管理下にあった流れを汲《く》んでいると言っていいだろう。

アドルフの先祖もヘルゼン家のためだけにビール製造を行っていたが、あるとき、ヘルゼン家に収穫祭で民《たみ》にも広くビールを売るように命じられる。民は大いに喜び、ヘルゼン家とアドルフの一族は収穫祭を盛り上げるという目的のもと協力し、収穫祭ではアドルフの一族が責任をもってビールを独占販売するという慣例が出来上がった。醸造所がヘルゼン家から離れ、会社として独立した以後も、この慣例は受け継《つ》がれている。

アイザックは、この慣例を弱点として突《つ》いた。収穫祭におけるビール販売はあくまで会社が自発的に出店する形であり、主催者側《しゅさいしゃ》でビールを買い上げて販売するわけではないのだ。ヘイリア辺境伯が予約しているわけではないというアイザックの主張は、まったくもってそのとおりなのである。

つまり、売買契約を交《か》わし代金を支払い済みであるアイザックに対抗《たいこう》する手段はない。ならば、ヘイリア外からビールを調達するしかないということになる。

外部からビールを調達する展開は想定して動いてきた。交渉《こうしょう》相手となる外部の酒造会社や酒場の候補もリストアップしている。収穫祭がおよそ一ヶ月後に迫《せま》っている現状を考えると困難と言わざるを得ないが、だからといってこのまま諦《あきら》めるのは受け入れがたい。

「他のところからビールを手配しよう。時間はないけど、やってみるしかない」

リュカがクライスに目配せすると、クライスは小さく頷《うなず》いた。早急に対応に当たるため立ち上がったリュカだが、アドルフに「待ってください」と腕《うで》を引かれて動きを止める。

「それが、アイザック様はヘイリアの外の醸造所などにも同じように声をかけ、買い占めているらしくて……近隣《きんりん》地域はもう無理かと……」

「なっ……なんだよ、それ……」

もはやそれ以上の言葉が出ず、リュカはその場に立ち尽《つ》くす。焦りによって冷静さを失う頭の片隅《かたすみ》で、どうにか対処法を導き出そうとするが、有効な手段は思い浮かばない。

「それと……私には何のことかわからないんですが、リュカ様が一人で先日の件を謝りに来ればビールを返してもいいとアイザック様は言ってまして……」

身体《からだ》の中心に、さっと冷たいものが走った感覚がした。

アイザックが暴挙に出た理由はリュカへの報復にあったということだ。リュカがアイザックの要求を呑《の》み謝罪に来ればアイザックはリュカに屈辱《くつじょく》を味わわせることができ、リュカが要求を呑まなければ収穫祭にビールが出せず、落胆《らくたん》する民を前にしたリュカは自責の念に苦しむことになる。リュカに苦痛を与《あた》えるというアイザックの目的は、どちらにせよ達成される。

アイザックが直接自身を言い負かしたクライスではなくリュカを報復対象にしたのは、そもそも憎悪《ぞうお》の矛先《ほこさき》をリュカに向けていることと、クライスが相手では勝ち目がないと判断したからだろう。リュカ一人で来いという条件には、クライスの同行を回避《かいひ》する意味合いがあることは明らかだ。

「リュカ様、本当に申し訳ない……私がちゃんと断れていれば……」

「気にしないで。アドルフさんは何も悪くないよ」

リュカはうなだれたアドルフの背中をさする。信頼《しんらい》と親愛を根底に、リュカには平民と貴族という枠組《わくぐ》みなしに気安く接するアドルフも、伯爵令息であるアイザックに迫られたら拒否《きょひ》できるわけもなかった。一度はヘイリア辺境伯の名を出して抵抗《ていこう》を試みたようだが、それだけでも一生分と言っても過言ではないほどの勇気が必要だったはずだ。

アイザックを前にして縮み上がりながらもビールを守ろうとしたアドルフの心境を思うと、リュカの視界にうっすらと涙《なみだ》が滲《にじ》んだ。屈辱と、嫌悪感《けんおかん》と、憤慨《ふんがい》と、やるせない悲しみが腹の底で渦巻《うずま》き、膨《ふく》れ上がって胸を裂《さ》く。

リュカは拳《こぶし》を握り締《し》めた。

「俺が、なんとかするから」

リュカはアドルフに告げ、小走りで部屋を出た。背後から「リュカさん！」というクライスの声が聞こえたが、振《ふ》り返らずに廊下《ろうか》を進む。

「リュカさん！　待ってください！」

早足で追いついてきたクライスに肩《かた》を摑《つか》まれ、リュカは足を止めた。振り返ると、クライスの表情には珍《めずら》しく焦燥《しょうそう》が色濃《いろこ》く浮かんでいる。

「謝りに行く気ですか？　あんなやつに」

「それ以外に方法がないんだ。俺が行かないと……」

「何を要求されるかなんてわかってるじゃないですか！」

クライスの怒号《どごう》が廊下に響《ひび》き、リュカは唇を噛み締めて俯《うつむ》く。リュカへの執着《しゅうちゃく》と愛憎《あいぞう》を抱《いだ》くアイザックが、謝罪と称《しょう》してリュカに求めるものは簡単に予想できた。

「それでも……返してもらわないといけないんだよ。収穫祭を盛り上げて、皆《みんな》に楽しんでもらって、成功させるには、ビールが不可欠なんだ」

アドルフの酒造会社が出店予定であることは既《すで》に人々に周知されている。急に出店を取りやめたとなれば人々は何か並々ならぬ事情があると察し、自責の念を抱いているであろうリュカやアドルフを追い詰《つ》めないため、笑顔《えがお》で落胆を隠《かく》すことは想像がついた。

収穫祭に懸《か》ける人々の思いも、アドルフや醸造職人の矜持《きょうじ》も、リュカは日頃《ひごろ》から肌《はだ》で感じている。だからこそ、リュカもまた身を粉にして準備に駆《か》け回っている。

「俺にとっては、収穫祭を成功させることのほうが大事なんだ。アイザックが地味って馬鹿《ばか》にした仕事が、なによりも大事だ。だから何がなんでも、どんな手段を使っても、絶対に取り返す。たとえそれでアイザックがご満悦《まんえつ》になっても構わない。彼が何を思おうがどうでもいい。俺は俺の大事なものを守るだけだ」

アイザックを負かすとか、反撃《はんげき》するとか、アイザックとの勝負に似た価値観とはまるで別のところに、リュカにとっての大切なものは存在している。誇《ほこ》りという言葉で言い換《か》えられるそれは、決意と努力で手にした文官としてのリュカを支える芯《しん》に等しい。たとえどれほど傲慢《ごうまん》で横暴な他者がリュカを害そうとしたとしても、リュカはリュカの誇りを失いたくない。

誰《だれ》に何を言われても、消えない劣等感《れっとうかん》に苦しんでも、憧憬《しょうけい》が目に焼き付いて迷っても、自分の誇りが自分にとって眩《まばゆ》いものであると知っている。

リュカは顔を伏《ふ》せ、肩に乗っていたクライスの手を外した。

「……ごめん」

短い謝罪をその場に残し、クライスに背を向ける。最後にクライスの顔を見ることができなかったのは、彼の表情を直視したら、決心が鈍《にぶ》りそうだったからだ。

後ろ髪《がみ》を引かれる思いで歩き出そうとしたその瞬間《しゅんかん》、右腕を摑まれた。

後方に引かれて傾《かたむ》いた上体が、背後から温かいものに包まれる。クライスの匂《にお》いがぐんと強くなって、服越《ご》しに筋肉の感触《かんしょく》が伝わる。背中側からリュカの身体に回されたクライスの両腕が、ぎゅっとリュカを抱《だ》き締める。

「行くな」

リュカの耳元で囁《ささや》かれたそのひとことには、ひとことでは言い表せないほどの静かな激情が滲んでいた。堪《こら》えて、堪えて、堪えきれずにこぼれ落ちた、クライスの心の最も脆《もろ》く柔《やわ》らかい部分が、温かな水滴《すいてき》となってリュカの心に波紋《はもん》を生み、熱いものがこみ上げた。

「そんな泣きそうな声でごめんって言われて、俺が黙《だま》って行かせるとでも思ってるんですか、あなたは。思ってるなら度し難《がた》い愚《おろ》か者です」

リュカはそれほど頼《たよ》りない声をしていただろうか。尋《たず》ねたいのに、声は喉《のど》の奥で萎《しぼ》んで消える。代わりに意味をなさない吐息《といき》だけが漏《も》れる。熱く震《ふる》える吐息は、微《かす》かに涙の気配がする。

「行かせませんよ。あなたが大事だって、どうしてわかってくれないんですか。どうして一人で解決しようとするんですか」

どうして、どうして、と問う声は、何かを求める切実な祈《いの》りにも似ていた。リュカを抱き締《し》め制止する腕は、まるでリュカに縋《すが》り付いているようにも思えた。

「どうして俺を頼ってくれないんですか。俺はここにいるのに」

ああそうか、とリュカは気づく。クライスはリュカの力になることを希望している。リュカのすぐそばで、隣《となり》で、リュカを支えようとしている。そんなクライスの本心はひどく眩《まばゆ》く、さらに涙が視界に溢《あふ》れ、視界の中で光が揺蕩《たゆた》う。

「俺を頼ろうともせずあんな無能のところに行くなんて、そんなの非合理的じゃないですか」

リュカは衝動《しょうどう》のままにクライスの腕を掴んだ。身体の芯から沸《わ》き起こる大きな感情の波が涙に変わる。中途半端《ちゅうとはんぱ》に開いた口で喘《あえ》ぐように息を吸い、吐《は》き出す。

「……悔《くや》しい」

本音が漏れると同時に、リュカの目尻《めじり》から涙が一粒《ひとつぶ》滑《すべ》り落ちた。一度感情が決壊《けっかい》してしまうと次から次へと雫《しずく》が落ち、リュカは子供のようにしゃくり上げた。どうしようもないほど悔しくて、やるせない思いに胸が裂かれ、リュカはクライスの腕を掴んだまま俯く。

「俺だって……あんな、ふざけた傲慢馬鹿野郎《ばかやろう》の言いなりになんてなりたくない。でも、そうしないと……」

「なに言ってるんですか。だから、俺を頼ってくださいって言ってるでしょう」

クライスは背後からリュカを抱き締めていた腕を解き、リュカの前に回り込むと、リュカの頬《ほお》をそっと両手で挟《はさ》んだ。リュカの涙を拭《ぬぐ》う長い指は温かかった。

「非常に有能な俺にかかれば、別の方法で収穫《しゅうかく》祭を成功に導くことが可能ですよ」

クライスはどこか勝ち気に微笑《ほほえ》んだ。これまでリュカを翻弄《ほんろう》してきた信じがたいほどの自信に満ち溢れた姿は、今では実に頼《たの》もしい姿として涙に濡《ぬ》れたリュカの瞳《ひとみ》に映る。

「……任せていいの？」

「当たり前でしょう。俺はあなたの補佐《ほさ》役なんだから」

あくまで自らをリュカの補佐役とするところが律儀《りちぎ》なクライスらしい。難局にあっても変わらない堂々とした振る舞《ま》いが、彼に任せれば問題ないという予感を生む。信頼と言い換えられるその予感が、最後に残ったリュカの躊躇《ちゅうちょ》を容易《たやす》く壊《こわ》す。

「だいたい、俺を無自覚高慢自信家変人王子呼ばわりしたくせに、たかが伯爵《はくしゃく》の息子《むすこ》に大人しく従うなんて、リュカさんらしくありませんよ」

「そ、その節はご無礼を……」

「ははっ。今さら何を言ってるんですか。そんなあなただから惚《ほ》れたんです」

反射的に顔を赤らめたリュカに笑いかけ、クライスは問う。

「目標は収穫祭の成功で問題ないですね？」

「うん。収穫祭が盛り上がって、皆が楽しめて、成功に終わればそれでいい」

「承知しました。少し留守にしますが、リュカさんは変わらず収穫祭の準備を進めてください」

クライスはその場にリュカを残して歩き出した。リュカは祈りを込めて去っていく背中を見つめ、彼の後ろ姿が視界から消えるより前に踵《きびす》を返した。

リュカはクライスを信じて、この場でなすべきことをなす。胸に灯《とも》る眩い予感が、リュカの歩みを支えている。


クライスがヘルゼン家の屋敷《やしき》を出て、二週間が経過した。

仕事部屋で机に向かうリュカは、ペンを握《にぎ》る手を止めて顔を上げた。見慣れた部屋の中にリュカ以外の人間はおらず、本棚《ほんだな》やソファーはどこか寂《さみ》しげに佇《たたず》んでいる。窓から差す光の中で舞う細かな埃《ほこり》は静寂《せいじゃく》を際立《きわだ》たせ、リュカの心までもしんと冷えていく。

リュカは気に入りの家具類を揃《そろ》えた仕事部屋で、一人静かに机に向かう時間が好きだった。

ところが今となっては、静けさは冷たい孤独《こどく》と同義だ。

――一人で仕事するのなんて、当たり前だったんだけどな。

クライスがヘイリアに来てからは、リュカは一日の大半をクライスと共に過ごした。クライスに翻弄される日々は鮮烈《せんれつ》な光と甘酸《あまず》っぱい刺激《しげき》に満ちていて、リュカが愛する平凡《へいぼん》で平穏《へいおん》な日々からはかけ離《はな》れていたのに、いざ彼がいなくなってみれば心にぽっかり穴が開き、空虚《くうきょ》さに襲《おそ》われている。

離れてみて初めて、いつの間にかクライスの存在がリュカの中で無視できないほどに大きくなっていたと知った。

リュカは小さく息を吐き出すと、額に片手を当て、肘《ひじ》をついて俯《うつむ》いた。

「……はあ」

この二週間、クライスから便りが届いたことはない。そのためリュカはクライスの動向を把《は》握《あく》できていなかった。

不安はじわじわとリュカの胸に広がり、脳内にも仄暗《ほのぐら》い靄《もや》が立ち込め、冷静な思考を奪《うば》う。護衛役が同行しているとはいえ、事件や事故に巻き込まれた可能性を完全に否定することはできない。道中、毎晩安全な宿を見つけられるとは限らず、食事や休息が満足に取れていないことだってありえる。

リュカは目を閉じ、祈るように額の前で両手を組んだ。

いっそのこと、成果が得られなくても構わないから、一刻も早く帰ってきてほしかった。クライスの安全以上に大事なものなど何もない。傷一つない姿で、淡々《たんたん》と「ただいま帰りました」と言ってくれれば、それ以外には何もいらない。

窓の外で軽《かろ》やかな足音が響《ひび》いた。反射的に視線を窓に向ければ、厩舎《きゅうしゃ》担当の使用人が複数の馬を連れて歩いていく姿が目に入った。屋敷に戻《もど》ってきた馬を厩舎に連れていくのだろう、とぼんやり考えたところで、リュカはとある可能性に気づく。

まさか、と思ったリュカは勢いよく立ち上がった。

部屋を飛び出し、滅多《めった》に走らない廊下《ろうか》を駆け抜《ぬ》ける。洗濯物《せんたくもの》を入れた籠《かご》を抱《かか》えたメイドと衝《しょう》突《とつ》しそうになったところをかろうじて避《よ》け、リュカは短く声を上げたメイドに「ごめん！」と叫《さけ》んで広間へ向かう。速く速く、とリュカ自身がリュカを急《せ》かす。

広間へ駆《か》け込んだ瞬間、二週間見ていなかった人物の姿が視界に入り、感激と一体になった安堵《あんど》がこみ上げた。

「おや、リュカさん」

クライスは今まさに屋敷に入ったばかりらしく、薄手《うすで》の外套《がいとう》を脱《ぬ》いでもいなかった。顔にはやや疲労《ひろう》の色が窺《うかが》えるものの、見たところ外傷を負っている様子はない。

うっすらと涙《なみだ》さえ浮《う》かべるリュカとは対照的に、クライスは不思議そうに首を傾《かし》げた。

「どうしたんですか、そんなに慌《あわ》てて。日頃《ひごろ》はあまり素早《すばや》い動きをしない人なのに」

「ど、どうしたって、君なあ……」

とても二週間ぶりに顔を合わせたとは思えない態度にリュカは気勢をそがれた。リュカはクライスを案じていたというのに、リュカに惚れているはずのクライスは喜びを微塵《みじん》も見せないなど、なんだか不公平ではないか。自分ばかりが彼の帰りを待ちわびていたように感じられるうえ、リュカと再会したクライスが見せる喜色を期待していたことを痛感し、頬を赤らめたリュカは半ば気恥《きは》ずかしさを誤魔化《ごまか》すために声を荒《あら》らげる。

「に、二週間も戻らないから……心配したんだからな！」

「そうですか。ですが見てのとおり無事なので、ご安心を」

安心しろと言われてしまうと、やはり無事の帰還《きかん》以上に喜ばしいことはなかった。リュカは羞恥《しゅうち》と不満をいったん脇《わき》に押しやり、もごもごと呟《つぶや》く。

「……おかえり、クライスくん」

「はい。ただいま帰りました、リュカさん」

クライスは微笑みを返すと、黒い尻尾《しっぽ》をブンブン大きく振《ふ》った。

「会いたかったです」

不意打ちを食《く》らったリュカは、う、と息を詰《つ》まらせる。紅潮していた頬がさらに熱を持った気配がして、さっとクライスから顔を背《そむ》けた。

——言うなら最初に言え！　最初に！

二週間に亘《わた》る旅の道中、クライスは危険な目に遭《あ》うこともなく、野宿することもなく、毎日の食事や睡眠《すいみん》は十分に取れていたとのことだった。仕事部屋のソファーに並んで腰《こし》かけ、クライスの旅が安全なものだったと知ったリュカは、そこでほっと胸を撫《な》で下ろした。

「さて、肝心《かんじん》のビールの件ですが」

クライスはそう口火を切り、緊張《きんちょう》した面持《おもも》ちのリュカに語り出す。

「結論から言うと、王室所有の醸造《じょうぞう》所からビールを融通《ゆうずう》してもらえることになりました」

王室が所有する醸造所が存在することなど初耳であったが、かつてビールとは王侯《おうこう》貴族が職人に命じ、自分の家のためだけに造らせるものだった。その歴史を踏《ふ》まえると、現在でも王室が醸造所を所有していても不自然ではない。

といっても、やはり王室のビールをヘイリアの収穫《しゅうかく》祭で販売《はんばい》することへの懸《け》念《ねん》はある。

「でも、そんな王族の皆様《みなさま》が飲むものを、ヘイリアの収穫祭で出して大丈夫《だいじょうぶ》なの？」

「問題ありません、俺も王族なので。使えるものはなんでも使います。後々酒飲みの王族が何か言ってくる可能性はありますが、すべて俺が対処しますのでご安心を」

リュカは震《ふる》え上がったが、背に腹は替《か》えられないので、問題ないというクライスの言葉を信じることにした。酒豪《しゅごう》王族が怒《いか》りの矛先《ほこさき》をヘイリアに向けないことを祈《いの》るばかりである。

「問題なのは量です。王室のためだけに造るビールですので、アドルフさんの醸造所と比べると生産量が少ないことは否《いな》めません」

「……となると、毎年収穫祭で消費される量を賄《まかな》えるほどじゃない、か」

「はい。そこで、別の飲料を確保しました」

クライスは革製《かわせい》の鞄《かばん》から一枚の紙を取り出し、テーブルの上に滑《すべ》らせた。その紙は見慣れた収穫祭の出店申込書であり、出店者名の欄《らん》には『トルソン・エード』と記されている。

「トルソン・エードは飲料品の製造販売を行う会社です。エードという名の通り主な商品は果実と砂糖を使用した飲料で、特に国の南部で生産されたレモンを使用したレモネードが人気となっています」

そのとき、リュカの頭の奥で何かが淡《あわ》く光を放った。リュカは少し前に、レモネードに関する話を耳にしている。

「レモネードって、もしかして……王都で大人気だってやつ？」

「おや、リュカさんもご存じでしたか。そうです。夏頃《ごろ》から爆発《ばくはつ》的な人気が出まして、会社は急成長しました。その人気のレモネードを収穫祭で売ってもらおうという魂胆《こんたん》です」

王都で流行のレモネードが収穫祭で販売されるとなれば、滅多に王都に行く機会がないヘイリアの人々は確かに歓喜《かんき》するだろう。しかし会社側の視点に立てば、参加決定の判断を下した理由にはいささか疑問が残る。王都から辺境であるヘイリアでの収穫祭に参加するとなれば、移動のコストが跳《は》ね上がり、利益が見込めないどころか下手をすれば赤字となりかねない。

つまり、会社側にはリスクを上回るメリットがあったということになる。それはおそらく、金銭的な利益とは異なるメリットだ。

「トルソン・エードは現在、王都に十近い店舗《てんぽ》を出店しています。勢いに乗る会社が、王都以外の地域にも販路《はんろ》を拡大したいと考えているのは明らかでしょう。ですが、王都とそれ以外の地域では人口も年齢層《ねんれい》も大きく異なります。つまり、王都で好評だからといって他《ほか》の地域でも同じように人気が出るとは限らないんです」

「……ようするに、出店コストを回収できるだけの利益を上げられるかどうかは不透明《ふとうめい》で、赤字の懸念が残るうちは、会社は販路開拓《かいたく》を躊躇《ちゅうちょ》する」

「そのとおりです。だからこそ、王都以外の地域で試験的にレモネードを販売する機会があるとなれば、会社側は当該《とうがい》地域での売り上げを見るため、積極的にその機会を得ようとします」

「その機会が収穫祭だってことだね？」

「はい。収穫祭をヘイリアでの試験的販売の場として活用してはどうか、と出店を呼びかけました」

クライスは会社の出店状況《じょうきょう》と王都における人気度から、会社が抱《いだ》く販路拡大への希望と躊躇を予想した。そのうえで、会社側に収穫祭が持つ試験的販売の場としての側面を強調すれば出店を承諾《しょうだく》する可能性が高いと判断し、実行に移した。

「加えて、こちら側には既《すで》に店舗に適した物件の用意があることも伝えました。ヘイリア辺境伯の管理下にあるもので、ローメルン中心部に位置する好物件です」

「物件……販路開拓をした際のお店の用意があることも、交渉材料《こうしょう》の一つってこと？」

「はい。急な話ですから、収穫祭の出店者に欠員が出てこちらが慌てているという状況は会社側も容易に予想できるでしょう。単なる数合わせと捉《とら》えられ、悪感情を抱かれるのは得策ではありません。そのため店舗物件の用意があることを示し、我々《われわれ》は長期的視点に立ち、あなた方のヘイリア出店を歓迎《かんげい》するという意思表示を行いました。ヘイリアでの販売が成功すればヘイリアの活性化にも繋《つな》がりますから、決して嘘《うそ》ではありませんしね。結果的に会社側が抱いたこちらの好感度は非常に高く、承諾の返事をもらえたわけです」

二週間前のクライスの自信に満ちた態度を考えるに、屋敷《やしき》を出る時点で、ある程度は交渉相手の心理までも見通した計画を立てていたのではないだろうか。リュカの考えが及《およ》ぶ範囲《はんい》を超《こ》えた遥《はる》か先まで見据《みす》えた彼の聡明《そうめい》さに、リュカはもう返す言葉がない。

「もちろん、ローメルンの外からも人が集まる収穫祭における販売状況からでは、平時の利益を正確に予測することは難しいです。それでも会社側がやる価値ありと判断したのは、それだけ強く販路開拓を希望しているということの表れでしょう」

「なるほど……」

物事の多様な側面を捉える俯瞰《ふかん》した視点を持ち、広く情報を集め、手にした情報と使える手札をもとに策を練り、実行し、成果を得る。クライスの鋭敏《えいびん》な頭脳と行動力により、一度は閉ざされかけた収穫祭成功の道筋が、はっきりとリュカの目に映った。

身体《からだ》の芯《しん》が熱を持つ。心臓がどくんと大きく動き、不思議な高揚感《こうようかん》が血潮に乗って全身を駆ける。吸い込む空気が清々《すがすが》しく、胸の内側で爽《さわ》やかに弾《はじ》ける。

クライスに任せれば問題ないという予感が、リュカの中で確信に変わる。

「用意できたビールの量は少ないですが、レモネードならば子供や酒が飲めない人も楽しめます。王都で人気となれば人々の関心も高いでしょう。収穫祭を盛り上げ、成功させるという目標は十分達成できると考えますが、リュカさんはどう思い――」

「すごい！　ありがとう！」

リュカは衝動《しょうどう》のままにクライスに抱き着いた。

クライスに身体を密着させ、彼の肩《かた》に額を押し付ける。クライスが身を強張《こわば》らせた気配がしたが、目の奥を熱くした今のリュカには、彼の心中を察する余裕《よゆう》はない。

「これでなんとかなる……本当に、ありがとう」

「い、いえ……俺はリュカさんの補佐《ほさ》役ですので、当然のことをしたまでです」

「君が頑張《がんば》ってくれたことは当たり前じゃないよ。俺は君の頑張りを当然のものとして受け取りたくない。それは、とてもすごいものなんだから」

たとえクライスがその高潔な精神をもって他者への献身《けんしん》を当然のものとみなしても、献身を受け取る側であるリュカは、当たり前に与《あた》えられるものと認識《にんしき》してはならないと思うのだ。いついかなるときも、リュカは感謝と敬意をもってクライスに接したい。

「だから、頑張ってくれてありがとう」

「……そりゃ頑張るでしょ。こんなに有能な俺を放置して、あんな無能男のところに行こうとするんだから。困った人ですよ、まったく」

余裕綽々《よゆうしゃくしゃく》な面持ちで屋敷を出ていったクライスが実はアイザックへの嫉妬心《しっとしん》を募《つの》らせていたと知り、リュカは目を点にする。そう気づけば照れくさそうにぼやくクライスの表情が愛らしくも感じられ、きゅっと胸が締《し》め付けられたと同時に、耳元で囁《ささや》かれた。

「そのうえ、こうやって無防備に抱き着いてくるんだから、本当に困った人です」

「え」

無意識のうちに、大胆《だいたん》にもクライスにしがみついていた事実を認識したときには既に遅《おそ》い。クライスの腕《うで》がリュカの身体に回され、リュカは彼の腕の中に閉じ込められた。力強い抱擁《ほうよう》はどちらかというと拘束《こうそく》に近く、リュカを決して逃《に》がさないという意志が透《す》けて見える。

「ちょ、ちょっと、放してほしいんだけど……」

「自分から飛び込んできておいて、今さらなに言ってるんですか？」

少し意地の悪い声音《こわね》と熱い吐息《といき》に耳を撫《な》でられ、リュカはびくっと肩を跳ねさせた。

「俺があなたのこと好きって知ってるくせに、こういうことするの、ずるいですよ」

クライスはリュカの後頭部に手を当てると、鼻先が触《ふ》れ合う寸前の距離《きょり》でリュカと目を合わせた。眼差《まなざ》しだけで容易《たやす》く動きを封《ふう》じられ、リュカは顔を背《そむ》けることも、目をそらすこともできずに、暴れ回る心臓の音を聞いていた。

「俺の頑張りが当然のものじゃないって言うなら、ご褒美《ほうび》をください」

「ご、ご褒美……？」

「はい。キスしたい」

クライスは甘える狼《おおかみ》のように、リュカの鼻先に自分の鼻先を擦《こす》り合わせた。顔同士がさらに近づいて、クライスの端整《たんせい》な顔が、強い圧を放つ瞳《ひとみ》が、薄《うす》く形の良い唇《くちびる》がすぐ目の前にある。

「駄目《だめ》ですか？」

やや輪郭《りんかく》が溶《と》けた柔《やわ》らかな声が頭の中で反響《はんきょう》し、甘美な響《ひび》きとなって理性をぐらつかせる。暴走状態にある心臓は痛いくらいで、酩酊《めいてい》したみたいにくらくらとして、感じているすべてがクライスの色に染められる。

クライスを凝視《ぎょうし》するリュカの口から、彼を拒絶《きょぜつ》する言葉は出ない。

無言の許諾《きょだく》を悟《さと》ったのか、クライスはリュカの頬《ほお》に手を添《そ》えた。触れられたそのとき、無意識のうちにリュカの身体に力が入った。だが些細《ささい》な躊躇はすぐに立ち消え、リュカは緊張《きんちょう》しながらも、間近に迫《せま》ったクライスの顔に縋《すが》るような視線を送る。

クライスは咲《さ》いたばかりの野花に指先で触れるような優《やさ》しさで、リュカと唇を重ねた。

触れ合った唇から、ぴりぴりとした甘い痛みが走る。どこかに迷いを残した最初のキスは一《いっ》瞬《しゅん》で終わったが、一拍《いっぱく》の余白を経て、再びリュカの唇はクライスのそれで塞《ふさ》がれた。

「んっ……」

クライスの唇がリュカの唇を柔く食《は》む。するりと舌を口内に差し入れられる。穏《おだ》やかに食われるような感覚に、自然と目に涙《なみだ》が溜《た》まる。薄く開いた口の隙間《すきま》から漏《も》れ出る呼気はひどく熱く、どちらのものかわからない唾液《だえき》は砂糖水のようにとろりとした甘みが溶けている。

クライスに体重をかけられ、リュカは容易く押し倒《たお》された。ソファーに手をついて上体を支え、リュカに覆《おお》い被《かぶ》さる形となったクライスは、小刻みに震《ふる》えるリュカの耳に軽く歯を立てた。

誰《だれ》かに耳を噛《か》まれたことなど初めてで、目を見開いたリュカは反射的に声を上げる。

「ひゃ、あっ」

「……なんですか、その声。可愛《かわい》い」

薄く笑ったクライスの声が普段《ふだん》よりも幾分《いくぶん》低く聞こえるのは、クライスが限界を超えそうな欲を必死に抑《おさ》えているからか。余裕がなさそうな微《かす》かな笑《え》みはもうどこにも逃げられない獲物《えもの》にそっと牙《きば》を立てようとする狼を思わせ、リュカの心臓がひときわ大きく跳《は》ねる。

「そんな声出されたら……もっと触《さわ》りたくなるんですけど」

「さ、触りたく、なるって……」

「わかりませんか？　いや、わかってるでしょ、リュカさん」

クライスは服越《ご》しに、リュカの胸元《むなもと》から腹部をゆっくりと撫でた。扇情《せんじょう》的な手つきでリュカの身体を這《は》う手はやがて下腹部に行き着く。

「俺があなたを好きって気持ちは、こういうことをするのも含《ふく》めた『好き』ですよ」

情欲が色濃《いろこ》く表れたクライスの顔は美貌《びぼう》だからこその強烈《きょうれつ》な色気を放ち、リュカはごくりと唾《つば》を飲み込んだ。とくとくと早鐘《はやがね》を打つ心臓が全身に送るものは、期待か、緊張か。

「ねえ、リュカさん。いいですか?」

キスを強請《ねだ》った際と同じ種類の甘さを抱いた声に鼓膜《こまく》が刺《さ》され、欲が溶けた眼差しに胸を貫《つらぬ》かれる。若く鮮烈《せんれつ》な感情の波に呑《の》まれ、理性の欠片《かけら》が輪郭を失う。

リュカの口からは、やはり拒絶の言葉は出ない。

クライスの表情に勝ち誇《ほこ》ったような笑みが浮《う》かんだ。食われる、と思ったと同時にクライスの唇が再びリュカの唇に重ねられ、口内に舌が入れられた。

柔らかな舌が動き、何もできずにクライスを受け入れるしかないリュカの舌に絡《から》む。普段は感じられない荒《あら》っぽいクライスの息遣《いきづか》いが頭を痺《しび》れさせ、リュカは知らず知らずのうちに震える手でクライスの腕を摑《つか》んでいた。

「リュカさん……」

かすれ声で囁いたクライスは続けてリュカの首筋にキスを落とした。舐《な》められた感触《かんしょく》に思わず身を捩《よじ》った瞬間、己《おのれ》の意思に反して「んっ……」という声が漏れる。その声は自分のものとは思えないほど甘ったるくて、羞恥《しゅうち》に手の甲《こう》で口を覆えば、クライスにその手をやんわりと口元からどかされた。

「声、ちゃんと聞かせてくださいよ。全部可愛いんだから、聞きたいに決まってるでしょ」

信じがたい要望に瞠目《どうもく》できたのも束《つか》の間、シャツの裾《すそ》から入り込んできた手に腹部の肌《はだ》を直接撫でられ、リュカは反射的に身を硬《かた》くした。

「あっ……あ、んっ」

遠慮《えんりょ》なく服の内側に入り込んできた手はすぐに胸元に行き着き、長い指に胸の先を軽くつままれる。くすぐったいはずの感覚が少しばかり気持ちよく感じられるのは、おそらく場の雰囲《ふんい》気《き》のせいだろう。

リュカの反応がお気に召《め》したのか、クライスはシャツを大きくめくり上げると、露《あら》わになった胸元に顔を寄せた。触れられて硬くなったところに舌を這わされれば、今度は明確な快感が駆《か》け抜《ぬ》けた。

「あ、んんっ……」

「気持ちいいですか？」

「ん、う……あっ」

クライスに触れられたところから広がる熱が頭の奥にまで届き、思考はもう使いものにならない。胸の刺激《しげき》が確かな快楽となって下腹部に落ち、さらに足の間に溜まる。両足を閉じて存在感を主張し始めたそこを隠《かく》そうと試みるが、クライスに膝《ひざ》を押さえられて阻《はば》まれる。

膨《ふく》らんだところを服越しに触れられ、いっそう強い快感が走った。

「あっ！」

服の上から、やんわりと軽く撫でられただけなのに、敏感《びんかん》になったそこは簡単に甘い刺激を拾い上げる。そのまま触れられ続けたらすぐに限界に達してしまいそうで、クライスの手でこれほど感じさせられることが少しばかり怖《こわ》くもあるのに、期待を抱《いだ》いているリュカもいる。

そんなリュカの心中を見抜《みぬ》いているのか、クライスはリュカの耳元で囁いた。

「リュカさん。優しくします……できるだけ」

蠱惑《こわく》的に響く声が、甘い熱に蕩《とろ》かされたリュカの身体《からだ》をさらに溶かす。

「俺ももう、余裕ないんで」

クライスの手が動き、リュカのベルトに触れる。カチャカチャと鳴る音はやがて止《や》み、ベルトはあっけなく引き抜かれる。

クライスの手が下着ごとリュカの服を剥《は》ぎ取ろうとしたとき、期待と高揚《こうよう》と一体になった緊張感が限度を超《こ》え、リュカの背中を強烈なゾワゾワ感が駆け抜けた。

「あ」

場の雰囲気には似つかわしくない間抜《まぬ》けな声が、リュカの口からぽんと飛び出した。今まさにクライスに服を脱《ぬ》がされそうになっていたリュカの身体が縮み、骨格が変化し、前足となった両腕がクライスの肩《かた》を蹴《け》る。肌は茶色く硬質《こうしつ》な毛に覆われ、先ほどまで情熱的なキスをしていた唇の隙間からは、げっ歯類らしい長く強靭《きょうじん》な歯が覗《のぞ》く。

カピバラである。

紛《まご》うことなきカピバラである。

おそらく慣れない情事の気配によって与《あた》えられていた緊張感がいつの間にか膨れ上がり、人型を保てなくなったのだろう。リュカはそう冷静に判断する一方で、日頃《ひごろ》の知的で涼《すず》しげな美青年といった姿を放《ほう》り投げ、鳩《はと》が豆鉄砲《まめでっぽう》を食ったような顔をしているクライスを狼狽《うろた》えながら見上げる。

クライスが言葉を失うのも無理はない。好きな相手が自分を受け入れる姿勢を見せたにもかかわらず、いざ本格的に事を始めようとしたら、相手がカピバラになったのである。不憫《ふびん》としか言いようがない。

「き、緊張しすぎて、カピバラに……わ、悪気は、ございませんので……」

リュカが四本足をバタバタ動かして弁解すると、クライスは無言で居住まいを正した。膝の上に肘《ひじ》をつき、両手を額に当てて顔を伏《ふ》せるクライスの耳は若干《じゃっかん》伏せられ、尻尾《しっぽ》もまた普段よりも幾分萎《しぼ》んでいるように見える。

「……リュカさん」

顔を染めたクライスは眉根《まゆね》をぎゅっと寄せ、気恥《きは》ずかしさと不満を一緒《いっしょ》くたにした顔で、どこか苦しそうに口を尖《とが》らせた。

「あんたって人は、本当に……どこまで俺を翻弄《ほんろう》すれば気が済むんだよ」

「こ、こっちの台詞《せりふ》だ！」

リュカはゴロンと転がり床《ゆか》に降り立つと、心外とばかりに反論する。クライスは照れ隠しのようにリュカを睨《にら》んでいたが、やがて気を取り直すようにコホンと咳払《せきばら》いすると、床に片膝をついてリュカの両前足を握《にぎ》った。さながら永遠の愛を誓《ちか》うような真剣《しんけん》な面持《おもも》ちで。

「リュカさん。さっきの続きをしてもいいと思ったら言ってください。俺、いつまでも待ちますから」

「続きって……」

先ほどは場の雰囲気に呑まれ、クライスに乞《こ》われるまま身を預けそうになったが、改めて考えてみれば、やはり未経験かつ小心者のリュカにとっては一大決心が必要になることである。途端《とたん》に怖気《おじけ》づいたリュカは毛玉に似た身体をプルプルと震わせた。

「俺を待つ必要はないいんじゃないかな……俺より魅力《みりょく》的な人は、たくさんいるし……」

「俺にとってはリュカさん以上に魅力的な人なんていません」

恋《こい》という感情だけを理由に迷いなく断言できるのは、若さか、それともクライス自身の人柄《ひとがら》がなせる業《わざ》か。眩《まぶ》しすぎる感情が、曖昧《あいまい》な態度を取るリュカの胸を深々と突《つ》き刺す。

「リュカさん」

静かに名前を呼ばれ、リュカは気づく。リュカの逃《に》げ道など、クライスがヘイリアを訪《おとず》れた時点で塞《ふさ》がれているのだ。クライスがリュカに興味を失えばリュカは解放されただろうが、何の因果か、クライスは初恋の相手をリュカに定めた。

ゆえに、リュカがクライスから逃げる道は、既《すで》にない。

クライスは言う。

「狼《おおかみ》って、一途《いちず》なんですよ」


リュカが愛するものは実に数多く存在しており、例えばヘイリアに春を告げる透明感《とうめいかん》ある日差し、午後のお茶と共に食べるカロン、中庭での日向《ひなた》ぼっこ、休日の二度寝《にどね》と読書、干したばかりで陽《ひ》だまりの匂《にお》いがする毛布など、枚挙にいとまがない。

といっても、どれだけ愛していても毎日必ず楽しめるわけではないのが人生の辛《つら》く厳しいところである。春の日差しは言うまでもなく春限定であり、午後のお茶の時間が取れないこともある。日向ぼっこに二度寝と読書、干したて毛布も同様だ。

そんな中でも、リュカには毎晩欠かさず意地でも堪能《たんのう》すると決めているものがあった。

温かな風呂《ふろ》である。

「はあああああ……」

リュカは湯をたっぷり張った浴槽《よくそう》の中で手足を伸《の》ばし、湯の心地《ここち》好《よ》さを堪能する。感嘆《かんたん》の声は湯気が立ち込める浴室に響《ひび》き、やがて消え、浴室にしんとした静寂《せいじゃく》が満ちる。

湯に揺蕩《たゆた》ううちにじっくりと身体が温められていく快感は、何物にも代えがたい喜びに満ちている。身だしなみとして早朝に湯で身体を流す家族と異なり、リュカが毎晩の入浴を習慣としているのも、湯につかるという行為《こうい》そのものに魅力を見出《みいだ》しているからだ。

リュカは陶器《とうき》製の浴槽に背中を預け、両手で掬《すく》った湯で顔を流した。ふう、と息を吐《は》いて両手で顔を拭《ぬぐ》ったとき、指先が唇《くちびる》に触《ふ》れ、リュカは動きを止める。

数日前、リュカの唇に重ねられたクライスの唇の感触は、今でも鮮明《せんめい》に思い出せる。キスの情景が、体温が、匂いが、柔《やわ》らかさが鮮《あざ》やかに蘇《よみがえ》り、リュカは息を詰《つ》まらせた。湯で温まったこととは別の理由で赤くなった顔をもう一度湯で洗うと、リュカは前髪《まえがみ》から雫《しずく》を滴《した た》らせながら、口元を両手で覆《おお》う。

——まさか、王子とキスをすることになるとは……。

——もし、あそこでカピバラになってなかったら、あのまま……。

クライスに服を剝ぎ取られ、誰《だれ》にも許してこなかったところに触れられる光景を想像しかけたところで、リュカの精神力は限界を迎《むか》えた。「ヴァー!」と叫《さけ》んだリュカはざぶんという音と大きな波を立てて湯に潜《もぐ》り、甘い妄想《もうそう》を断《た》ち切る。

リュカはゆっくりと湯から顔を覗かせると、鼻の下まで湯に沈《しず》めた状態で「もがもがもがもがもごもごもごもご」と文句を言った。実際には「そもそもご褒美《ほうび》はキスだったはずなのに調子に乗りやがってあの若造め」と口にしたのだが、声は泡《あわ》と不審《ふしん》な音に変わり、リュカ以外の誰にも届くことなく消える。

——……でも、結局は、許したのは俺なんだよな。

クライスに強く求められたリュカはあくまで受け身の姿勢だったが、事の発端《ほったん》は間違《まちが》いなくリュカの軽率《けいそつ》な行いにあり、クライスに対して拒絶《きょぜつ》の意思表示もしなかった。

他者と一つになった経験がないリュカにとっては、その行為には不安と恐怖《きょうふ》がつきまとう。その心理的ハードルは、決して場の雰囲気《ふんいき》程度のもので乗り越《こ》えられる高さではない。

それなのに、数日前のリュカはたいした葛藤《かっとう》も躊躇《ちゅうちょ》もなく、自然とクライスを受け入れる選択《せんたく》をしていた。

易々《やすやす》とクライスを許したのは、クライスならば問題ないという信頼《しんらい》や安心感が理由なのか、はたまたリュカもまた彼を求めたからか。

「リュカさん」

「うひょわっ」

突如《とつじょ》として浴室の外からクライスに呼ばれ、リュカは跳《は》ねるように湯から顔を上げた。同時にゾワゾワ感が恐《おそ》るべき速さで背中を通り過ぎ、抵抗《ていこう》する間もなくカピバラに変化したリュカは、盛大な水音を立てて湯に沈む。

「リュカさん！」

浴室のドアが勢いよく開き、焦《あせ》った顔のクライスが駆《か》け込んできた。おおかた、水音を聞きつけてリュカが溺《おぼ》れたと勘違《かんちが》いしたのだろうが、カピバラは水の中が得意な生き物である。カピバラ姿のリュカは慌《あわ》てることなく湯の中で体勢を立て直し、浴槽の縁《ふち》に前足をかけると、プルプルと頭を振《ふ》って水気を軽く飛ばした。

クライスはぽかんとした顔でリュカを見つめ、不思議そうにぴょこんと尻尾を動かした。

「……お風呂は、カピバラ派ですか？」

「お風呂はカピバラ派ってなんだよ！　びっくりして今カピバラになっただけだって……」

「そうですか。溺れたんじゃないかと思ったんですが、無事でよかったです」

クライスは開け放たれていた浴室のドアを閉めた。毛皮姿とはいえ一応は全裸《ぜんら》であるリュカに気を遣《つか》ったようだが、自分が退室する選択肢《せんたくし》はないらしい。狭《せま》い密室で二人きり、さらに己《おのれ》は全裸となると、妙《みょう》な緊張《きんちょう》がリュカに走る。

「そ、それで、クライスくんはどうしてここに……？」

「収穫祭《しゅうかくさい》も間近に迫《せま》ってきて、近頃疲《ちかごろつか》れているみたいだったので、お風呂上がりに疲労回復《ひろう》効果のあるお茶でも一緒にどうかと思いまして。それでリュカさんを待っていたんですが、思ったより長風呂《ながぶろ》なので心配になって、様子を窺《うかが》いに来たんです」

「そうだったんだ……」

怪《あや》しげな呼びかけによってカピバラ姿を晒《さら》す羽目になったものの、多忙《たぼう》なリュカを気遣《きづか》い、身を案じてのこととなれば悪い気はしない。胸の奥にぽっと柔らかな光が灯《とも》り、リュカは茶色い毛の下で密《ひそ》かに頰《ほお》を紅潮させた。

「わざわざありがとう。じゃあ、そろそろ出ようかな」

「ええ、それがいいと思います。ところで、リュカさん」

クライスは膝《ひざ》を折ると、浴槽の縁に前足をかけたリュカと目線を合わせた。

「少しでいいので、撫《な》でてもいいですか？」

「え、俺を？」

目を丸くしたリュカの疑問の理由はカピバラの体毛にある。水辺で暮らすカピバラの毛は容易に水を切ることができる硬質《こうしつ》なもので、犬や猫《ねこ》といった動物の柔らかな体毛とは触《さわ》り心地《ごこち》がまるで異なるのだ。アイナはリュカのカピバラ姿を「もふもふ」と言い表すが、実際には、リュカの毛は「もふもふ」な質感からは程遠《ほどとお》い。

「一回触ったからわかると思うけど、俺の毛は柔らかくないよ？　触ってもあんまり気持ちよくないんじゃ……」

「いいんです。あなただから、触りたい」

数日前、押し倒《たお》されたときに告げられた言葉が容赦《ようしゃ》なく蘇り、リュカは無意識のうちに顔を伏《ふ》せる。クライスの懇願《こんがん》に情欲的な意味はなく、単にカピバラの毛並みを撫でたいだけであることは明白だが、先ほどまで性的な行為について考えを巡《めぐ》らせていたリュカはどうしても動揺《どうよう》を抑《おさ》えきれない。

だが、リュカだけが平静を失っているというのはなんとも恥《は》ずかしい。リュカは心の乱れを表情には出さないように努め、クライスに頭を差し出した。

「……じゃあ、どうぞ」

「では、失礼します」

クライスは慎重《しんちょう》な手つきでリュカの頭に触れた。指先で小さく頭を撫で、徐々《じょじょ》に手全体を使って頭から首、背中にかけて広く撫でていく。

日常生活では基本的にカピバラ姿を他者に晒さないので、こうして誰かの手に毛並みを撫でられるのは不慣れだ。しかしクライスの力加減は絶妙《ぜつみょう》で、長い指が毛を梳《す》く感覚が心地好《ここちよ》く、リュカはいつしか夢見心地な気分で目を閉じていた。

欲を言えば寝転がり、全身を広く撫でてほしいところだが、欲望のままにさらなる愛撫《あいぶ》を要求するのは本意ではない。リュカはあくまでクライスに許しを与《あた》えた立場、無償《むしょう》で彼の頼《たの》みを聞き入れてやっている気高い精神性のカピバラなのである。ゆえに、自らの欲をさらけ出すような恥知《はじし》らずな真似《まね》はしない。

――クライスくんが満足したら……終わりにしよう……終わりにするんだ……。

「気持ちいいですか？　うっとりした顔してる」

「うん。もっと……じゃないっ！」

夢見心地から一転、我《われ》に返ったリュカはカッと開眼した。クライスの手から逃《のが》れ、盛大な音

を立てて湯に潜ると、顔の上部だけ、つまりは耳と目と鼻だけを湯から覗《のぞ》かせる。クライスは突然《とつぜん》湯に隠《かく》れたリュカを前にして呆気《あっけ》にとられた様子だったが、やがて彼の顔をさっと驚喜《きょうき》の色がよぎった。

「……リュカさん、もしかして、照れた？」

図星のリュカが無言で固まっていると、クライスは口元に手を当てて顔を背《そむ》けた。

「……俺に甘えたいけど恥ずかしくて、でもうっかり甘えちゃって、それに気づいて照れるって、可愛《かわい》すぎる」

「も、もがもがもがもごもごもご！」

リュカは湯の中で反論した。実際には「あ、甘えてないし照れてないからな！」と口にしたのだが、当然、クライスに伝わるわけもない。

リュカは己の迂闊《うかつ》さを呪《のろ》い、同時に自分自身に憤然《ふんぜん》とし、鼻息荒《あら》く湯から顔を出した。

「癒《いや》しのカピバラ触《ふ》れ合い時間はもう終わり！　人型に戻《もど》るから、離《はな》れてくれるかな」

「全裸のリュカさんが現れても俺は気にしませんよ。むしろ大歓迎《だいかんげい》です」

「俺が気にするの！　調子に乗るなよ！」

リュカは荒ぶるカピバラと化した。想像上ではひょいと軽《かろ》やかに、実際にはどたんばたんと騒々《そうぞう》しく浴槽《よくそう》から出ると、鼻先でクライスの足をぐいぐい押して彼を浴室から追い出した。

やっとのことでドアを閉めたリュカが疲労困憊《ひろうこんぱい》の体《てい》でいると、クライスがドア越《ご》しに言う。

「リュカさん。お茶を用意してリュカさんの仕事部屋で待ってますので、ちゃんと来てくださいね」

「……わかったよ。ありがとう」

「あと、リュカさん」

まだ何かあるのか、とリュカがため息をつきかけたとき、声が続いた。

「好きです」

暖められた空気に、ぽんとその飾《かざ》らないひとことが浮《う》かぶ。リュカはため息が漏《も》れる寸前で息を止め、ドアの前で立ち尽《つ》くした。

「すみません、言いたくなったので。それじゃあ」

遠ざかっていくクライスの足音はすぐに消えた。一人残されたリュカはひとまず人型に戻ったものの、浴室から動くことができず、その場で膝を抱《かか》える。

タイル張りの浴室の床《ゆか》を見つめ、リュカは何かがこぼれ落ちそうな口を片手で押さえた。そうでもしないと、鮮《あざ》やかに染められた感情が声になって喉《のど》を突《つ》き破ってきそうだった。

まずい、とリュカは思う。

好きにはならないというリュカの意思を嘲笑《あざわら》うように、心が引き寄せられる感覚がする。今はまだかろうじて心の手綱《たづな》を握《にぎ》って制御《せいぎょ》できているが、もう少し強い力で暴走されれば、きっとリュカの心はリュカの手を離れて突っ走っていく。

リュカは知っている。自らの意思や理性や合理的思考を振り払《はら》った心が行き着く先に待っているものが、恋《こい》なのだと。

本当に惹《ひ》かれ始めたら、抗《あらが》う意思など何の役にも立たないのだと。

# 第四章

黒い毛に覆《おお》われた長い尻尾《しっぽ》が揺《ゆ》れている。

仕事部屋の机に向かうリュカは、本棚《ほんだな》の前に立って資料を探すクライスを盗《ぬす》み見ていた。尻尾を振《ふ》ってリュカと同じ部屋にいる喜びを表すクライスの後ろ姿はぴんと背筋が伸《の》びていて、耳は凛々《りり》しく、時おり見える端整《たんせい》な横顔は清らかな光を放つ。顔を伏せた際に長めの前髪《まえがみ》が目元を隠す少し物憂《ものう》げなさまさえ麗《うるわ》しい。目尻《めじり》がきりりと上がった目は格好《かっこう》良くも可愛らしくもあり、強い眼差《まなざ》しをリュカに向けてほしいと願う一方で、別のものを映す彼の瞳《ひとみ》を密かに見続けていたいとも思う。

感嘆《かんたん》のため息をつきそうになったところで、リュカは頭の中がクライスの存在で占《し》められていたことを自覚する。リュカは慌《あわ》てて視線を手元に落とし、ペンを走らせた。

ここ数日、リュカは奇妙《きみょう》な現象に悩《なや》まされていた。

というのも、クライスを以前よりもずっと強く意識してしまうのである。

仕事中はもちろん、共に食事している最中も、偶然屋敷内《ぐうぜんやしき》で姿を見かけたときも、リュカの目はリュカの意思に反してクライスに引き寄せられる。離れていても常に頭の片隅《かたすみ》で彼のことを考えていて、目の前の物事に集中できない状態が続いていた。

現に、今もリュカは視線を書類に戻したというのに、気づいたときには再びクライスをこっそりと窺《うかが》っていた。するとさすがにクライスもリュカの眼差しに気づいたのか、流し目でリュカを見た。

涼《すず》しげな美貌《びぼう》に少しばかり色気が混ざり、リュカはどきりと胸を鳴らす。

「リュカさん、どうしました？」

「なっ……なんでもない……」

しどろもどろに答えたリュカは目を泳がせるが、挙動が不審《ふしん》であることは否《いな》めない。クライスは眉《まゆ》をひそめると、リュカに歩み寄った。

「なんでもないことはないでしょう。明らかにおかしいです」

「なんでもないって……少し疲《つか》れたから、気分転換《てんかん》に散歩に行ってくる！」

リュカはクライスの追及《ついきゅう》から逃れ、立ち上がり、そそくさとドアの前まで後退した。しかし当然クライスがその程度の雑な誤魔化《ごまか》しで引き下がるはずもなく、クライスは手にしていた革《かわ》張《ば》りの書物をリュカの机に置く。

「では、俺もお供をします。様子が変なリュカさんを一人にはできないので」

「いい！　大丈夫《だいじょうぶ》！」

「よくありません。リュカさんに何かあったら大変ですし、なにより俺はリュカさんが大好きなので、一緒《いっしょ》にいられる時間は常に行動を共にしたいのが本音です。欲を言うならば同じベッドでリュカさんを抱えて眠《ねむ》り、目覚めの瞬間《しゅんかん》も目に焼き付け、おはようのキスを――」

「ヴァー！　やめろ！　妄想《もうそう》やめろ！　やめないと絶交だからな！」

「俺を気に入っているくせに絶交なんて、そんな度胸リュカさんにありませんよ」

「うるさいな！　いいから、その……ここでお茶でも飲んであったかくしてなさい！」

リュカは部屋を飛び出し、やや乱暴にドアを閉めてクライスの視線を遮《さえぎ》った。早足で廊下《ろうか》を抜《ぬ》けて屋敷の外へと出ると、丘《おか》の下に広がる街並みに向かって坂道を駆《か》け下りる。

頭上の空は高く澄《す》み、眼下の街は赤や黄に染まり始めた木々の色彩《しきさい》を抱《いだ》く。坂道を駆ける足は胸の高鳴りと呼応するように徐々《じょじょ》に加速し、深まる秋の匂《にお》いがする空気がびゅんびゅんと音を立てて頰《ほお》をかすめていく。胸を満たす空気がぱちんと弾《はじ》け、不思議な高揚感《こうようかん》を伴《ともな》って全身に広がり、指先まで鮮やかな色が滲《にじ》む。そんな錯覚《さっかく》を覚える。

何かが、すぐそこまで迫《せま》ってきている。リュカは抗うように走る。しかし、心のどこかでわかっている。抗うことなどもう無駄《むだ》なのだと。

リュカはそれでも目を背けようと必死だった。認めてしまったら、もう本当に後戻《あともど》りができないと理解していたからだ。

「はあっ……はあっ……」

無我夢中で走り続けてきたリュカだが、体力が底をつき、荒い息遣《いきづか》いで足を止めた。膝《ひざ》に両手をついて身を屈《かが》め、肩《かた》を上下させて呼吸を繰《く》り返す。心肺は既《すで》に悲鳴を上げ、血の味がする喉の奥が痛い。

これほど全力疾走《しっそう》したのはいつ以来だろうか。昔はもう少し長い距離《きょり》を走れた気がする。体力の衰《おとろ》えを実感しながら、リュカは上体を起こす。

いつの間にかローメルン孤児院《こじいん》の近くまで来ていたようで、少し先に視線をやれば、孤児院の建物と庭が窺えた。緑から黄へと色調が変化しつつある庭のイチョウが快活に駆け回る子供たちを見守り、溌剌《はつらつ》とした声がずいぶんと高くなった秋空に吸い込まれる。

リュカは孤児院へと歩み寄り、肩より少し低い位置にある鉄製の門に両肘《りょうひじ》を乗せた。その拍子《ひょうし》に格子《こうし》状の門扉《もんぴ》がキイと軽く音を立てて揺れる。すると門の付近にいたアイナが音に反応して振り向き、リュカの姿を認めると、一目散に駆け寄ってきた。

「リュカさま、こんにちは」

何か喜ばしいことでもあったのか、アイナの大きな栗色《くりいろ》の目は普段《ふだん》よりも明らかに輝《かがや》いている。リュカは敷地《しきち》内に足を踏《ふ》み入れると、膝を折ってアイナの顔を覗《のぞ》き込んだ。

「はい、こんにちは。アイナ、何か嬉《うれ》しいことあったの？」

「うん。あのね、ミラちゃんとね、仲直りできたの」

「そっか！　よかったね」

リュカがアイナの頭を撫《な》でてやると、アイナの尻尾が振り子のように揺れた。珍《めずら》しく喜色満面で撫でられていたアイナだが、ふと尻尾の動きが止まり、表情に影《かげ》が差す。

「……リュカさま、この前、ごめんなさい」

「ん？　どうしたの？」

「アイナがリュカさまにもふもふお願いしたから、リュカさまとクライスさま、喧嘩《けんか》しちゃったんじゃないかなって思って……」

リュカは先日発生したカピバラ発覚事件の光景を思い返した。意図せずしてカピバラ姿となったリュカと、ノックもなしに部屋に入ってきたクライスは、しばらく膠着状態《こうちゃくじょうたい》にあった。アイナも二人の間に漂《ただよ》う緊迫《きんぱく》した雰囲気《ふんいき》を感じ取り、リュカとクライスが喧嘩したのではないかと疑いを抱いたわけだ。

「大丈夫、喧嘩なんてしてないよ。アイナは何も悪くないから、謝らないで」

「ほんと？」

「本当、本当。今日もさっきまで仲良く一緒にお仕事してたんだよ」

やたらとクライスを意識してしまうため逃《に》げてきたことは、アイナにはもちろん秘密である。

アイナは懸念《けねん》が消えて嬉しくなったのか、屈託《くったく》のない笑顔《えがお》で再び尻尾を振り始めた。

「あのね、クライスさまも喧嘩なんてしてないよって言ってたんだけど、クライスさまは優《やさ》しいから、アイナには本当のこと言わないんじゃないかなって思ってたから、よかった」

クライスには仕事の件で何度か単独で孤児院に赴《おもむ》いてもらったことがあるので、その際にアイナと顔を合わせ、アイナの問いを否定していたということだろう。リュカは幼い子供に気を遣《つか》わせていた不甲斐《ふがい》なさを痛感しながら、問いかけた。

「クライスくんとは、けっこうお話しするの？」

「ううん、あんまり」

返ってきた答えはリュカの予想とは少々異なっていた。初対面での様子や、リュカとの喧嘩についてクライスに質問していることから、クライスには気を許して親密な関係になっているかと予想したが、的外れだったらしい。

「でもね、それは、無理してお話ししなくてもいいんだよって言ってくれたからなの」

「……クライスくんが？」

「うん。アイナ、最初は頑張《がんば》ってお話ししなきゃって思ったんだけど、頑張らなくていいんだよって言ってくれたの。お話しが上手にできなくても、一緒にいるからねって」

口下手なアイナにとって会話は多大な労力を要することだ。それを見抜《みぬ》いたクライスは、必要以上にアイナの言葉を引き出そうとしなかった。おそらくは言葉なく寄り添《そ》うだけの時間もあっただろうと想像がつく。

「だからアイナ、クライスさまと一緒にいるの、好き」

クライスの静かで落ち着いた物腰《ものごし》はアイナにとって心地《ここち》好《よ》く、二人は安心して静寂《せいじゃく》を共有できる間柄《あいだがら》になったようだ。きっとリュカに対するものとはまた違《ちが》った信頼《しんらい》を抱いていると窺える晴れやかな表情に、リュカの頬も自然と緩《ゆる》む。

「リュカさまも、クライスさまと一緒にいるの、楽しい？」

急に話の矛先《ほこさき》を向けられ、リュカは「えっと……」と口ごもる。何と答えるのが最適なのかわからないまま、リュカは苦笑《くしょう》した。

「俺とクライスくんは一緒にお仕事をする関係だから、楽しいだけではないかな……」

「……クライスさまのこと、嫌《きら》いなの？」

「嫌いじゃないよ！　全然、嫌いじゃない。お仕事だから、楽しいだけじゃなくて、大変なこともあるって意味だよ。それは俺個人のクライスくんへの感情とはまた別で……」

「じゃあ、好き？」

続けざまに問いかけられ、リュカの口から声になり損《そこ》ねた吐息《といき》が漏《も》れた。

まだ四歳であるアイナの問いだ。アイナにとっての『好き』という言葉の中では、親愛も、友愛も、慈愛《じあい》も、恋慕《れんぼ》の情も、境界線などなく入り混じる。それらの愛はすべて『好き』だ。

だからこそ柔和《にゅうわ》な笑みを浮《う》かべ、好きだよ、と答えるべきだと理解している。

理解しているのに、この場における正しい答えは声にならずに喉《のど》の奥で引っ掛《か》かり、そこから熱いものが生まれて胸に落ち、ぱっと光って弾けて広がる。

ひたひたと心を満たす甘く柔《やわ》らかな感情の名を、リュカは知っている。

「俺は……」

恋《こい》というものは、きっと気づいたときには既に始まっている。

いつの間にかあの人のことを好きになっていたのだと、後から遅《おく》れて気づくのだ。

知的で落ち着いた物腰が好印象だった。ヘイリアに押し掛けてきてからは見合いの際との印象の違いに戸惑《とまど》い、無自覚に振《ふ》りまく高慢《こうまん》さに苛立《いらだ》ち、振り回されて疲弊《ひへい》した。しかし彼はどこまでも純粋《じゅんすい》で、思慮《しりょ》深く、自信と合理的思考がなにより頼《たの》もしかった。時おり覗《のぞ》く年相応の青年らしさは愛らしく、ふとした瞬間にこぼれ落ちる砕《くだ》けた口調がリュカの心を強引《ごういん》に掴《つか》んで揺《ゆ》さぶる。初恋を両手いっぱいに抱《かか》えて、物怖《ものお》じせず真っ直《す》ぐにリュカを見る瞳《ひとみ》は、狼《おおかみ》に似た強さをもってリュカを捉《とら》えて放さない。

諦観《ていかん》が胸に芽生え、リュカは摑んでいた心の手綱《たづな》を離《はな》す。もう降参だと諦《あきら》めるリュカを置いて、心は一目散に駆けていき、一瞬《いっしゅん》にして鮮《あざ》やかな色に染まる。リュカにとっては眩《まぶ》しすぎるのに、今となっては失いたくないと焦《こ》がれてやまない色に。

リュカは額に手を当てて、顔を伏《ふ》せた。

「……好きだよ」

知らないうちに、彼に恋をしていた。

「好きなんだ、クライスくんのことが」

もう誤魔化《ごまか》せないほどに、彼に恋をしている。

「いや、好きだからって、無理なもんは無理だろ」

広間のソファーにだらしなく寝転《ねころ》がったリュカは、天井《てんじょう》に向かって呟《つぶや》いた。通りかかった執《しつ》執事が「お行儀《ぎょうぎ》が悪うございますよ」とリュカを窘《たしな》めるが、あいにく今のリュカの耳は、執事《じ》の声を絶えず響《ひび》く雨音と同じ背景音として拾っている。

この日は秋のヘイリアにしては珍しく雨天であり、冷えた空気がローメルンの街を包み込んでいた。急な用事で一人外に出たリュカは雨と寒さで見事に体力を消耗《しょうもう》し、屋敷《やしき》に帰るなり広間のソファーに倒《たお》れ込んだのだ。室内のぬくもりで無意識のうちに強張《こわば》っていた身体《からだ》から力が抜《ぬ》けると同時に気も緩み、本音が口から飛び出したのである。

好きにはならないと決めていたのに、リュカはクライスに恋をしてしまった。

若く優秀《ゆうしゅう》な王子であるクライスと、三十歳手前で臆病《おくびょう》な凡人《ぼんじん》に過ぎないリュカは、何もかもが違いすぎる。愛情だけを理由にしてヘイリアを離れ、王都で王族として生きるほどの気概《きがい》はリュカにはない。だからこそ好きにならないよう努めていたのに、リュカの心はリュカの意思を置いて勝手にクライスに惚《ほ》れた。勘弁《かんべん》してほしい。

しかし、リュカの胸には決して暗雲ばかりが立ち込めているわけではなかった。

――……でも、好きな人も、俺のことを好きでいてくれるんだよな。

確かな甘酸《あまず》っぱさがじわじわと心を満たし、リュカは熱を持ち始めた顔を両手で覆《おお》う。

初めて好きな人と両想《りょうおも》いになったという事実は、失恋《しつれん》ばかりを繰《く》り返してきたリュカをこれ以上ないほど歓喜《かんき》させるには十分だった。喜びは現実的な問題を脇《わき》に押しのけ、リュカの心の真ん中を爽《さわ》やかで鮮やかな色に染める。

——ヘイリアで結婚《けっこん》できたらなあ……そしたら何も苦しむことないのに。

虚構《きょこう》に過ぎない幸福を思い描《えが》きながら、リュカは仕事部屋へと向かう。ドアノブに手を伸《の》ばしたところで室内から声が漏れ聞こえてきて、リュカはぴたりと動きを止めた。

「つまり、父は俺がそろそろ王都に戻《もど》ることを望んでいるわけですか」

クライスの平淡《へいたん》な声が耳に届き、リュカは息を吞《の》む。聞こえてきた内容はリュカにとって歓《かん》迎《げい》できるものではなく、とっさに口を片手で押さえた。

クライスは国王に王都への帰還《きかん》を望まれている。

「リュカさんとの結婚は反対しないが、結婚するならリュカさんを王都に連れて帰ってきなさい、と。それが無理なら一人で帰るように、とのことですね」

「はい。ヘイリアの収穫《しゅうかく》祭が終わった頃《ころ》にでも、と……」

クライスの発言に続くのはジャンの声だ。王都に赴いていたジャンが戻り、国王の伝言をクライスに告げている。硬直《こうちょく》した頭で状況《じょうきょう》を理解したリュカは自分が立ち聞きするべき内容ではないと判断するも、足は床《ゆか》に張り付き、どうしてもその場から動けなかった。

「そうですか。これでもヘイリアに来る前に大量の仕事を片付け、正式な休暇《きゅうか》を取ってこちらに訪《おとず》れたのですが……」

「……やはり陛下は、殿下《でんか》には王都にいていただきたいのだとお見受けしました。あなた様は、本来ならばヘイリアでリュカの補佐《ほさ》役をお務めになるようなお方ではございませんから」

「それは重々承知しています。しかし――」

二人の会話を聞いているのはもう限界だった。リュカは強引に床から足を引き剥《は》がして踵《きびす》を返すと、廊下《ろうか》を小走りで抜け、雨に濡《ぬ》れるのも厭《いと》わず中庭へ飛び出した。

普段《ふだん》よりも暗く、色を失ったようにも見える中庭に立ち尽《つ》くす。頬《ほお》に雨粒《あまつぶ》が落ち、濡れた土と草木の匂《にお》いが鼻をつく。冷たい空気が胸に満ち、髪《かみ》もローブも濡れ、指先まで冷えていく。ざあざあと鳴る雨音が、薄《うす》っぺらな夢に過ぎない稚拙《ちせつ》な願望を抱《いだ》いたリュカを嘲笑《あざわら》う。

――……馬鹿《ばか》だな、ヘイリアで一緒《いっしょ》に生きられたらなんて、何を考えてるんだ。

――彼は、辺境に、俺の隣《となり》にいるべき人じゃない。

――彼は、俺が隣に立つべき人じゃない。

リュカが身勝手な恋心を理由にヘイリアに残ってくれとクライスに懇願《こんがん》すれば、リュカに惚れている彼が、リュカと生きるためヘイリアに残る道を模索《もさく》することは予想できた。

しかし、クライスが国王の意向を無視してヘイリアに残ることは、クライスの非凡《ひぼん》な才能がヘイリアという一部の地域に収まることを意味する。彼の鋭敏《えいびん》な頭脳と行動力は、国家規模の事柄《ことがら》を進める場において発揮されるべきだ。それが適材適所というものだろう。

対するリュカは、自身がクライスに不釣《ふつ》り合いであることも、ヘイリアにいるからこそ自分を肯定《こうてい》できていることも理解している。身の程《ほど》をわきまえずに無理やりクライスと王都で結婚したところで、自身の至らなさを痛感し、不甲斐《ふがい》なさを嘆《なげ》き、日々が苦痛に満ちたものに変化し、クライスへの愛情さえも精神を締《し》め付ける鎖《くさり》になり、どうして彼を愛したのかと後悔《こうかい》する日が来るかもしれない。愛情とは、強い一方でひどく脆《もろ》い。

所詮《しょせん》は、リュカにはクライスと相思相愛になる器量はなかったのだ。

ヘイリアで共に生きるべきではなく、王都で共に生きる道もない。

リュカは悟《さと》った。共に幸せになる道がない以上、クライスへの恋心は封《ふう》じるべきだと。

「……はは」

唇《くちびる》が不格好な笑《え》みを形作ると同時に、頰を流れる水に温かいものが混ざった。唇の端《はし》から口内に入ってきた水はなぜだか少し塩辛《しおから》かった。

好きになっても苦しむだけだとわかっていたのに、どうして恋などしてしまったのだろう。

リュカの恋の始まりと終わりは季節の移り変わりにも似て、いつの間にか始まり、いつの間にか終わる。開始と終了《しゅうりょう》にリュカの意思が入る隙間《すきま》はなく、自分の手で恋心を殺すことなどできないから、リュカは恋心が自然と風化するときを待つしかない。

時が流れるにつれ、痛みも、悲哀《ひあい》も、苦悩《くのう》も、寂寥《せきりょう》も、愛情と共に薄れていく。そうして恋心が完全に消えた頃、リュカは相手に恋をしていたことをすっかり忘れている。ふとした瞬間に、ああそんなこともあったなと、わずかばかりの苦みと共に思い出す。薄情《はくじょう》だなと思う。同時に、薄情にならなければ耐《た》えられないのだろうとも思う。

——……嫌《いや》だな。

——彼のことを、そんなふうに思い出すのは。

「リュカさん！」

雨音の隙間にクライスの声が聞こえた。知らず知らずのうちに俯《うつむ》いていたリュカが顔を上げると、血相を変えたクライスが駆《か》け寄ってくるところだった。

「何してるんですか、こんな雨の中で。ほら、早く中に」

クライスに腕《うで》を引かれたが、リュカの足は動かなかった。雨の中に佇《たたず》み続けるリュカを訝《いぶか》ったのか、クライスの瞳に困惑《こんわく》が映る。

「……リュカさん、もしかして、泣いてるんですか？」

クライスは指先でおずおずとリュカの頬に触《ふ》れようとした。しかしリュカはクライスに触れられる前に彼の手を掴み、阻《はば》んだ。リュカの涙《なみだ》はクライスに触れられることなく、雨と一体になって中庭に落ち、消える。

リュカは雨が嫌《きら》いだった。それでもこの日、初めて雨も悪くないと思った。雨は誰《だれ》かに見せたくない涙と本心を覆い隠《かく》してくれる。

「なんでもないよ。行こう」

リュカはクライスの手を放すと、足早に歩き出した。リュカを案ずる色が透《す》けたクライスの視線が突《つ》き刺《さ》さっていることを感じていたが、彼と目を合わせることは避《さ》けた。

雨粒に頬を叩《たた》かれながら、リュカは祈《いの》る。クライスが抱いたリュカへの恋心がなるべく早く風化し、彼の痛みが最小限に抑《おさ》えられることを。

いつかクライスが彼に釣り合う誰かに出会い、恋《こい》をし、その人と愛し合えることを。


天幕を張った露店《ろてん》が立ち並ぶローメルン中央広場の上空には、先日の雨が嘘《うそ》のような、晴れ渡《わた》った高い空が広がっている。

人々は軽《かろ》やかな足取りで露店の間を行き交《か》い、中央のステージで楽団が奏《かな》でる曲に合わせて思い思いに踊《おど》り、大いに飲み、食べ、家族や友と笑顔で語らう。陽気な音楽と活気ある声音《こわね》が晩秋の気配が色濃《いろこ》く滲《にじ》む空気に響き、賑《にぎ》やかな光景を眺《なが》めるリュカの胸も自然と弾《はず》む。

この日、ヘイリアは無事に収穫祭を迎《むか》えていた。

「晴れてよかったですね。混雑具合から察するに、ローメルン市街の外からも大勢の人が訪れているでしょう」

収穫祭運営本部テントでリュカと共に広場を眺めながら、クライスが満足げに言う。クライスもまた収穫祭の盛り上がりを喜んでいることが嬉《うれ》しく、リュカは頬を緩《ゆる》ませた。

「クライスくんのおかげだよ。ビールもレモネードも、すごく好評みたいだから」

人々はアドルフの酒造会社によるビールがないことを残念に思いながらも、クライスが手配したビールも非常に楽しんでいる様子だ。リュカはアドルフを始めとする街の人々にビールの出所について尋《たず》ねられたが、曖昧《あいまい》に誤魔化《ごまか》した。王室が私的所有する醸造所《じょうぞう》で造られたビールという真実を知れば、人々がビールを味わうどころではなくなることは目に見えている。

レモネードに関してもビール同様に人気を集めていた。孤児院《こじいん》の子供たちも先ほどレモネード片手にリュカのもとを訪れ、王都で流行《はや》りの品を味わえる喜びを興奮気味に語っていた。露店で販売《はんばい》に当たっているトルソン・エードの担当者もかなりの手ごたえを感じているようで、今後のヘイリアでの本格出店に意欲的な姿勢を見せている。

収穫祭《しゅうかく》にはやはり、美味《うま》い料理や菓子《かし》と共に楽しめる飲料が不可欠だ。ヘイリア外からビールとレモネードを調達した今年の収穫祭は例年とは少し異なる様相となったが、収穫祭を盛り上げ成功させるという目標は十分達成されていると見て問題ないだろう。

「本当に、君がいてくれなきゃどうなってたか……」

「当然のことをしたまでです。俺はリュカさんの補佐役ですから」

成功の最たる立て役者であるクライスは事もなげに言うが、やはり横顔はどこか得意げである。

折を見て、クライスには自由に収穫祭を楽しむ時間を取ってもらうのがいいだろう。リュカがそう考えたとき、背後から「リュカ」と名を呼ばれた。

「ずいぶんと賑わっているな。今年も皆《みな》が楽しんでくれてなによりだ」

複数の部下を連れて歩み寄ってくるセレンはこの日も軍服姿で、腰《こし》には剣《けん》を下げている。大勢が集まる行事の際、ヘイリア兵を率いて警備にあたるのも彼女の仕事だ。

「姉上、どうしてこちらに？　まさか、何か問題がありましたか」

「いいや、何もないから安心してくれ。ただ、少しこの場を代わろうと思ってな。せっかくの祭りなんだから、リュカとクライス殿《どの》も楽しんでくるといい」

「お言葉はありがたいですが、俺がこの場を離《はな》れるのは……」

本部テントにはリュカ以外にも収穫祭運営に関《かか》わる文官たちが集《つど》っているが、やはり実質的な責任者であるリュカが本部を離れるのはためらいが残る。問題が発生した場合でも、現在の混雑具合ではリュカに知らせが届くのにも時間がかかり、その分対応が遅《おく》れかねない。

だが、リュカの懸念《けねん》などお見通しなのか、セレンは口角を上げた。

「何かあったら私がすぐに空から捜《さが》しに行く。上からならすぐに見つけられるさ。それに、これから父上もこの場に来てくださる予定だから、安心していい」

「父上が？　今日中にやらねばならない仕事が終わらず、このままでは収穫祭に行けないどころか母上に怒《おこ》られると嘆いていましたが……」

「まあ、我《われ》らが父上も辺境伯だ。なんとかするんだろう。ということで、行ってこい」

セレンはリュカの肩《かた》をぽんと叩き、テントの中に足を踏《ふ》み入れる。途端《とたん》に緊張《きんちょう》した面持《おもも》ちになる文官たちを視界の端で捉《とら》えながら、リュカはクライスに視線を移した。

「じゃあ、せっかくだし、行こうか？」

「はい。ご厚意《こうい》を無下にはしたくありませんし、あなたと祭りを楽しみたいので」

クライスは仕事中の真面目《まじめ》な表情をわずかに緩め、軽く尻尾《しっぽ》を振《ふ》った。弾む心中を素直《すなお》に表すさまの愛らしさにリュカが息を詰《つ》まらせると、クライスはリュカの手を取り、手のひらを合わせる形で指を絡《から》め、尻尾を振ったまま歩き出す。

リュカは慌《あわ》ててクライスに身を寄せ、自らの身体《からだ》で繋《つな》いだ手を隠した。

「こ、こら！　こんな大勢がいるところで、手……」

「大勢がいるからです。混雑しているから密着していてもおかしくないですし、人の陰《かげ》になって手を繋いでいるところなんて見えませんよ」

平然と言い放ったクライスはどこか挑戦《ちょうせん》的な流し目で尋ねる。

「嫌ですか？」

「……仕方がないから、嫌じゃないということにしておいてやる」

「ははっ。なんですか、それ」

「年下の我《わ》が儘《まま》に対する年上の譲歩《じょうほ》だ！」

「はいはい、リュカさんは俺より十歳も上の大人ですもんね」

「な、生意気な……」

リュカは頰《ほお》を染め、無意識のうちに頭の上の耳を小刻みに動かした。するとクライスは空いているほうの手で口元を覆《おお》い、彼もまた目元をほのかに染め、笑みをこぼした。

すよね。可愛《かわい》い」
「リュカさんって、照れたり恥《は》ずかしがったりちょっと怒ったりするとき、絶対耳を震《ふる》わせま

胸の奥で甘酸《あまず》っぱいものが弾《はじ》け、リュカは照れ隠しに顔を背《そむ》けた。やはりリュカは、クライスがくれる可愛いという単純な口説き文句にひどく弱い。

——……駄目《だめ》だ。彼の気持ちには、応《こた》えられないのに。

クライスは収穫祭が終われば王都に帰る。リュカは王都に戻《もど》る彼を、ヘイリアで見送る。

別れの気配が刻一刻と近づく中、幸福な時間など今すぐに手放したほうが賢明《けんめい》だと理性がささやいている。しかしリュカはどうしても、クライスの熱い手を振りほどけない。手を繋いだまま、せめて今だけは、と儚《はかな》く脆《もろ》い幸福に身を委《ゆだ》ねることを切願する。

牛肉を鉄製の串《くし》に刺して豪快《ごうかい》に焼き上げた露店の前を通ったとき、肉の匂《にお》いに反応してクライスの尻尾がぴんと伸《の》びた。食欲を如実《にょじつ》に物語る尻尾が愛くるしく、リュカが破顔すると、クライスは恥ずかしそうに耳を伏《ふ》せた。一本の串に刺さった四つの肉片《にくへん》を分け合い、クライスはそのうちの三つを、リュカは一つを食べた。リュカはあまり肉が得意ではないのだが、相当浮《う》かれていたせいか、噛《か》むたびに溢《あふ》れる濃厚《のうこう》な旨《うま》みがやたらと美味に感じられた。

さすがにビールは避けるべきなので レモネードを買い、すっきりとした甘さと爽《さわ》やかなレモンの風味を味わう。あまり甘味を好まないクライスだがレモネードはお気に召《め》したようで、リュカの隣《となり》で尻尾を揺《ゆ》らしていた。

冷静沈着《ちんちゃく》なクライスもまた、祭りの雰囲気《ふんいき》に影響《えいきょう》され胸を高鳴らせているようだ。普段《ふだん》より幾分輝《いくぶんかがや》いている黒の双眸《そうぼう》を見つめていると、クライスがふとリュカに目を向けた。

無言で見つめ合ううち、何かに引き寄せられ、気が付いたときには唇《くちびる》が重なっていた。周囲の視線を気にして一瞬《いっしゅん》の触《ふ》れ合いで終わったキスは、甘酸っぱいレモネードの味がした。

「あ！　リュカさまとクライスさま！」

明るい声がキスの余韻《よいん》をかき消し、リュカはとっさにクライスから身体を離す。直後に腰のあたりに軽い衝撃《しょうげき》を感じ、視線を落とすと、リュカの腰にしがみついているアイナがいた。

「ああ、申し訳ございません、リュカ様……突然《とつぜん》走り出してしまって」

恐縮《きょうしゅく》した様子で近寄ってきたのはアイナの里親希望夫婦《ふうふ》だ。アイナと夫婦の三人で収穫祭を回っていたが、リュカとクライスを発見したアイナが夫婦を置いて駆《か》け出した、ということらしい。リュカは大丈夫《だいじょうぶ》だと示すように夫婦に笑いかけると、アイナの顔を覗《のぞ》き込んだ。

「アイナ、お祭り楽しい？」

「うん！　あのね、レモネード買ってもらったの！」

「そっか、よかったね。俺もリュカさんと飲んだよ」

クライスがアイナの頭を撫《な》でると、アイナは尻尾をゆらゆら動かした。しかし不意に尻尾の動きが止まり、アイナはためらいがちな目でリュカとクライスを交互《こうご》に見つめる。

「……アイナ、リュカさまとクライスさまとも、お祭り回りたい」

今は仕事から離《はな》れている以上、アイナと行動を共にすることに問題はない。だが夫婦の心境を考えると安易に返事はできず、リュカがとっさに夫婦を見やると、夫婦は互《たが》いに目を合わせたのち小さく頷《うなず》いた。

「リュカ様のご都合がよろしければ、アイナちゃんをお任せできればと思います」

「アイナちゃんの望みは、できるだけ叶《かな》えてあげたいのです」

アイナはまだ夫婦に対して完全に心を開いていない。夫婦もアイナとの間に縮まりきらない距離《きょり》があることは日頃《ひごろ》からひしひしと感じているようで、二人の顔には一抹《いちまつ》の寂《さび》しさが浮かぶ。

それでもアイナの幸福を最重視する二人の心中に思いを馳《は》せ、リュカもまた頷く。

「じゃあ、アイナ。少し俺とクライスくんと三人で回ろうか」

「いいの？　アイナね、あっちに行きたい！」

アイナは嬉々《きき》としてリュカのローブを引く。アイナもこの日は興奮気味なのか予想外に力が強く、リュカがよろけそうになると、クライスがリュカのローブを掴《つか》むアイナの手を握《にぎ》った。

「アイナ。はぐれたら危ないから、手を繋ごうか」

「うん！　じゃあ、リュカさまはこっち」

アイナに左手を差し出され、リュカは「え……」と胸を小さく弾《はず》ませた。一年前にアイナと初めて会ったときは毛布に隠《かく》れて顔も見せてくれなかったことを思い返し、思わず涙《なみだ》しそうになるリュカに、アイナは真実を告げる。

「手を繋いでないと迷子になっちゃう。リュカさまが」

「え、そういうこと……？　俺、迷子になると思われてるの……？」

「ふはっ」

「はいそこ、笑わない。生意気な男め」

肩を震わせるクライスを叱《しか》りつけ、リュカもまたアイナの手を握る。リュカとクライスでアイナを挟《はさ》み、三人で手を繋いで歩くと、まるで夫夫《ふうふ》と娘《むすめ》のようにも感じられた。

「親子みたいですね、俺たち」

クライスの考えもリュカと同じであったらしく、クライスはリュカにそっと耳打ちした。リュカだけに聞こえるように告げたのは、里親夫婦が両親となるアイナに誤解や無用な刺激《しげき》を与《あた》えることを避《さ》けるためだろう。だからこそリュカは気恥《きは》ずかしさを隠し、複雑な表情で返す。

「……そんなこと、言うべきじゃない」

「はい。だから、今だけ」

今だけ、という言葉が甘美な響《ひび》きに変わる。今このときだけでも幸福を噛み締《し》めることを許された気がして、熱いものがこみ上げたリュカは顔を伏せた。

今だけは、どうか今だけは、この幸せを味わうことを許してほしい。許しを乞《こ》う相手は、祈《いの》りを向ける先にいるのは誰《だれ》だろう。リュカ自身か、クライスか、はたまた神様か。わからないまま、リュカは痛切な祈りを胸に抱《いだ》き、クライスとアイナと共に広場を歩く。

アイナはリュカとクライスの手を引き、楽団が曲を奏《かな》でるステージに近づいた。周囲で踊《おど》る人々が、リュカとクライスとアイナを舞《まい》に誘《さそ》う。クライスには舞踏《ぶとう》会の経験があるはずと見込んだリュカはクライスにアイナを任せようとしたが、クライスとアイナに促《うなが》され、結局は三人で輪になってステップを踏んだ。慣れないリュカは軽い悲鳴を上げながら怪《あや》しげな動きを披露《ひろう》し、本来は優雅《ゆうが》に舞《ま》えるはずのクライスもリュカの不審《ふしん》な動きに引っ張られ、アイナは騒《さわ》ぎ立てる大人二人の横で楽しげに笑う。

あちこちに揺れるリュカの視線が、不意に、クライスの眼差《まなざ》しと衝突《しょうとつ》する。その瞬間、ぱっと感じているすべてがより強く鮮《あざ》やかになる。視界に映る色彩《しきさい》が、広場に差し込む秋光の眩《まばゆ》さが、踏みしめる石畳《いしだたみ》の感触《かんしょく》が、鼓膜《こまく》を揺らす音の調べが、頬を撫でる風の柔《やわ》らかさが、漂《ただよ》う料理や菓子《かし》の匂いが、鮮烈《せんれつ》な輝きをもって胸に迫《せま》る。

彼がいる。その事実が、まるで魔法《まほう》のように、リュカの世界をより綺麗《きれい》に染め上げる。

もし神様がいるとして、好きなときに時間を止めてその中にリュカを閉じ込めてやると囁《ささや》いたならば、きっとリュカは今この瞬間を永遠にしてもらえるよう頼《たの》むだろう。そうして完璧《かんぺき》な幸福が満ちた美しく空虚《くうきょ》な結晶《けっしょう》の中、リュカは愛《いと》しい人と手を繋ぐ。

「楽しかった！　アイナ、お祭り大好き！」

踊りを終えたアイナはご満悦《まんえつ》の様子で、広場の中心部から少し離れたベンチに腰《こし》を下ろした。不慣れな舞に四苦八苦していたリュカは既《すで》に疲労困憊《ひろうこんぱい》だったが、上機嫌《じょうきげん》なアイナを見ていると疲《つか》れも吹《ふ》き飛び、満ち足りた心持ちでやや乱れたアイナの髪《かみ》を手櫛《てぐし》で整える。

「リュカさん」

隣に立つクライスに呼ばれ、リュカは彼と目を合わせて小さく頷いた。

「さて、と……アイナ、俺たちはそろそろお仕事に戻らないといけない時間なんだ」

「……リュカさまとクライスさま、行っちゃうの？」

「うん。でもすぐにお父さんとお母さんがアイナを迎《むか》えに来てくれるから――」

「嫌《いや》」

返ってきた声は思いがけず語気が強く、リュカは驚愕《きょうがく》する。リュカの記《き》憶《おく》にある限り、アイナが大人に対してここまで硬《かた》い口調で拒絶《きょぜつ》を示したことはなかった。

「アイナ、リュカさまとクライスさまと、お別れしたくない……」

「またすぐに会えるよ？　俺もクライスさまと、クライスくんも、孤児院《こじいん》に遊びに行くから」

リュカは俯《うつむ》くアイナの顔を覗き込むが、アイナは首を横に振《ふ》る。

「アイナが別のおうちに行ったら、会えなくなっちゃう……」

か細い声が徐々《じょじょ》に震え、アイナの大きな瞳《ひとみ》にうっすらと涙の膜《まく》が張った。

正式に里親夫婦の養子になれば、アイナはフラン伯爵《はくしゃく》領にある夫婦の家で暮らすことになる。

幼いながらに自身の置かれた状況《じょうきょう》と来《きた》る未来を理解し、残されたヘイリアでの時間を惜《お》しみ、別れを拒絶していると理解した途端《とたん》に、リュカの胸の奥が軋《きし》んだ。

「アイナ」

声を失ったリュカの代わりにアイナを呼んだのはクライスだった。クライスはベンチに座ったアイナを抱《だ》き上げると、アイナの背中を軽く叩《たた》く。すると限界が訪《おとず》れたのか、アイナの目から大粒《おおつぶ》の涙がぽろりとこぼれ落ちた。

「……好きな人とお別れするのは、寂しいね」

低音の弦楽器《げんがっき》のような声が、軋むリュカの胸の奥を摑んで揺らす。親子のように過ごした時間は所詮《しょせん》まやかしで、儚《はかな》い夢に過ぎず、三人はバラバラになるのだという事実が濁流《だくりゅう》のようにリュカの思考を呑《の》み込み、さらう。

アイナを抱き締めるクライスの姿がぼやけ、リュカは自分もまた涙を浮《う》かべているのだと知る。視界に映るものすべての輪郭《りんかく》が曖昧《あいまい》になり、光の粒《つぶ》が揺蕩《たゆた》う中、クライスは言う。

「でもね、離れていても、俺は大好きだよ」


「何かありましたか、リュカさん」

クライスがそう尋《たず》ねたのは、太陽が地平線近くにまで迫り、東の空が夜に染まり始めたころだった。

里親夫婦が迎えに来ると、アイナはぐずることなくリュカとクライスから離れ、二人に連れ

られて行った。今晩はローメルンに宿を取った夫婦《ふうふ》と共に夕食を取り、その後、夫婦によって孤児院に送り届けられる予定だ。

広場では出店者や文官、警備にあたっていた兵が収穫《しゅうかく》祭の片付けに励《はげ》んでいる。立ち並んでいた露店《ろてん》の骨組みが解体され、天幕が畳《たた》まれ、華《はな》やかな喧騒《けんそう》に包まれていた広場が日常の姿を取り戻《もど》していく光景は、空寂《くうじゃく》とした冬が遠からず訪れることを思わせる。胸には達成感が溢《あふ》れているのに、どこか物悲しくもあった。

「何かって……何もないよ。収穫祭も無事に終わったしね」

リュカは本部テント内の細々とした備品を片付ける手を止めずに答えた。クライスを直視できないのは、祭りの最中に感じた別れの予感に伴《ともな》う寂しさを見透《みす》かされた気がしたからだ。

クライスへの恋心《こいごころ》は封《ふう》じると決心した。だから絶対に、悟《さと》られてはならない。リュカは背中ににじわりと嫌な汗《あせ》が滲《にじ》む気配を感じながら、手元に視線を落とし続ける。

「そうですか？　ここ最近、少し様子がおかしい気がしたんですが。先日は雨に打たれていたし、今日もどことなく沈《しず》んだ表情でしたし」

「それは、ほら……いつかアイナがいなくなるって思ったら、寂しくなって」

嘘《うそ》はついていない。リュカは動揺《どうよう》を押し殺し、必死に自分自身に弁解する。同時に、クライスへの恋を隠すためアイナを利用した気分になり、きりきりとした罪悪感が胸を締め付けた。

「本当に、それだけですか？」

「それだけだよ。大丈夫《だいじょうぶ》だって」

「じゃあ、俺の目を見て言ってくださいよ」

右手首を摑《つか》まれ、強引《ごういん》に動きを止めさせられる。リュカが反射的にクライスの顔に視線を移すと、クライスは揺《ゆ》らぐことのない瞳でリュカを見据《みす》えていた。リュカはとっさにクライスの手を振りほどこうとしたが、彼の手は離《はな》れず、決して逃《のが》さないという強固な意志を感じた。

「なんで俺の目を見て言えないんですか。嘘ついてるからでしょ」

「う、嘘なんて……ついてない」

「リュカさん」

そらそうとした視線が、たったひとことでクライスに繋《つな》ぎとめられる。彼は顔を背《そむ》けることも、本心を曖昧に誤魔化《ごまか》してこの場をやり過ごすこともリュカに許していない。

「本当は、俺のこと好きなんじゃないですか？」

決定的な問いを受け、リュカは動揺を隠すこともできずに目を見開いた。

その反応はリュカの中にクライスへの恋心が存在していることを明確に示していただろう。

ところが、クライスへの気持ちは封じるという決意を覆《くつがえ》すには、やはり二人の間に横たわる現実的な問題が大きすぎた。本音など口にできるはずもなく、リュカは首を小さく振る。

「違《ちが》……そんなわけない。君のことは、好きじゃない」

「誤魔化さないで。好きなら好きって言ってくださいよ。俺はあなたが好きだって知ってるんだから、迷う必要なんてないでしょう」

迷う必要がない。焦《あせ》りが滲むその言葉が、容赦《ようしゃ》なくリュカの頭を殴《なぐ》りつける。

二十九年分の現実的な諸事情を抱《かか》えたリュカは、ただ好きという気持ちだけを理由に愛を受け入れられるほど身軽ではない。

身軽ではないのに、身軽だろうと断言するようなクライスの発言は、リュカの胸に不穏《ふおん》な波紋《もん》をもたらすには十分だった。

「素直《すなお》に好きって言えばいいんですよ。言えない理由はないでしょう。簡単じゃないですか」

簡単なわけないだろ、と口をついて出そうになった不満を堪《こら》える。リュカの心中を把握《はあく》していないクライスに簡単などと言われなければならない理由がわからず、リュカは眉根《まゆね》をぎゅっと寄せ、珍《めずら》しく焦燥《しょうそう》を露《あら》わにするクライスを見上げた。

クライスが王都への帰還《きかん》を目前に控《ひか》えている状況から、ここでリュカと気持ちを通い合わせ、王都へ戻る際にリュカを同行させたい意向があると予想するのは容易《たやす》い。それがあくまで自分本位な希望に感じられ、リュカは苛立《いらだ》ちのままに呟《つぶや》く。

「……君はいいよな。俺を王都に連れて帰ればいいだけなんだから」

クライスはリュカを王都に連れて帰った後は、王子としてこれまでとなんら変わりない暮らしを送ることができる。降りかかる負担は圧倒的《あっとう》にリュカのほうが大きい。

か細い声で漏《も》らした本心は、クライスの耳に届く前に頼《たよ》りなく地面に落ちたらしい。クライスは「リュカさん？」と怪訝《けげん》な顔をする。何もわかっていないと言わんばかりの顔が無性《むしょう》に腹立たしくて、葛藤《かっとう》も懊悩《おうのう》も、リュカの感じるすべてをぶつけてしまいたい衝動《しょうどう》に駆《か》られた。

「俺にとっては簡単じゃないんだよ。俺は君にはふさわしくないんだ」

「なに言って……もしかして、誰《だれ》かに何か言われたんですか」

「いや、そうじゃなくて……俺じゃ無理だって、自分で思うんだよ。凡人《ぼんじん》で小心者の俺と、優《ゆう》秀《しゅう》な君じゃ、どう考えても釣《つ》り合わないじゃないか」

「は……？」

クライスの端整《たんせい》な面差《おもざ》しからすっと血の気が引いた。信じがたい光景を目にしたように、クライスは瞳を揺らがせる。

「釣り合わないって……なんですか、それ。意味がわからないんですけど」

「……なんで。君にわからないはずがない」

「わかりませんよ。釣り合うとか釣り合わないとか、どうでもいいじゃないですか。そんなものが障害になるんですか？　好き合ってるのに？　馬鹿《ばか》みたいだ」

今度はリュカが戦慄《せんりつ》する番だった。凍《こお》り付いたリュカが何かしらの反応を示す前に、クライスは畳みかけるように続ける。

「俺はあなたが好きで、あなたも俺が好きなら、問題なんて何もないでしょう」

愛情さえあれば現実的な問題はすべて解決すると言わんばかりの発言と、相思相愛であることを最重視する価値観は、クライスが極めて純粋な愛情を抱いているからこそその一種の傲慢さをはらみ、純粋な愛情だけを理由にできないリュカの心を打ち砕《くだ》く。

リュカはここでようやく気づく。瑞々《みずみず》しく爽《さわ》やかで、燃え上がるように苛烈《かれつ》で、眩《まばゆ》く鮮《あざ》やかな初恋を抱えた十九歳のクライスと、痛みと寂《さび》しさと後悔《こうかい》に満ちた恋の記憶《きおく》だけを抱く二十九歳のリュカでは、愛情が意味するものに大きな乖離《かいり》があるのだと。

「……君にとっては、俺の悩《なや》みは、馬鹿みたいなものなのか」

リュカとクライスでは年齢《ねんれい》も、性格も、人生経験も、価値観も、すべてが異なる。だから愛情の認識《にんしき》に差異が生じるのは当然のことだ。加えて、クライスも帰還が迫《せま》る中、リュカに拒絶《きょぜつ》を示されたことで冷静さを欠いているに違いない。それくらい簡単に想像できる。だからリュカは余裕《よゆう》ある態度で向き合うべきだと、リュカ自身がリュカに叫《さけ》ぶ。

だが、リュカとて、さんざん悩んで苦しんだことを馬鹿だと断じられてもなお落ち着いていられるほどの度量はなかった。

「……迷う必要はないとか、簡単だとか、問題ないとか、なんで君が断言するんだ」

燃え上がる怒《いか》りが腹の底で蠢《うごめ》く。同時に、しんと冷え切った悲しみが脳を割る。誰よりわかり合いたい人とわかり合えない絶望が、激痛を放つ胸に広がる。

「大人にはいろいろあるんだよ！　若くて優秀な君にはわからないだろうけど！」

リュカは感情のままに激昂《げきこう》し、乱暴にクライスの手を振《ふ》り払《はら》った。

　裏切られたように思うのは、きっとどこかで、リュカが背負った苦悩《くのう》をわかってほしいと切望していたからだろう。アイザックとの確執《かくしつ》にまつわる罪悪感を溶《と》かしてくれたように、決して消えないコンプレックスを抱えながらも文官として必死に生きてきた努力を肯定《こうてい》してくれたように、リュカの心の脆《もろ》い部分にそっと手を添《そ》えてほしかった。

　そうやってわかってくれると、淡《あわ》い期待を抱いていた。愛しているからこそ、無意識のうちに、傲慢にも期待していた。

「俺はもう、愛情だけで人生をどうこうできる歳《とし》じゃない」

　二十九年生きてきて、いつしか身の程《ほど》を理解した。身の程をわきまえ、リュカはリュカが安全に、安心して生きられる範囲《はんい》内で、自分なりの幸福を抱いて生きると決めた。人には誰しも幸福に生きられる範囲があり、人によってその大きさが異なるが、大小に優劣《ゆうれつ》はない。

　だからこそリュカはリュカの範囲内で、クライスはクライスの範囲内で生きるべきだ。きっとリュカとクライスの生きる範囲は、少しも重なってなどいなかった。ヘイリアで共に過ごした日々は、異なる角度で延びるそれぞれの人生の道が、一瞬《いっしゅん》だけ交差して生まれたに過ぎない。

　本当は、リュカはクライスに関《かか》わるべきではなかった。

「……もういい。もうやめよう」

「……リュカさん？」

「王都に帰って、他《ほか》の人を探しなよ。俺じゃないほうが君は幸せになれる。もっとちゃんとしてて……歳が近い人がいい」

「ふざけるな」

間髪《かんはつ》を容《い》れずに返された硬《かた》く鋭《するど》い声音《こわね》に、リュカは思わず身を竦《すく》ませた。

「今は年齢の話なんてしてないでしょう。あんたはただ、年齢を理由にして逃《に》げてるだけだ」

言い返そうとしたが、反論の言葉を見つけることは叶《かな》わなかった。黙《だま》る以外の選択肢《せんたくし》を持てなかったのは、クライスの威圧感《いあつかん》に気圧《けお》されたからか、年齢を振りかざすことで強引に、卑怯《ひきょう》にクライスとの間に線引きをした自覚があるからか。

「自分は大人とか、俺は若いとか、そんな言葉で勝手に片づけないでくださいよ。勝手に諦《あきら》めて、勝手に距離《きょり》取って、勝手に終わりにするなよ！」

荒々《あらあら》しい口調とは裏腹に、深い黒の双眸《そうぼう》には隠《かく》しきれない悲哀《ひあい》が表れていて、泣き出す寸前にも思えた。やがて耳は弱々しく伏《ふ》せられ、尻尾《しっぽ》も頼りなく下を向く。

「……俺はリュカさんが好きだから、リュカさんにも好きって言ってほしいだけです。どれだけ違う立場でも、年齢に差があっても、ひとまずそれだけが欲しいって思うのは、俺が十九の若造だからですか」

常に自信満々、自信があることが正常な状態と言わんばかりに泰然自若《たいぜんじじゃく》と構えるクライスにしては、信じられないくらいに弱気な発言だった。クライスの発言とは思えないほど弱気だからこそ、リュカは完璧《かんぺき》に見えていたクライスにもまた、隠していた不安があったと悟《さと》る。

「もし俺があなたと同じ二十九歳だったら、俺はあなたにこんな顔をさせずに済みましたか」

リュカは今どんな顔をクライスに見せているのだろう。まったく想像がつかなくて、だがひどく情けない顔をしている気がして、リュカはたまらず顔を伏せた。

「そうだったとしても、俺は……あなたを諦めたくないんです」

沈黙《ちんもく》が下りた。二人の周囲に満ちていた熱が、夜の気配を増し始めた風にさらわれる。互《たが》いに、どうにかこうにか相手の心に触《ふ》れようと手を伸ばしているのに、方法がわからずに手を引っ込めることを繰《く》り返している気がした。

「リュカ様！　少しよろしいですか？」

気まずい沈黙を破ったのは、リュカに駆け寄ってきた文官の声だった。リュカは一瞬の躊躇《ちゅうちょ》のち、文官のほうへと歩き出す。数歩進んだところで「リュカさん」という声が聞こえ、リュカは足を止めるが、振り返ることはしなかった。

「後で……お互い冷静になって、ちゃんと話しましょう。十九時に、リュカさんの仕事部屋で待ってます」

返事をすることはできず、リュカは再び歩き出す。背中に感じていたクライスの視線は、いつしか広場を慌《あわ》ただしく行き交《か》う人の流れにかき消された。

# 第五章

昼間は外で大いに騒《さわ》ぎ、夜は室内でゆっくり過ごすのがヘイリアの収穫祭《しゅうかくさい》の伝統である。

家族団欒《だんらん》のひとときを楽しむ者もいれば、友を家に呼び酒を酌《く》み交《か》わす者も、一人でゆったりとした時の流れを味わう者もいる。この夜ばかりは仕事よりも個々の時間が優先されるため、普段《ふだん》は夜更《よふ》けまで喧騒《けんそう》が絶えない酒場の扉《とびら》にも休業日の札が下がる。

ゆえに皓々《こうこう》と光る半月に照らされたローメルン市街は静寂《せいじゃく》のみを湛《たた》え、窓から漏れ出る明かりが人けのない路地に落ちる。市街の外から訪《おとず》れていた人もあらかた帰路についており、昼間は盛んに姿を見かけた馬車も既《すで》にいない。

活気ある空気も人の気配も夜に溶けているせいだろうか。街の外れをとぼとぼ歩くリュカの心中は、重苦しいもので占《し》められていた。

「……はあ」

市街地からあてもなく歩いてきたリュカは、街道《かいどう》沿いの木立に足を踏《ふ》み入れ、知らず知らずのうちに嘆息《たんそく》する。木の幹に背を預けて頭上を仰《あお》げば、ちょうど一枚の葉がはらりと寂《さみ》しげに枝から落ちた。

刻一刻と十九時が迫っている。もう一度話したいというクライスの申し出に応《こた》えるならば、そろそろ屋敷《やしき》に向かう必要があった。

収穫祭でのリュカの態度を考えれば、リュカがクライスに恋《こい》をしているのと予想するのは自然なことだろう。気持ちを抑《おさ》えられなかったくせに恋愛《れんあい》感情があると指摘《してき》されたら年甲斐《としがい》もなく感情的になり、乱暴な言葉を浴びせて拒絶した。自らの行いを振り返ってみれば今さらクライスに顔向けできないようにも思え、リュカは両手で顔を覆《おお》ってうなだれた。

——でも、ここで行かなかったら本当に最低の人間だ……。

——ちゃんと謝って、君の気持ちには応えられないって言わないと。

胸に疼痛《とうつう》が走り、ぐっと歯を食い縛《しば》る。リュカに残されているのは、リュカの愛を乞《こ》うクライスの手を明確に撥《は》ね除《の》けることだけだ。これ以上、ずるずると未練がましく曖昧《あいまい》な態度を取り続けるのは不誠実な行いに他ならない。

意を決して屋敷へ向かおうとしたリュカだが、足は一歩踏み出したところで動きを止めた。というのも、市街地の方角から橙色《だいだいいろ》の小さな灯火が近づいてきたからである。微《かす》かに揺《ゆ》れる光が接近すると共に、馬の足音と車輪が回る音がリュカの耳に届いた。市街地からランタンを掲《かか》げた馬車が走ってきているようだが、収穫祭のためローメルンを訪れていた人の大半はもう街を出発したはずであり、収穫祭の夜は室内で静かに過ごす習慣がある人々がこんな時間に馬車で移動するのは不自然だ。

怪訝《けげん》に思ったリュカは木の幹に身体《からだ》を隠し、首だけを覗《のぞ》かせて街道を窺《うかが》う。

市街地の方角から現れたのは、中型の幌《ほろ》馬車《ばしゃ》だった。木立の脇《わき》で停車した幌馬車は物資の運《うん》搬《はん》に用いられるごく一般《いっぱん》的なものであり、不審《ふしん》な点はない。とはいえ木立しかないこの場で停車する意味がわからずリュカが様子を観察していると、反対方向からもう一台の馬車が現れ、幌馬車と向かい合う形で動きを止めた。

新たに登場した馬車は、貴族が移動手段として用いる豪奢《ごうしゃ》な屋根付き馬車だった。

怪《あや》しげな気配を感じたリュカが眉《まゆ》をひそめていられたのも束《つか》の間、それぞれの馬車から思いがけない人物が姿を現し、リュカの全身の血が凍《こお》り付いた。

「首尾《しゅび》はどうだ、アイザック」

屋根付き馬車から街道に降り立ったフラン伯爵《はくしゃく》は、幌馬車から降りたアイザックに尋《たず》ねる。

アイザックが口を開くより先に、アイザックに続いて幌馬車の幌の中から姿を見せたアイナの里親希望夫婦《ふうふ》が答えた。

「舐《な》めてもらっちゃ困るぜ、伯爵さん。俺らの仕事は完璧だ」

「商品もばっちりよ。ほら、見る？」

女は伯爵を幌馬車に手招きする。リュカもこっそりと移動して幌に覆われた荷台を窺い、思わず声を上げそうになった口を手で塞《ふさ》いだ。

荷台に腰《こし》を下ろした複数名の男に囲まれる形で、アイナが横たわっていた。

アイナは目を閉じた状態でぴくりとも動かない。リュカは最悪の状況《じょうきょう》を想像しかけたが、アイナの尻尾がわずかに動いたのを見て、おそらく眠《ねむ》っているだけだとひとまず安堵《あんど》する。

眠った状態のアイナ、里親希望のはずだった夫婦、アイザック、フラン伯爵。予想だにしない面々が集《つど》う状況が理解できず、リュカは硬直《こうちょく》したまま立ち尽《つ》くす。だが、絶望に似た嫌《いや》な予感だけは胸に迫《せま》っていて、じわりと滲《にじ》む不快な汗《あせ》と共に全身に広がっていく。

女はアイナを商品と言った。

里親を装《よそお》って孤児《こじ》院《いん》の子供を攫《さら》い、国外に売却《ばいきゃく》する人身売買が国内各地で多発している。

この二つの事実が動揺《どうよう》で乱れるリュカの脳内で結びつき、一つの仮説が浮上《ふじょう》する。

男女は人身売買グループの一員で、里親希望の夫婦に扮《ふん》してアイナに近づき、アイナを商品として売り飛ばそうと画策している。

「伯爵さんが俺らの身分を捏造《ねつぞう》してくれたおかげで、楽に事が運んだよ」

「こいつと夫婦になるなんて御免《ごめん》だったけどね」

女は傍《かたわ》らに立つ男を見上げ、芝居《しばい》がかった仕草で肩《かた》をすくめる。

――身分って、まさか……俺たちが確認《かくにん》したやつか？

アイナを養子に迎《むか》えたいと言って夫婦が孤児院を訪れたとき、リュカたち孤児院側も当然、多発している人身売買を警戒《けいかい》した。ゆえに偽造《ぎぞう》が困難な公的書類で身元調査を行うため、フラン伯爵領に保管されている夫婦の領民票の写しを取り寄せ、不審点が見当たらないことを確認した。だからこそリュカは夫婦への警戒心を解いた。

だが、実は、領民としての身分そのものが二人の正体を隠蔽《いんぺい》するため捏造されていた。

領主であるフラン伯爵が男女と手を組んでいるならば、存在しない身分を作り出すことなど造作もないことだったはずだ。そう考えるとリュカが訪れた夫婦の家も、裕福《ゆうふく》な商人夫婦としての姿に信憑性《しんぴょうせい》を持たせるため、伯爵が用意したものだったという線も出てくる。

──でも、どうしてフラン伯爵とアイザックがグループに協力してるんだ？

関与《かんよ》がある以上、伯爵とアイザックにも利点があると考えるべきだ。危険を冒《おか》してまでも犯罪グループと接点を持ち、手を貸すだけの利点が。

女は懐《ふところ》から取り出した何かを伯爵に差し出した。距離《きょり》がありはっきり視認できないが、封筒《ふうとう》の束のようだ。

「じゃあ、これ、頼《たの》まれてた手紙ね。ちゃんとうちのグループで使うインクで書いてあるし、封《ふう》ろう印もシンボルマークの蛇《へび》のやつよ。もっとも、開封《かいふう》したことを装ってあるから、封ろうは割れちゃってるけどね」

「ああ、それでいい。辺境伯のネズミがお前らから受け取った手紙になるからな」

突如《とつじょ》として己《おのれ》の存在が会話に登場したリュカは瞠目《どうもく》した。伯爵は近くでリュカが息を潜《ひそ》めているなどつゆ知らず、満足げに封筒の束を掲げる。

「これがネズミの部屋から見つかれば、ネズミが人身売買に加担した証拠《しょうこ》になる。そうなればヘイリア辺境伯も失脚《しっきゃく》は免《まぬか》れまい」

息を呑《の》むリュカの頭の中で、伯爵たちの会話から得られた断片《だんぺん》的な情報が集約し、一つの仮説が浮《う》かび上がる。

グループと結託《けったく》した伯爵は、リュカが人身売買に関《かか》わった証拠として、グループ固有のインクと封ろう印を使用したリュカ宛《あて》の手紙をグループに用意させた。そうやってリュカを事件の犯人に仕立て上げることで、ジャンを息子《むすこ》であるリュカの罪の責任を取る形で失脚させる。それが、伯爵が描《えが》く陰謀《いんぼう》の筋書きなのではないだろうか。

——な、なんてことを……早く帰って知らせないと……。

アイナを敵の手中に残すのは気がかりだが、敵は夫婦役の男女、伯爵、アイザック、荷台に乗った複数名の男、それぞれの馬車の御者《ぎょしゃ》と多数である以上、武術を扱《あつか》えないリュカがこの場でアイナを救出するのは不可能に近く、リュカまでもが捕《と》らわれの身になる可能性が高い。最も回避《かいひ》すべき事態は陰謀を知ったリュカが拘束《こうそく》され、辺境伯側への情報伝達が阻害《そがい》されたことで伯爵の目論見《もくろみ》への対応に遅《おく》れが生じることである。

そのため、リュカはジャンやセレンに事実を伝えることを最優先に動くべきだ。

心の中でこの場に残すアイナに謝罪し、リュカは足音を殺して後退する。

ところが、数歩も進まないうち、リュカは背後から襲《おそ》ってきた衝撃《しょうげき》によって木の幹へと叩《たた》きつけられた。

「いっ……」

身体の前面を強《したた》かに幹に打ち付け、ゴツゴツした木肌《きはだ》に頰《ほお》が擦《こす》れる。予想外の衝撃と痛みで思考が停止したそのとき、両腕《りょううで》が背中でまとめて拘束された。何者かの手によって首の後ろも摑《つか》まれ、木に押し付けられた格好で動きを封じられる。

誰《だれ》かに襲われたという現状を認識したときには既《すで》に遅《おそ》く、リュカの両手は縄《なわ》か何かで手早く縛り上げられていた。喉《のど》の奥でひゅっと息が通る音が聞こえ、途端《とたん》に地面から這《は》い上がってきた冷ややかな恐怖《きょうふ》が足を竦《すく》ませる。真っ白になった頭では何も考えられず、リュカは襲撃者《しゅうげきしゃ》に引き摺《ず》られるようにして木立から出され、伯爵たちの目前に転がされた。

腕が自由に使えない状態では受け身も取れず、地面に強打した腰の痛みに涙《なみだ》が滲む。訳がわからないまま呆然《ぼうぜん》と周囲に立つ者たちを見上げると、アイザックが口を開いた。

「なんだ、リュカじゃないか。すぐそこに潜んでたのか？」

アイザックが尋ねた相手はリュカを捕らえた襲撃者だ。黒い衣服に全身を包んだ襲撃者の男は軽く頷《うなず》くと、リュカを顎《あご》で指す。

「ああ。辺境伯の屋敷付近で待ち伏《ぶ》せして捕《つか》まえる予定だったが、なかなか屋敷に戻《もど》ろうとしなくてな。それで尾行《びこう》していたらそこの木立に入り込んで、伯爵さんたちの様子を窺っていたから、連れてきた」

「なるほど……なんで屋敷にさっさと帰らなかったのかは少し気になるが、まあ細かいことはいいか。これで計画に必要なものはすべて揃《そろ》った」

アイザックは膝《ひざ》を折ると、地面に這いつくばるリュカに笑いかけた。

「よう、リュカ。早速《さっそく》だが、お前には人身売買グループと結託して事件を引き起こしたのち、逃亡《とうぼう》した犯罪者になってもらう」

「逃亡って……事件の犯人に仕立て上げた俺を逮捕《たいほ》して、父上を失脚させるつもりなんじゃないのか……？」

人身売買に関与した罪を着せられたリュカはてっきり逮捕されるものと考えていたが、伯爵側の思惑《おもわく》ではリュカは逃亡という形を取るらしい。事前にリュカを捕らえ、逃亡した構図を作り出す意図が不明で、リュカは困惑《こんわく》気味にアイザックを見上げる。

「辺境伯を失脚させるのは正解だ。でも、お前は逃亡という形で行方《ゆくえ》不明になってもらう。そっちのほうが都合がいいからな」

アイザックはそこでリュカの前髪《まえがみ》を摑むと、強引《ごういん》に顔を上げさせた。強く髪《かみ》を引っ張られたことで痛みが走り、リュカは表情を歪《ゆが》ませる。

「お前は俺が可愛《かわい》がってやるよ。俺の別荘《べっそう》で、一生な」

唇《くちびる》の端《はし》を吊《つ》り上げて笑うアイザックの顔が視界に焼き付き、リュカは自身が置かれた状況をようやく理解した。

アイザックは対外的にはリュカは逃亡したものとし、行方不明という形が取られたリュカを密《ひそ》かに手中に収めようとしている。リュカを手に入れることこそが、アイザックの目的であるに違《ちが》いない。

標的に選ばれた以上、アイナには人身売買グループにとって高い価値があると推察できる。また、昔からジャンを敵視している伯爵《はくしゃく》にはジャンを失脚させる動機がある。これらのことを考慮《こうりょ》すれば、伯爵たちの荒唐無稽《こうとうむけい》な企《たくら》みの理由にも説明がついた。計画が成功すれば、グループはアイナを売って大金を得ることができ、伯爵は敵視するジャンから辺境伯という立場を失わせ、アイザックは愛憎《あいぞう》を抱《いだ》くリュカを手に入れられるのだ。

自身とアイナに待ち受ける未来を想像したとき、リュカの顔からさっと血の気が引いた。顔面を蒼白《そうはく》にしたリュカを楽しげに見下ろしていたアイザックは、リュカの前髪から手を離《はな》し、立ち上がった。

「じゃあ、そろそろ行くか。いつまでもここにいても仕方がないからな」

「アイザック！　頼むから、アイナだけは……俺はどうなってもいいから、アイナだけは巻き込まないでくれ！　俺が、代わりになるから……」

アイナは孤児院に保護されるまでの記憶《きおく》が一切《いっさい》ないうえ、動物型にならないという、強い精神的苦痛を味わった子供に現れる特徴《とくちょう》も見られる。加えて人の命を命とも思わない身勝手な大人の思惑に巻き込まれ、物同然の扱いを受け、商売の道具になるなど、あまりにも惨《むご》すぎる。

「なに言ってんの？　あんたを売ったってたいした額になりゃしないのよ。代わりになんてなれるわけがないでしょ。馬鹿《ばか》じゃないの？」

「あんたを欲しがるのなんて、伯爵さんの息子くらいなもんだ！」

リュカの必死の懇願《こんがん》もむなしく、夫婦役《ふうふ》の男女はリュカを嘲笑《あざわら》う。伯爵は愉快《ゆかい》そうな男女を一瞥《いちべつ》すると、不快感を露《あら》わに吐《は》き捨てた。

「……もういいだろう。アイザック、さっさとネズミを黙《だま》らせろ。うるさくてかなわん」

「ということだ、リュカ。諦《あきら》めろ」

アイザックは幌馬車《ほろばしゃ》の荷台に歩み寄ると、荷台から小瓶《こびん》と布を取り出し、瓶に入っていた液体を布に染《し》み込ませた。湿《しめ》った布がリュカの口と鼻を覆《おお》う形で押し付けられ、妙《みょう》に甘ったるい匂《にお》いに、リュカの意識は抗《あらが》う余裕《よゆう》もなく眠気《ねむけ》に落とされていく。

意識を完全に手放す直前、閉じた瞼《まぶた》の裏側に、口論になったときのクライスの顔が描き出された。きっとクライスは先ほどと同じ、必死なのに不安げで、どこか寂《さみ》しげな顔で、リュカを待っているだろう。リュカが来ないことなど考えもせずに。

ごめん、という声にならない謝罪ごと、リュカの意識は闇《やみ》に呑《の》まれた。

目を開けると、薄暗《うすぐら》い視界の中に見知らぬ壁《かべ》が見えた。

意識に靄《もや》がかかったまま、リュカは数回瞬《まばた》きを繰《く》り返した。やがてリュカはおそらくベッドに横たわっており、視線の先にあるものは壁ではなく天井《てんじょう》であると思い至る。

意識を失う前は手首を拘束されていたが、今や縄は解かれ、両腕は自由に動いた。足も同様で、どこかに傷を負っている感覚もない。

リュカは肘《ひじ》をついてゆっくりと上体を起こし、周囲を窺《うかが》った。

さほど広くない、殺風景な部屋だった。リュカがいるベッドは窓際《まどぎわ》に置かれ、嵌《は》め殺《ごろ》しの窓から差し込む月光が室内を薄《うす》く照らしている。窓の反対側にはドアがあり、リュカから見て左手の壁に向かう形で小さな机が、右手の壁際には本棚《ほんだな》があった。

「この部屋って……」

記憶の扉《とびら》が開き、これまで忘れていた過日の情景が描き出される。親友の恋心《こいごころ》に気づかず、幼く無邪気《むじゃき》で残酷《ざんこく》だった頃《ころ》、リュカはアイザックに手を引かれてこの部屋を訪《おとず》れた。

『今の俺が自由に使えるのはこの部屋だけなんだけど、将来はこの別荘丸ごと、俺が所有するんだ』

アイザックは得意げに言った後、少しばかりためらいがちに続けた。

『……そうしたら、リュカ、ここに住まないか？　俺と一緒《いっしょ》に』

今思えば、アイザックの問いは、ヘルゼン家やヘイリアから離れて自分のところに来てほしいという懇願だったのだろう。だが当時のリュカの中にアイザックが親友以外の存在になる可能性など微塵《みじん》もなく、アイザックが友情の裏に隠《かく》した好意に気づくことはできなかった。

『えー、アイザックと一緒に住んだら喧嘩《けんか》ばっかりになりそう。君、気を抜《ぬ》いてるときはドアの開け閉めが乱暴になるだろ。しょっちゅう驚《おどろ》かされてカピバラになる未来しか見えない。それに、自分は肉が好きだからって俺にもたくさん押し付けてくるし……』

『力加減には気を付けるって！　それに、お前の好きな野菜と果物も用意するから！』

アイザックの妙に慌《あわ》てた様子がおかしくて、リュカは顔を綻《ほころ》ばせた。

『はは、一緒に暮らすのも、楽しそうだね』

リュカにとって別荘での親友との同居は、決してはっきりとした輪郭《りんかく》を持たず、実現しないと確信していながらも語り合う理想や夢と同じだった。リュカの残酷な答えに対して、アイザックがどのような顔でどのような言葉を返したのか、リュカはもう思い出せない。

「目が覚めたか」

ドアが開く音と共にアイザックの声が響《ひび》いて、追憶《ついおく》に浸《ひた》っていたリュカの意識が現実に引き戻された。太陽の光が柔《やわ》らかく差し込んでいた部屋は冷たい月光で照らされ、親友だった男はリュカと同じ二十九歳になり、彼の瞳《ひとみ》には友愛や親愛ではなく執着《しゅうちゃく》と愛憎が宿る。

「アイザック……」

「そう怯《おび》えなくていい。取って食おうってわけじゃないんだ。そもそも、カピバラなんて食う気にもなれないしな」

ドアを閉めたアイザックは肩《かた》をすくめた。一見すると穏《おだ》やかな物腰《ものごし》にも感じられるが、リュカは警戒《けいかい》を解かずにアイザックを睨《にら》む。

「アイナはどうした？　まさか、もう……」

「ああ、あの女の子は別の部屋で寝《ね》てるよ。今はグループのメンバーも休んでる時間だ。あの子を売りに出すのは日が昇《のぼ》ってからになる」

つまり、アイナもまた同じ別荘内にいるということだ。まだ手の届く範囲《はんい》にアイナがいることにリュカはひとまず安堵《あんど》するが、アイザックの口ぶりから察するに、別荘内にはアイザックの他《ほか》にも人身売買グループのメンバーが滞在《たいざい》している。複数名いる敵側の人間の監視《かんし》をくぐり抜けてアイナを捜索《そうさく》し、発見した彼女と共に脱出《だっしゅつ》するのは困難を極《きわ》めるだろう。

「……どうやって逃《に》げようか考えてる顔だな、リュカ」

アイザックに頭の中を見透《みす》かされた気がして、リュカはベッドの上で身を強張《こわば》らせた。アイザックは硬直《こうちょく》するリュカに歩み寄ると、ベッドに片膝《かたひざ》をつき、リュカの顎《あご》を摑《つか》んだ。

「諦めろって言っただろ。弱いくせに俺に逆らおうとしてるとこ、腹立つんだよ」

アイザックはリュカの顎から首に手を移すと、リュカの身体《からだ》をベッドに押し倒《たお》した。容易《たやす》く仰向《あおむ》けにされたリュカは首からアイザックの手を外そうとするが、両手で摑んでもアイザックの手はびくともしない。

「アイザック……おい！　やめろ！」

「誰《だれ》がやめるかよ……ちょ、こら、暴れんな」

リュカはアイザックの手首に爪《つめ》を立て、身を捩《よじ》り、両足でアイザックの身体を蹴《け》り飛ばしたが、リュカの抵抗《ていこう》などアイザックにとっては些細《ささい》なことに過ぎなかった。アイザックはリュカに馬乗りになると、片手でリュカの両手をひとまとめにしてシーツに押し付ける。

頭上で両手を封《ふう》じられ、自分よりも体格が勝《まさ》る男に自由を奪《うば》われれば、リュカに抗《いか》うすべなど残されていなかった。抵抗が意味をなさないと悟《さと》った瞬間《しゅんかん》、冷たい恐怖《きょうふ》に屈辱《くつじょく》と怒りが呑み込まれ、身体が支配される。

「なあ、リュカはあの補佐《ほさ》役が好きなんだろ？」

凍《こお》った頭では唐突《とうとつ》な問いの真意がわからず、リュカはただわずかに目を見開く。

「見てればわかる。俺はずっと、俺以外を好きになるお前のことを見てきたんだ」

敵意が少しばかり薄れたアイザックの声音《こわね》は柔らかくも、寂しげにも聞こえた。先ほどまでは確かに存在していた苛立《いらだ》ちや憎悪《ぞうお》を手放した瞳には、今では大事な何かを失ったような、索《さく》漠《ばく》とした色がひっそりと滲《にじ》む。切望していたものが手に入る歓喜《かんき》はそこにはない。

アイザックが本当に渇望《かつぼう》するものは、この場でリュカに苦痛を与《あた》えることで得られるものではなく、彼の空洞《くうどう》になった心は満たされない。表面上に現れた憎悪を一時的に解消することは可能でも、すべて終えた後に自身を待つのは虚《むな》しさだと、おそらく彼は理解している。

理解しながらも、きっとどうしようもないのだろう。

「だから、俺をあいつだと思えよ。そうやってお前も楽しめばいい」

息を呑《の》むと同時に、正体のわからない激情が心臓のあたりに芽生えた。小さく芽を生やしたそれは怒りとも悲しみともつかない色をしていて、一瞬にして大きく成長し、困惑《こんわく》と一体になって全身に広がる。

「なに、言ってるんだ、君は……」

かすれた声で、やっとのことで問いかける。徐々《じょじょ》に激しさを増す感情の渦《うず》の中から、なぜだか激しく震《ふる》える胸の中から、ふさわしい言葉を必死に探し、拾い上げる。

「君が、彼の代わりになんてなれるわけがないだろ」

かつては頼《たの》もしくリュカの手を引き、今では乱暴にリュカの手を押さえつけるアイザックの手が、ぴくりと小さく動いた。

「君だって……そんなことよくわかってるくせに。世界でたった一人しかいないって、誰も代わりになれないって、わかってるくせに」

代わりが務まる他の誰かなんて、この世界のどこにもいない。

彼の代わりなんてどこにもいないから、たった一人だから、泣きたくなるほど恋しくて、胸が張り裂《さ》けそうなほど愛《いと》おしい。

「代わりになりたいわけじゃないくせに……本当は何がしたいんだ、君は」

アイザックの瞳がぐらりと揺《ゆ》れた。小さく隙間《すきま》が開いたアイザックの口から、は、と乱れる吐息《といき》が漏《も》れた。彼の唇《くちびる》が微《かす》かに震えるが、意味をなす言葉は出ない。

「俺はこんなとこで、君を相手にしてる場合じゃないんだよ。君じゃ駄目《だめ》なんだよ」

他者への敬意と礼節を重んじるクライスは、自らの中にある善悪の指針と深く結びついた合理的思考を駆使《くし》し、行動を決定する。常に正しくあろうとし、過《あやま》ちを過ちと断言し、いついかなるときも真っ直《す》ぐな姿勢を貫《つらぬ》く。それは今、リュカを力で組み伏《ふ》せるアイザックが持つ強さとはまるで異なる種類の強さだ。

王子という立場が持つ権力を行使すれば容易くリュカを王都にある自分の居場所に置くことが可能だったのに、クライスはそれをせず、わざわざヘイリアに訪れた。

クライスの強さはリュカを否定しない。必要な際はリュカを守り、支えながらも、強引《ごういん》にリュカを庇護《ひご》下に置くことはしない。遠慮《えんりょ》なく好意を伝えながらも、リュカの意向を無視してリュカを自分の居場所に連れていくことはしない。リュカの手を摑んで引くのではなく、そっとリュカの手を握《にぎ》って隣《となり》に立つ。そんなクライスの姿には、脆《もろ》さを残した自信でも、なんとか二十九年間を生きてきたリュカへの信頼《しんらい》と敬愛が表れている。

――そうだ。彼はいつも、そうやって、俺を肯定《こうてい》してくれたのに……。

――俺は、勝手に諦《あきら》めて、勝手に線を引いて……。

胸の奥で何かが破裂《はれつ》し、じわりと視界に涙《なみだ》が滲んだ。一方的にクライスを突《つ》き放し、他の人を探せなどと暴論を吐《は》いた後悔《こうかい》が激痛に変わり、胸を裂き、満足に息もできない。

「俺は……帰らなきゃいけないんだ。彼のところに。帰るんだ」

震える吐息と共にこぼれた声は弱々しかった。だが、激しい痛みが貫くリュカの胸には、その決意以外の感情はなかった。

リュカは帰るのだ。早く、一刻も早く、クライスがいる場所へ。開いた距離《きょり》も、後悔も葛藤《かっとう》も、全部飛び越《こ》えて、彼の隣へ。

十九時に仕事部屋で話したいと言われた際、リュカはクライスに返事もしなかった。十九時などとうに過ぎていることは考えるまでもなく、リュカの身に起こったことを知り得ないクライスが、リュカが現れなかったことは対話への拒絶《きょぜつ》の意思表示と判断する可能性もある。

それでも、とリュカは思う。それでも必ず帰るから、どうか、あと少しだけ待ってほしい。あと少しだけ言葉を交《か》わすことを許してほしい。あと少しだけで構わないから。

切望は涙に変わり、目尻《めじり》から落ちてシーツを濡《ぬ》らした。

「……帰るって？　この状況《じょうきょう》で、どうやって帰るんだ。もういいから、黙《だま》ってろよ」

嘲笑《あざわら》うと共に吐き捨てたアイザックは、リュカの口を手で塞《ふさ》いだ。

「お前はもう、一生俺のものなんだよ。今さら何を喚《わめ》いてもな」

アイザックの目には冷え冷えとした眼光が宿り、リュカの両手首を押さえつける手も、リュカの口を覆《おお》う手も、リュカが身を捩ってもびくともしない。

現在のリュカは肉食獣《にくしょくじゅう》の鋭《するど》い牙《きば》を柔く突き立てられ、甘噛《あまが》みによって動きを封じられた獲物《えもの》に等しい。だからこそ、力と体格でリュカに勝るアイザックはおそらく、リュカに反撃《はんげき》の手段はないと確信していた。自らの優位性を欠片《かけら》も疑わず、慢心《まんしん》していた。

慢心からは、油断が生まれる。

きっと油断しきったアイザックは、リュカは驚愕《きょうがく》や緊張《きんちょう》でカピバラ化することが多いゆえ忘れられがちだが、他の獣人となんら変わることなく、その気になれば己《おのれ》の意思でカピバラに変化できることを、すっかり忘れていただろう。

だが、リュカがその事実を忘れるはずがないのである。

その瞬間、リュカの身体が変化した。両腕《りょううで》は前足となり、アイザックの拘束《こうそく》をすり抜《ぬ》けて自由になる。アイザックが手で覆っていた口元もカピバラのそれとなり、顎は人型の際よりずっと強い力を持ち、歯は硬《かた》い野菜や果物も嚙《か》み砕《くだ》く頑丈《がんじょう》なものに変わる。

口の前には、嚙みついてくださいと言わんばかりにアイザックの手が差し出されている。

リュカは驚愕を露《あら》わにするアイザックの手に思いきり嚙みついた。

アイザックの悲鳴が空気を震わせた。口内に血の味が広がったことが不快だが、その程度ではリュカの反逆心は揺るがない。骨を粉砕《ふんさい》する勢いでアイザックの手を嚙んだリュカは、手を押さえてうずくまるアイザックに向けて血を吐き捨てた。

「カピバラを舐《な》めるなよ！　のんびりに見えても喧嘩《けんか》はするんだからな！」

リュカはベッドから飛び降り一目散にドアへと向かう。

ところが、不意に背中を強い寒気が駆《か》け上がり、足がぴたりと動かなくなった。強制的に動きを停止させられるような感覚を味わったのは初めてなのに、どうしてだか、リュカは全身が粟立《あわだ》つこの感覚の正体を悟っていた。

本能的な恐怖だ。

「カピバラを舐めるなってなあ……お前、俺が何の獣人なのか忘れてないか？」

月光によって床《ゆか》に描《えが》き出されたアイザックの影《かげ》が、ぐにゃりと変化を始めた。骨格が変わり、鼻と口の部分が前に突き出し、両腕は前足に、両足は後ろ足に、人とは異なる姿形を持つ獣《けもの》と化す。

ぎしぎしと軋《きし》む首の骨の音を聞きながら、リュカはおずおずと振《ふ》り返る。

ベッドの上にいたアイザックは、今やジャガーに変化していた。

ジャガー姿のアイザックと目が合ったとき、冗談《じょうだん》ではなく心臓が止まった気がした。全身の血が、筋肉が、すべての臓器が凍り付き、骨が粉々になり、指一本動かすことも叶《かな》わない。今すぐにアイザックに背を向け、ドアを開けて部屋を飛び出せと脳が指令を出しているのに、リュカの身体《からだ》の自由は既《すで》にアイザックによって掌握《しょうあく》されていた。

アイザックが跳躍《ちょうやく》の姿勢を取る。アイザックの強靭《きょうじん》な牙が、鋭利《えいり》な爪《つめ》が狙《ねら》うのはリュカに他《ほか》ならない。リュカは動けない。アイザックの足がベッドを蹴《け》り、リュカに向かって飛び出してくるその一挙一動が、やけに緩慢《かんまん》に見えた。

殺される、とリュカは悟る。

同時に、窓の外をよぎった何かの影が月光を遮《さえぎ》った。

嵌《は》め殺《ごろ》しの窓が割れる音が響《ひび》いた。ガラス片《へん》が部屋に舞《ま》い、月光を浴びてきらきらと輝《かがや》く。

鋭く眩《まばゆ》い破片などものともせず、力強く伸《の》びる足で欠片を蹴散《けち》らし、部屋へと飛び込んでくるその獣の姿が、恐怖《きょうふ》に染め上げられたリュカの目に映る。

漆黒《しっこく》の毛並みを持つ狼《おおかみ》だった。

耳は凛々《りり》しく立ち、堂々と伸びる尻尾《しっぽ》は豊かな毛をまとう。しなやかで無駄《むだ》がない体軀《たいく》は美しく宙を駆け、真っ直ぐに前を見据《みす》える瞳《ひとみ》は、強い意志と言い換《か》えられる不思議な圧が宿る。

狼は跳躍したばかりのアイザックを蹴り飛ばした。アイザックは体勢を崩《くず》し床に転がり、机の前に置かれた椅子《いす》に衝突《しょうとつ》する。狼はアイザックの隙《すき》を逃《のが》さない。無防備なアイザックの前足に、狼の牙が容赦《ようしゃ》なく突き立てられる。

絶叫《ぜっきょう》が空気を揺らがせた。

アイザックの悲鳴はリュカが嚙みついたときの比ではなかった。激痛に悶《もだ》えるアイザックは唸《うな》り声を上げ、狼を振り払《はら》おうと四肢《しし》を激しく動かす。鮮血《せんけつ》が凛《りん》と澄《す》んだ月光の中に舞い、床に血痕《けっこん》が落ちる。血に濡れた床を彼らの爪が傷つけ、抉《えぐ》る。

目前で繰《く》り広げられる狼とアイザックの死闘《しとう》に身震《みぶる》いしていたリュカは、そこで暴れるアイザックの後ろ足に胴《どう》を蹴られた。痛みはさほどではなかったが衝撃《しょうげき》を受け止めきれず、リュカは「うわっ」と声を上げて部屋の隅《すみ》に転がる。

「リュカさん！」

狼――クライスはアイザックの前足から牙を抜き、すぐさまリュカに駆け寄った。リュカに傷がないことを素早《すばや》く確認《かくにん》すると、背後にリュカを隠《かく》す形で再びアイザックと対峙《たいじ》する。

アイザックも噛まれた前足を庇《かば》いながら体勢を立て直し、クライスと睨《にら》み合うが、手負いの状態でクライスの相手をするのは不利だと判断したのだろう。アイザックはクライスを忌《い》ま忌ましげにひと睨みすると、破られた窓から外に逃《に》げていった。

「リュカさん」

クライスはリュカに向き直り、リュカに鼻先を寄せた。不安げに尻尾を揺《ゆ》らす姿は、勇猛果《ゆうもうか》敢《かん》にアイザックを相手にしていたときとは別人のようだ。

「すみません、遅《おそ》くなって……怪我《けが》はないですね？」

クライスに鼻先を擦《こす》り付けられ、リュカはようやくクライスによって窮地《きゅうち》を脱《だっ》した事実を認識した。遅《おく》れてやってきた実感はすぐに感激に変わり、リュカの視界に熱いものがこみ上げ、あっという間に溢《あふ》れて目からこぼれ落ちた。

「もう大丈夫《だいじょうぶ》ですよ。ヘイリア兵が別荘《べっそう》を完全に包囲していますから、アイザックは逃げられません。アイナもじきに救出されるはずです」

言われてみれば、確かに部屋の外で大勢の人が動く足音や物音が微《かす》かに聞こえてきている。時おり、リュカの小さな耳が勇ましいセレンの声を拾う。

「でも、クライスくんは、どうしてここに……」

「リュカさんが十九時になっても仕事部屋に来なかったので、事件や事故に巻き込まれた可能性もあると考え、捜《さが》していたんです。夜回りに出ていた俺の護衛から、街から出ていく不審《ふしん》な幌《ほろ》馬車《ばしゃ》を目撃したと報告を受けたので、関連性ありと判断して幌馬車の行方《ゆくえ》を追い、やがてここに辿《たど》り着きました」

つまり、クライスはリュカが現れなかった事実を、クライスとの対話を拒絶するリュカの意思表示とはみなさなかったということだ。

「そんな……あのとき、俺、君にちゃんと返事もしなかったのに」

「それでも、リュカさんは来てくれると思ったんです。あなたは自分を待っている俺を無視するような、不誠実な人ではありませんから」

口論になってもなおクライスはリュカへの信頼《しんらい》を抱《いだ》き続けていたと知り、再び涙《なみだ》が視界に滲《にじ》んだ。感情的になってクライスを撥《は》ね除《の》けた後悔《こうかい》と罪悪感が胸を締《し》め付け、リュカの口から、弱々しい本音が漏《も》れる。

「……俺は、君が思ってるほど、誠実な人間じゃないよ」

「……リュカさん？」

「俺は、君が好きだってことさえ言い出せなくて、君と一緒《いっしょ》に生きる決心さえつかない、小心者なんだ。ただの臆病者《おくびょうもの》なんだよ」

本当はわかっていた。リュカに必要なのはクライスに見合う能力ではなく、一歩踏《ふ》み出す度胸なのだと。クライスより十歳上の自分には愛情だけでは解決できない事情があると、人生を悟《さと》ったふりをして、ただ臆病なだけである自分から目をそらしていたことを。

愛情は魔法《まほう》ではなく、愛情だけでは解決できない諸問題が世の中に存在することは事実だ。しかし、リュカは解決する方法を探そうともしなかった。はなから自分とクライスの間に線を引いて、諦《あきら》めて、手放していた。

小心者なら小心者なりの、臆病者なら臆病者なりの、クライスとリュカ自身の愛情に誠実に向き合う方法はあったはずなのに。

「……リュカさんが小心者なのは知ってます。よく知ってます」

クライスは再びリュカに鼻先を擦り付け、そっとリュカの涙を拭《ぬぐ》った。

「でも、あなたは初めて会った俺に怯《おび》えながらも、俺の幸せを願ってくれた。謝らなくていいと言ったのに俺を誤解していたことを謝ったし、俺を無自覚高慢《こうまん》自信家変人王子呼ばわりするし、俺が補佐《ほさ》役として当然のことをすれば俺に礼を言った」

クライスとの慌《あわ》ただしい日々の情景が脳裏《のうり》に描き出される。クライスがヘイリアに来てからの日々はリュカが愛する平凡《へいぼん》で平穏《へいおん》な日常からはかけ離《はな》れていたのに、瑞々《みずみず》しく爽《さわ》やかな刺激《しげき》に満ち、思い返してみれば決して悪い時間ではなく、どこか温かな光が差していた。

「あなたが俺にくれる言葉は、王子ではない俺個人に対してのものでした。多くの人間は俺の立場や権力だけを見て俺に接してきて、俺もそんな状況《じょうきょう》を当たり前だと思っていたのに、あなたはそうしなかった。それがどれだけ嬉《うれ》しかったか、あなたにわかりますか」

言葉尻《ことばじり》がわずかに震《ふる》えた。鋭《するど》い牙《きば》が覗《のぞ》く口から漏れる声と吐息《といき》は、涙の気配を伴《ともな》っていた。

言動の端々《はしばし》から垣間見《かいまみ》える感情の欠片《かけら》は、リュカの態度や姿勢がクライスにとってどれだけ大きな意味を持つものであったかを如実《にょじつ》に物語る。リュカにとっては至極《しごく》当然の行いが、自然とこぼれ落ちた言葉が、クライスにとっては価値のあるものだったことを示す。

クライスがヘイリアで過ごした日々も、彼の隣《となり》にリュカがいたことも、彼にとってひどく美しい情景として彼の胸に刻まれていると思っていいだろうか。思わず手で掬《すく》い上げたくなるような、温かな光に満ちていたと、そう信じてもいいのだろうか。

「だから俺は、あなたが好きです。愛してます、リュカさん」

すとん、と何かがリュカの胸の底に落ちた。自分自身でも触《ふ》れられないほど深いところに落ちたそれは闇《やみ》に灯《とも》るほのかな光にも似て、涙が出るほど優《やさ》しいぬくもりを放つ。確信と覚悟《かくご》としか言いようのない灯火は、小さく震える感情の波を生み、新たな涙となって流れ落ちた。

「……俺も」

リュカは言葉を紡《つむ》ぐ。胸の底で灯る光にそっと指先で触れるように。

「俺も、好きだよ」

ずっと抑《おさ》え込んできた恋心《こいごころ》を打ち明けることにもう躊躇《ちゅうちょ》はなかった。

互《たが》いに涙を湛《たた》えた目で見つめ合って、引き寄せられるようにキスをした。狼とカピバラであるせいか、甘いキスというより口先を押し付け合ったといった様相で、口を離して二人同時に苦笑《くしょう》する。

「……クライスくん。さっきは他《ほか》の人を探せなんてひどいこと言って、本当にごめん。できたら、探さないでほしい」

「探すわけないでしょ。言ったじゃないですか。狼は一途《いちず》だって」

クライスは鼻息荒《あら》く尻尾を振《ふ》ったが、すぐにその尻尾が情けなく垂れた。

「俺のほうこそすみません。あのときはつい焦《あせ》って……詳《くわ》しく聞こうともせず、あなたの悩《なや》みを馬鹿《ばか》みたいだなんて言って。あんなこと言うべきじゃなかったって反省してます」

「君の辞書に反省なんて言葉があったのか……」

「ちょっと。どういう意味ですか」

「……ふふ」

リュカは小さく微笑《ほほえ》み、上機嫌《じょうきげん》でクライスの首のあたりに鼻先を擦り付けた。クライスはおそらくリュカを抱《だ》き締めようとしたのだろうが、狼の前足ではうまくいかず、結局彼もまたリュカの身体《からだ》に鼻先を押し付けた。

アイナを救出したセレンが部屋を訪《おとず》れるまで、リュカとクライスは寄り添《そ》い合い、質感の異なる毛並みを触れ合わせ、何度もキスをした。

「……つまり、ヘイリア辺境伯の失脚《しっきゃく》を目論《もくろ》むフラン伯爵《はくしゃく》は、これから辺境伯の屋敷《やしき》に押し掛《か》ける可能性が高い、ということですか」

カピバラから人型に戻《もど》ったリュカがこれまでの経緯《けいい》と敵側の計画を話し終えると、狼姿のクライスは神妙《しんみょう》に呟《つぶや》いた。

アイザックの別荘はセレンとヘイリア兵、同行したクライスの護衛たちによって制圧され、滞在《たいざい》していた人身売買グループのメンバーと別荘の外に逃亡《とうぼう》したアイザックは拘束《こうそく》された。アイザックも現在は人型に戻り、動物型への変化を阻止《そし》する鉄製の枷《かせ》を嵌《は》められている。

今は兵がメンバーとアイザックの護送の準備を行っており、リュカとクライス、セレン、ソファーで眠《ねむ》るアイナ、クライスの護衛たちは玄関《げんかん》前の広間で待機していた。

「うん。俺の部屋から、俺が人身売買に加担した証拠《しょうこ》が見つかったことにしようとしてるみたいだから、きっとうちの屋敷に乗り込んでくると思う」

「問題ない。アイザックとグループのメンバーは捕《と》らえたんだから、もう伯爵は言い逃《のが》れできないだろう。すぐに片はつくさ」

セレンの発言にクライスも頷《うなず》く。伯爵側の計画は、アイナの売却《ばいきゃく》を目論んだグループのメンバーとリュカを拉致監禁《らちかんきん》したアイザックが捕縛《ほばく》され、アイナとリュカが自由の身となったことで既《すで》に破綻《はたん》している。今後、伯爵が何を主張しようと詭弁《きべん》にしかならない。

「セレン様。拘束した全員を護送用馬車に乗せました」

兵に報告され、セレンは「わかった」と短く答えると、玄関へと歩いていった。出発が近いと判断したリュカは、ソファーに横たわるアイナを抱き上げる。

「アイナはまだ起きないな……眠ってるだけみたいだけど、帰ったら診療所《しんりょうじょ》に連れていったほうがいいね」

「それが賢明《けんめい》でしょう。しかし……なぜ、グループはアイナを狙《ねら》ったのか」

グループがアイナを標的とした理由は未《いま》だ不明だ。グループの顧客《こきゃく》が主に国外の富裕《ふゆう》層であり、獣人《じゅうじん》の物珍《ものめずら》しさを売りにしている以上、アイナには獣人としての希少性があると予想できる。だが、ごく一般《いっぱん》的で数も多い馬の獣人であるアイナに特段の希少性があるとは思えない。

そのとき、リュカの腕《うで》の中でアイナがわずかに身じろぎをした。耳がぴょこんと動き、瞼《まぶた》がゆっくりと持ち上がる。少しの間焦点《しょうてん》が定まらない様子だったが、幾度《いくど》か瞬《まばた》きを繰《く》り返したのち、目の前にいる人間がリュカだと気づいたらしく、ぱっと目が見開かれた。

「リュカさま?」

「アイナ、どこか痛いところない? 気持ち悪いところは?」

「ないよ。リュカさま、どうしてアイナを抱っこしてるの? ここ、どこ?」

アイナはきょとんと首を傾《かし》げる。少し困惑《こんわく》気味ではあるようだが、普段《ふだん》と何も変わらない様子を見る限り、ずっと眠っていたがゆえに少しも恐怖《きょうふ》を感じずにいたと考えていいだろう。不幸中の幸いにリュカはほっと胸を撫《な》で下ろし、アイナを床《ゆか》に下ろす。

「リュカさま！　大きな犬がいるよ！」

「……アイナ、俺だよ。あと犬じゃなくて狼《おおかみ》だよ」

「クライスさま？　格好いい狼！」

アイナは狼姿のクライスに抱き着いた。先ほどまで、狼に変化したことで服が破けたため人型に戻れないとぼやいていたクライスだが、アイナに好かれるのはまんざらでもないらしい。はしゃぐアイナを「こ、こら」と叱《しか》りつけるものの、尻尾《しっぽ》はブンブンと大きく動いている。

ところが、微笑ましい時間は唐突《とうとつ》に終わりを迎《むか》えた。

「なんか……変」

クライスの首筋にしがみついていたアイナが、ぽつりと呟いた。リュカが慌ててアイナの隣に膝《ひざ》をつき、アイナの肩《かた》に触れたと同時に、アイナの耳が小刻みに震え始めた。続けて尻尾が高く跳《は》ね上がり、それを合図としたかのように、アイナの姿形が変化する。

服が破れ、身体がしなやかな子馬へと変わる。純白の毛並みに、知的な雰囲気《ふんいき》のある顔立ちに、豊かなたてがみ、細く強靭《きょうじん》な四本の脚《あし》と、優雅《ゆうが》に揺《ゆ》れる尻尾。颯爽《さっそう》と大地を駆《か》ける凛々《りり》しい馬そのものだが、言葉を失ったリュカの視線の先には、馬には存在しないものがあった。

アイナの額から純白の角が生えている。

長さはリュカの前腕《ぜんわん》と同じくらいで、ネジのように螺旋《らせん》状の溝《みぞ》があり、先端《せんたん》にいくほど細くなっている。鋭い角は見るからに硬質《こうしつ》で、たいていのものは容易に貫《つらぬ》けると予想できた。

典麗《てんれい》にも感じられる一角を持つこの姿は、馬ではありえない。

「……ユニコーン」

クライスの独白がリュカの耳に届く。目の前のアイナの姿は、確かに伝承で語られるユニコーンの姿と特徴《とくちょう》が一致《いっち》している。

「ユニコーンって、実在して……アイナ？　アイナ、大丈夫《だいじょうぶ》？」

想定外の出来事に襲《おそ》われたリュカがあたふたとアイナに尋《たず》ねると、アイナの身体がぐらりと傾《かたむ》き、人型へと変化し始めた。リュカが反射的に両腕を前に出して幼児に戻ったアイナを抱《だ》き止めると、彼女の目は固く閉じられていた。

「アイナ！」

血相を変えたリュカが名を呼んでもアイナは反応を示さない。クライスはリュカを鼻先で押しのけ、冷静にアイナの口元や胸元《むなもと》に耳を近づける。

「呼吸や脈拍《みゃくはく》に異常は見られません。おそらく眠っているだけでしょうが、早めに医者に診《み》せたほうがいいでしょう」

「わかった。姉上に連れていってもらうよ。飛んだ方が早い」

リュカは手早く脱《ぬ》いだローブで何も身に着けていないアイナを包み、抱《かか》え上げた。出発の準備をしていたセレンに事情を話してアイナを託《たく》し、空へと舞《ま》い上がるセレンを見送る。鷹《たか》の翼《つばさ》が翔《かけ》る空は東がうっすらと白み始め、すぐそこまで朝が迫《せま》っていることが窺《うかが》える。

「では、俺たちも帰りましょう。まだやるべきことは残っていますから」

黒狼姿のクライスは、別荘《べっそう》の周囲に広がるブドウ畑を越《こ》えたその先に視線を投げかけた。真《ま》っ直《す》ぐな眼差《まなざ》しの先に広がるのはヘイリアの地だ。ヘイリアに戻ることを帰ると、自然な口調で言ったことがリュカの胸に不思議な歓喜《かんき》を落とす。

リュカもまた、薄明《はくめい》の中に佇《たたず》む故郷の方角を見据《みす》え、頷いた。

「うん。帰ろう、ヘイリアに」

ヘルゼン家の屋敷に押し入ってきたフラン伯爵は、アイナの里親役を演じていた男女と武装した複数名の兵を連れていた。

「フラン伯爵？　今日はいったいどのようなご用件で？」

広間の奥から現れたヘイリア辺境伯――ジャンは、前触《まえぶ》れのない伯爵の訪問、それもおよそ友好的とは言えない姿勢に戸惑《とまど》いを隠《かく》さない。伯爵は狼狽《ろうばい》するジャンに冷笑《れいしょう》を向ける。

「たいしたことではございません、ヘイリア辺境伯。ただ、リュカ殿《どの》がお戻りになっていないのではないかと思いまして」

ジャンは答えず、眉《まゆ》をひそめただけだった。しかし伯爵は既に自らの勝利を確信しているのか、口元の笑《え》みは崩《くず》れない。

「リュカ殿が戻られていないのも当然です。彼は孤児院《こじいん》の運営に関《かか》わる立場でありながら、人身売買に協力し、報酬《ほうしゅう》を得て逃亡した。私のところに、犯行に関与《かんよ》したと自首してきた者たちがおりましてね。彼らが証人です」

伯爵が夫婦役《ふうふ》を演じていた男女を手で示すと、憔悴《しょうすい》した面持《おもも》ちの二人は口々に言う。

「わ、私ども夫婦は……リュカ様に脅《おど》されたのです。孤児院は人身売買を警戒《けいかい》しているから、怪《あや》しまれないように里親希望として孤児院に向かい、子供を連れ出せ、と」

「昨晩、リュカ様に命じられたとおりに子供を連れ出し、怪しい男たちに引き渡《わた》しました。あの子はおそらく今ごろは、もう……」

涙《なみだ》を流しその場にくずおれる女を、傍《かたわ》らの男が支える。悲愴感漂《ひそうかんただよ》う二人の姿は、罪に加担した罪悪感と、売られた子への憐《あわ》れみを見事に表現していた。

「二人はフランの領民であり、私に罪を告白し、私にヘイリアでの悪事を暴《あば》いてほしいと懇願《こんがん》してきた。ゆえにこの件の捜査《そうさ》権は私にあります。よって、私はこの屋敷《やしき》を家宅捜索《そうさく》することを申し入れ――」

応接間のドアが開いた音が響《ひび》き、伯爵の発言を遮《さえぎ》った。

続いて広間に響き渡るのは、低音の弦楽器《げんがっき》を思わせる声音《こわね》だ。

「なるほど。そうやって屋敷を捜索し、事前に用意しておいた偽《にせ》の証拠を、家宅捜索によって発見されたものとして提示しようという魂胆《こんたん》ですか」

人型に戻《もど》ったクライスは、毅然《きぜん》とした態度で伯爵《はくしゃく》の前に立ち塞《ふさ》がった。

リュカもクライスに続き、身を隠していた応接間から広間へと出る。リュカの後ろについて広間に出てきたのは鉄枷で両手を拘束されたアイザックであり、アイザックの背後には警戒を怠《おこた》らないセレンがぴたりと張り付いている。

「なっ……」

伯爵が瞠目《どうもく》したと同時に、屋敷の正面玄関《げんかん》が密《ひそ》かに待機していたヘイリア兵によって塞がれた。袋《ふくろ》のネズミと化した伯爵、男女、フラン兵は慌《あわ》てて周囲を見回すが、当然逃《に》げ道はない。

「フラン伯爵。あなた方の企《たくら》みはすべて暴かれています。人身売買に関与し逃亡《とうぼう》したとされているリュカさんはここにいますし、被害者《ひがいしゃ》の女の子も保護されています。あなたの主張が真実だとするならば、アイザック殿が所有する別荘に二人が監禁《かんきん》され、人身売買グループのメンバーと共にアイザック殿が別荘にいた事実を、どう説明するおつもりですか？」

「なん、だと……」

「アイザック殿と人身売買グループのメンバーの身柄《みがら》は確保しました。あなたとグループが単なる利害の一致によって結ばれた関係であるならば、グループのメンバーにあなたを庇《かば》う理由はありません。彼らの口から真実が語られるのは時間の問題ですよ」

余裕《よゆう》ある振《ふ》る舞いから一転、伯爵の顔には焦《あせ》りが現れる。この場の形勢が既《すで》に逆転していることは誰《だれ》の目にも明らかだが、伯爵は目を血走らせ、口角泡《こうかくあわ》を飛ばし叫《さけ》んだ。

「何を……私を相手に、何を言っているんだ！　私の息子《むすこ》を罪人のように扱《あつか》うなど……貴様は何者だ？　そんなことができる立場だとでも思っているのか！」

「申し遅《おく》れました。クーウェル子爵三男のクライスと申します。あなたの息子を拘束《こうそく》しているのはリュカさんが彼によって害を及《およ》ぼされたからです。こちらの立場も含《ふく》め、正当に身柄を拘束しているに過ぎません」

「貴様……子爵の息子の分際で、伯爵たる私に歯向かうなど……」

顔色一つ変えず伯爵を追い詰《つ》めていたクライスは、ここで初めて眉をぴくりと動かした。

「……結局はあなたも息子同様に爵位を持ち出しますか。まったく、フランの伯爵家がここまで落ちていたとは……やはり実際に外に出てみないとわからないことは多いですね。俺のところに届く話は、どうしても美化されるところがありますから」

「な、なに……？　なにを、言っている……？」

虚勢《きょせい》を張っていた伯爵の目が揺らぐ。子爵令息にしてはやや不自然な発言に違和感《いわかん》を覚えたのだろう。動揺《どうよう》は伯爵の背後に控《ひか》えたフラン側の人間にも徐々《じょじょ》に伝播《でんぱ》し、兵や夫婦役の男女は落ち着きなく顔を見合わせた。

「……いや、待て。その名に……それは、狼《おおかみ》、か？」

頬《ほお》を引き攣《つ》らせた伯爵の頭の中には、一人の王子の存在が浮《う》かんでいるに違《ちが》いない。その名と容姿と功績が広く知られた王子の存在が。

黒狼王子《こくろう》の異名を持つクライスは、答えを返す代わりに軽《かろ》やかに尻尾を動かした。

伯爵を震撼《しんかん》させるのはその仕草だけで十分だった。伯爵は崩《くず》れるようにしてその場に座り込み、畏怖《いふ》の念が露《あら》わになった面持ちで、縋《すが》るようにクライスを見上げた。

「あ、あなた様は――」

「ご想像にお任せする、フラン伯爵。立場を利用して他者を追い詰める貴殿《きでん》と同じ程度になるのは御免《ごめん》だからな」

冷ややかに言い放つクライスには明言されずとも滲《にじ》み出る王者の風格があり、知性と品性を併《あわ》せ持つ堂々たる姿がその場を瞬《またた》く間に支配する。クライスはうなだれた伯爵を無感動な面持ちで見下ろして、気に入らなそうに尻尾《しっぽ》を一振《ひとふ》りすると、リュカの隣《となり》へと戻ってきた。

リュカは当然の顔で隣に収まったクライスの手を、右手でそっと握《にぎ》る。

「……どうしました、リュカさん」

「頑張《がんば》ったなと思って。こういう方法、好きじゃないでしょ？」

自身の立場に関する明確な答えを示さなかったとはいえ、結局は王子の身分を表明して伯爵を屈服《くっぷく》させたに等しい。伯爵相手には最も有効な手段と判断したからこその行動だったのだろうが、クライスが王子の立場や権力ありきの扱いを受け続けてきた過去を考えると、本当は身分を武器にすることは回避《かいひ》したかったのではないかと推察できた。

図星だったらしく、クライスは目を丸くしたのち、照れた様子で目を伏《ふ》せた。一度だけ大きく尻尾を振り、リュカの手をぎゅっと握り返す。

「……リュカさん、好き」

「や、やめろ……誰かに聞かれたらどうするんだ。恥《は》ずかしい」

「聞こえてるぞ」

セレンに囁《ささや》かれ、リュカは「うひょわっ」とその場で軽く飛び上がりながら振り返る。セレンの隣にいるアイザックはあからさまに顔を背《そむ》け、その後ろに立つジャンは息子の恋《こい》が実ったことが嬉《うれ》しいらしく、梟《ふくろう》の翼《つばさ》を軽く動かしながら破顔していた。

赤面したリュカは耳をプルプル震《ふる》わせたが、か細い声がその場に響き、ぴたりと耳の動きを止めた。

「まだだ……まだ、私は……」

声の主である伯爵は広間の床《ゆか》に座り込んだまま、拳《こぶし》を握る。ジャガーの尻尾がゆらりと不穏《ふおん》に揺《ゆ》れ動き、広間は一瞬《いっしゅん》にして緊迫《きんぱく》した空気に包まれ、ヘイリア兵が身構えた。

「私は――」

「父上、もう終わりにしましょう」

緊張感《きんちょうかん》に罅《ひび》を入れたのは、その控えめな呼びかけだった。アイザックは伯爵に歩み寄ると、床に膝《ひざ》をつき、枷《かせ》を嵌《は》められた両手で伯爵の背中に触《ふ》れた。

「もう負けたんです。もう、負けを認めましょう」

「アイザック……」

伯爵は伏せていた顔を上げ、自身の面影《おもかげ》がある息子を見つめる。呆然《ぼうぜん》とした眼差《まなざ》しをアイザックに向けていたのも束《つか》の間、伯爵の目にさっと激情がよぎった。

「アイザック……そもそも、お前が出来損《できそこ》ないなのが悪いんだろう！」

伯爵は額に青筋を浮かべ、アイザックの手を振り払《はら》う。あまりの勢いにアイザックは体勢を崩《くず》し、床に転がった。立ち上がった伯爵はアイザックを容赦《ようしゃ》なく蹴《け》り飛ばし、アイザックは反射的に顔を腕《うで》で庇う。アイザックの右腕に巻かれた包帯に、じわりと赤い血が滲む。ヘイリア兵が慌てて伯爵を羽交《はが》い締《じ》めにしてアイザックから引き剥《は》がすが、伯爵の興奮は冷めない。

「お前が！　もっと役に立つ息子であればよかった！　ヘルゼン家を見ろ！　辺境伯の実子は三人とも優《すぐ》れ、高名で……それなのに、お前はなぜヘルゼン家のような立派な息子ではないのだ！　何が不満だ！　何でも与《あた》え、付き合う人間も選んでやった！　全部私が適切にお前を管理した！　全部お前のためだ！」

伯爵は口角泡を飛ばし、叫ぶ。振り回す腕が、足が、空を殴《なぐ》り宙を蹴る。伯爵の腕も足もアイザックには届いていないのに、リュカの目には、アイザックが物言わずに大人しく殴られ、蹴られているように見える気がしてならなかった。

リュカには侮蔑《ぶべつ》の目を向ける伯爵も、アイザックには父として厳しくも温かな眼差しを向けていると、リュカは心のどこかで信じ込んでいた。だがそれは実情を知らない能天気なリュカの妄想《もうそう》に過ぎなかったことを思い知らされ、リュカは呼吸も忘れて立ち尽《つ》くす。

「ふさわしい女と結婚《けっこん》させようとしたのに失敗し、ネズミにばかり執着《しゅうちゃく》するなど……貴様には伯爵家の誇《ほこ》りはないのか！　私の愛情に応《こた》える気はないのか！」

アイザックがこれまで隠《かく》してきた痛みの一片《いっぺん》がリュカの胸に刺《さ》さる。アイザックを縛《しば》る愛情という名の鎖《くさり》が、初めてリュカの眼前に浮かび上がる。

「……もう、連れていけ」

ジャンの命令を受け、兵は伯爵を屋敷《やしき》の外に連れ出した。とっくに悲嘆《ひたん》に暮れる夫婦《ふうふ》の仮面を捨てていた男女も連行され、フラン兵も困惑《こんわく》しながらも外へ出ていく。

「……ははっ。まったく、嫌《いや》になるなあ、父上は。そう思わないか、リュカ」

一人残されたアイザックは小さく肩《かた》を震わせて苦笑《くしょう》すると、リュカに背を向ける形で、片膝《かたひざ》を立てて座った。その姿は頑《かたく》なにリュカに表情を見せまいとしているかのようで、背中には得も言われぬ哀切《あいせつ》が滲む。

「本当は何がしたいんだって、さっき俺に言ったよな」

別荘《べっそう》でアイザックと揉《も》み合いになった際のことだ。確かにリュカはそんな問いを口走った。

「答えてやるよ。何がしたいかなんて、もう俺にもわからないんだ。父上の理想になるためにずっと父上の言いなりになってきたからさ、最初から、そんなの多分ないんだよ」

「……アイザック」

「はっ。薄《うす》っぺらな同情なんか見せるなよ。腹が立つ」

アイザックは吐《は》き捨て、リュカに背を向けたまま語る。

「お前はカピバラで、臆病者《おくびょうもの》で、剣《けん》も持てない家の恥《はじ》。俺はヘルゼン家の者と比べて劣《おと》っている出来損ない。似た者同士だからこそ、俺たちはお互《たが》いに必要としているんだってわかった」

リュカの脳裏《のうり》に、在りし日の情景が蘇《よみがえ》る。リュカの手を引くアイザックの手の大きさと、ぬくもりと、力強さと、振《ふ》り返って笑う顔。差し込む光は眩《まばゆ》く、風は草花の匂《にお》いを運び、大地は駆《か》け回る幼い足を受け止める。二人だけの安寧《あんねい》がそこにあった。

自己否定に苦しんでいたあの頃《ころ》、リュカにはすべてを受け止めてくれるアイザックが必要だった。リュカに痛みと本音を隠したアイザックもまた、リュカを密《ひそ》かに必要としていた。今思えば、きっとあの頃の二人は共依存《きょういそん》状態だった。

「でも、お前はやがて俺を必要としなくなった。俺には絶対にお前が必要だったのに。俺は常にお前の手を引いて、お前を守ったのに、お前は同じことを俺に返してくれなかったな」

苦悩《くのう》の末、リュカは文官の道を選び、邁進《まいしん》した。そうして自分自身で自分を肯定《こうてい》する方法を覚えた。多忙《たぼう》になり、アイザックから届いた手紙への返信が徐々に遅《おく》れ、会う機会も減った。互いに大人になったのだからそれも仕方がないと、たいして気にも留めなかった。友情に変わりはないと確信していたうえ、アイザックもまた誇りをもって自らの役割を果たしていると考えていたからだ。

だが、おそらくアイザックの日々は、リュカのように充実《じゅうじつ》したものではなかった。

幼少期から変わらない父の圧力と過干渉《かかんしょう》、支配に苦しんでいたアイザックは、リュカとの繋《つな》がりが薄れていく気配を敏感《びんかん》に察知し、そんな現状に悲しみと虚《むな》しさと焦《あせ》りを感じ、リュカが救いの手を差し伸《の》べてくれないことに不満と絶望を抱《いだ》いた。

「同じことを返してくれないどころか、手酷《てひど》く俺を拒絶《きょぜつ》した」

やがて、アイザックはとうとう限界を迎《むか》えた。恋と愛と苦痛と絶望が許容量を超《こ》え、封《ふう》を破《は》壊《かい》し、暴力的なまでにリュカを求めた。

しかし、リュカはアイザックが渇望《かつぼう》するものを与えなかった。

結果、アイザックの中には愛と憎悪《ぞうお》と欲と執着が混ざったものが根付いた。

「なあ、もうわからないんだよ。いっそ殺してやりたいくらいなのに、殺したあとに俺はきっとお前の死体にキスをして、お前の後を追う。愛して、愛して、憎《にく》んで、恨《うら》んでいるんだ。愛と憎しみを同時に満たす手段なんか俺にはわからない。わからないんだよ」

悲愴感《ひそうかん》と涙《なみだ》の気配を漂《ただよ》わせ、わからない、とアイザックは子供のように繰《く》り返す。

「……いや、違《ちが》う。わからないけど、わかることもある」

すべて失った空っぽの声で、アイザックは虚空《こくう》に言葉を置くように続けた。

「全部、今、俺が感じていることも含《ふく》めた俺の全部を、お前にわかってほしかった」

堪《こら》えて、堪えて、堪えきれなくなってこぼれ落ちたアイザックの本音が、リュカの心に波紋《はもん》を生む。小さな波は疼痛《とうつう》に変わり、冷たい罪悪感と後悔《こうかい》が押し寄せ、視界が暗くなる。

そのとき、感覚を失っていた右手に温かいものを感じた。はっとして視線を落とすと、ずっと繋がれていたクライスの手が、先ほどまでより強くリュカの手を握《にぎ》っていた。リュカと目を合わせてもクライスは何も言わない。無言で、自分はリュカの隣《となり》にいると示す。

隣に、ただ隣にいてくれるだけでいい。手を引かなくて構わないから、ただ手を繋いでいてほしい。どこにも導かなくていいから、必要以上に守らなくていいから、隣にいてほしい。

声にならない望みが吐息《といき》になってリュカの口から漏《も》れた。すべてを察したのか、クライスは小さく頷《うなず》いた。リュカは涙を堪えてアイザックの背中に視線を移す。

「……アイザック」

アイザックは反応を示さない。振り返ることもない。

「ごめん。俺は、アイザックが望むものは与えてやれない」

リュカは一度だって、手を引いてと頼《たの》んだことも、守ってと頼んだこともなかった。

リュカは自身の意思を原動力にして、方向を定め、襲《おそ》い来る困難を乗り越え、時に耐《た》える。

他者の助けや支えはリュカの歩みを支えるが、リュカの人生の決定権はリュカの手の中だけに存在する。それは絶対に他者には委《ゆだ》ねない。たとえその他者がどれだけの愛情をリュカに与えるとしても。

リュカにとって愛とは、繋いだ手の形をしている。手のひらを合わせ、指を絡《から》め、どこに行こうかと言葉を交《か》わし、あっちがいいとかこっちがいいとか、時に喧嘩《けんか》も交えながら、それでも手を繋いだまま隣にいる二人の形をしている。

そんなふうに手を繋げる人は、たった一人しかいない。

リュカはクライスに包まれた右手を動かし、彼の左手と手のひらを合わせた。指を絡め、しっかりと握った彼の左手は、温かかった。

「……でも」

リュカは涙を堪え、そらしそうになる目をかつての親友の背中に向け、絞《しぼ》り出す。

「……俺は、アイザックが思っていることを聞かせてほしかった。ちゃんとわかりたかった。俺は、アイザックの友達だったから」

大事に大事に隠している秘密を打ち明けることは、繊細《せんさい》な心の一部を切り取り、激痛に耐えながら血が滴《したた》る心の一部を、おずおずと相手に差し出すことに似ている。自分にとっては大事なものなのに、相手が受け取ってくれるかどうかわからない。手酷く撥《は》ねのけられるかもしれない。だからこそ容易には打ち明けられないのだと知っている。隠すことは自己防衛でもあるのだと、リュカはよく理解している。

それでもわかりたかったと思うのは傲慢《ごうまん》だろうか。

「友達だった、か……やっぱりリュカ、お前は無神経だな」

アイザックは振り返った。口の端《はし》にどこか勝ち気な、だが不器用な苦笑を浮《う》かべた顔は、リュカの手を引いて駆け回った快活な少年の面影《おもかげ》を残していた。

「俺は友達じゃいられなかったよ」

別れの言葉であることはわかっていた。立ち上がったアイザックはヘイリア兵に外へと連行されていく。その足取りに迷いはない。

何かに導かれるように、リュカはクライスと手を繋いだまま屋敷の外に出た。視界に差す、新たな一日の始まりを告げる光が眩しかった。リュカは門の前で立ち止まり、振り返ることなく進んでいくアイザックの背中を見送る。やがてアイザックの後ろ姿はあっけないくらい簡単に、リュカの視界から消えた。

「リュカさん」

呼ばれたと同時に、クライスに抱《だ》き締《し》められた。クライスの体温が、匂いが、服越《ご》しに伝わる筋肉の感触《かんしょく》がリュカの感覚を刺激《しげき》した途端《とたん》、抑《おさ》えてきた涙が溢《あふ》れ、あっという間に頬《ほお》を伝った。とめどなく流れる涙を拭《ぬぐ》うこともできないまま、リュカはクライスの肩に額を押し付け、クライスの背中に腕《うで》を回す。

「……ありがとう」

涙交じりの掠《かす》れ声はひどく弱々しく、頼《たよ》りなく震《ふる》えていて、クライスの耳にちゃんと届いたかどうかわからない。それでもどうか、世界でたった一人、彼にだけは届いてほしいとリュカは願う。

「俺の隣にいてくれて、ありがとう」

「いますよ。ずっとあなたの隣にいます。あなたを愛してるから」

リュカの胸の奥から熱いものが溢れ、涙に溶《と》け、目からこぼれた雫《しずく》がクライスの服に染《し》み込む。もう少しも我慢《がまん》ができなくて、リュカはクライスに縋《すが》りつき、子供のように泣きじゃくった。必死に息を吸って、吐《は》く合間に、愛してると繰り返す。

胸を裂《さ》くほどの愛は苛烈《かれつ》すぎて痛いくらいで、熱く鮮《あざ》やかに燃え上がる。これほどの愛を表す言葉をリュカは知らない。二十九年も生きてきたのに見つけられない。だから陳腐《ちんぷ》でも、稚《ち》拙《せつ》でも、愛していると、ただその言葉だけを繰り返すしかない。

人間は言葉なしにわかり合えるほど賢《かしこ》くないくせに、愛情は不変ではないと理解するだけの知能は有しているから、この命が尽《つ》きる瞬間《しゅんかん》まで、リュカは愛を口にする。祈《いの》るように、願うように、誓《ちか》うように。繋いだ手を、放さないように。

「リュカさん」

クライスは両手でリュカの頰を挟《はさ》んだ。リュカの両目からとめどなく落ちる涙がクライスの指を濡《ぬ》らす。しかしクライスはリュカを放さず、鼻先が触《ふ》れ合う寸前の距離《きょり》で告げる。

「リュカさんは既《すで》に自分なりの幸福を理解していて、自分の幸福を摑《つか》むための意思と強さを得ている。幸福に生きる方法を既に確立している。だからこそ俺は、いえ、俺も、あなたと一緒《いっしょ》に生きていきたいんです」

聡明《そうめい》さを宿すクライスの瞳《ひとみ》が震《ふる》え、薄《うす》く涙が浮かび、さっと何かがよぎった。今、彼の瞳に灯《とも》る感情の正体をリュカは知らない。だがきっと、リュカにとっては眩《まぶ》しすぎるほどの愛情なのだろうと、根拠《こんきょ》もなく思う。

「あなたのその幸福の中に、俺の存在を入れてください」

歓喜《かんき》も、感激も、愛《いと》おしさも、もう何一つ言葉の形にならず、リュカは無言で頷いた。何度も何度も頷くリュカに微笑《ほほえ》み、クライスはキスをした。涙の味がするキスだった。

# 第六章

一連の事件は、事件の首謀者《しゅぼうしゃ》であるフラン伯爵《はくしゃく》、アイザック、犯行に関《かか》わった人身売買グループのメンバーの逮捕《たいほ》という形で幕を閉じた。

当然、フラン伯爵は爵位を剥奪《はくだつ》され、次期フラン伯爵だったアイザックも今後その爵位を得ることはない。当主と次期当主が罪を犯《おか》した伯爵家は、代々守ってきたフランの地を追われることとなる。クライスの予想では、じきに国王が伯爵家とは縁《えん》もゆかりもない貴族の中から次期フラン伯爵にふさわしい者を選出し、フランの地を任せるだろうとのことだった。

「とりあえず、これで一応落ち着いたね」

リュカは客室のベッドで眠《ねむ》るアイナに毛布をかけ、瞼《まぶた》にかかる前髪《まえがみ》をそっと払《はら》った。その拍《ひょう》子《し》に、傷痕《きずあと》からちょこんと覗《のぞ》く小さな角が前髪の隙間《すきま》から顔を出す。

かつては傷痕だと考えられていたものは実はユニコーン獣人《じゅうじん》の証《あかし》であったらしく、ユニコーン獣人が実在すると把握《はあく》していた人身売買グループは、その証拠《しょうこ》をアイナの額に発見したためアイナを標的に定めたことが、グループメンバーの供述から明らかになっている。伝説上の生き物とされていたくらいだ。ユニコーン獣人の希少性は考えるまでもない。

「そうですね。しばらくは注意深く健康状態を見る必要はあるでしょうが、無事に帰ってきてよかったです」

フラン伯爵の逮捕後、リュカとクライスがローメルン市街の診療所《しんりょうじょ》へ向かうと、二人を迎《むか》えたのはすっかり元気になったアイナだった。

医師の話によるとアイナはいたって健康体であり、長らく動物型となっていなかったために身体《からだ》の変化に対する反動が大きく、意識を失ったのだろうと語った。リュカとクライスは揃《そろ》って安堵《あんど》し、二人と再会したことで気が緩《ゆる》み睡魔《すいま》を訴《うった》えるアイナを連れ、屋敷《やしき》へと帰還《きかん》した。

微《かす》かに聞こえるアイナの寝息《ねいき》は規則正しく、ふっくらとした頰は子供らしい桃色《ももいろ》で、安心しきった寝顔は愛らしい。自然と目の奥が熱くなったリュカが目元を押さえると、クライスがリュカの肩《かた》を支え、そっと客室の外へと促《うなが》した。

二人の足は自然とリュカの仕事部屋へと向かい、二人きりになったところで、クライスはリュカを抱き締めた。

「お疲《つか》れ様です。よく頑張《がんば》りましたね」

「……なんだよ、まるで俺が年下みたいに。生意気だぞ」

「はいはい。生意気でいいですから、少しは素直《すなお》に甘えてくださいよ」

抱擁《ほうよう》されたまま後頭部を優《やさ》しく撫《な》でられれば、即座《そくざ》に頰が染まる。クライスは無意識のうちにプルプル震えるリュカの耳にキスをして、「可愛《かわい》い」と囁《ささや》いた。その単純な口説き文句にやはり弱いリュカがいっそう耳を動かすと、今度はリュカの唇《くちびる》にキスが落とされる。

「リュカさん。好きです。世界でいちばん、あなたのことが好き」

直球の好意を投げられ、失恋《しつれん》の経験しか豊富ではないリュカは硬直《こうちょく》する。リュカは返す言葉を探すが、結局は何も言えず、クライスの肩に額を押し付けて赤面を隠《かく》した。

——俺も世界でいちばん好き……なんて言えるか！　好きだけど！

「知ってる……」

結局、リュカは顔を伏《ふ》せたまま短く呟《つぶや》くという当たり障《さわ》りのない反応を示すにとどまった。せっかく可愛いと言ってもらえたのに可愛げのない返答をしてしまった、と若干《じゃっかん》の後悔《こうかい》が胸をかすめたが、結論から言うと、そんなちっぽけな後悔は無用のものだった。

なぜなら、クライスはその程度で誤魔化《ごまか》されるほど甘い男ではないからである。

「そんな答えで納得《なっとく》するとでも思ってるんですか？」

クライスがリュカの頬に片手を添《そ》え、ぐいと顔を近づけた。端整《たんせい》な顔が目前に迫《せま》ったリュカは、とっさに両手でクライスの顔を押しのけようとしたが、その手首はものの見事にクライスに摑まれた。両手で顔を覆《おお》うことも不可能になったリュカは、火照《ほて》った顔で叫《さけ》ぶしかない。

「あ、あんまり俺を追い詰《つ》めると、カピバラになるからな！」

「なってもいいですよ。カピバラになったところで逃《に》がしませんから」

隠しきれない熱を宿す眼差《まなざ》しに射貫《いぬ》かれ、リュカは息を止める。深い黒の双眸《そうぼう》からどうしても目がそらせない。そらすことを許されていない。

「ちゃんと言ってくださいよ、リュカさん。逃げないで」

静かに紡《つむ》がれる懇願《こんがん》はもはや命令に近い。抗《あらが》うすべも意思もすべて奪《うば》い取られたリュカの口から、消え入りそうな本音が引き摺《ず》り出される。

「……好き」

身体の芯《しん》が溶けたのかと思うくらいの熱がじゅわっと溢れ、身体全体に火を注いだ。

「世界で、いちばん、君が好き……」

言い終えると同時に、リュカの唇がクライスの唇で塞《ふさ》がれた。突然《とつぜん》のキスに驚《おどろ》く暇《ひま》も与《あた》えられず、唇の隙間から差し入れられた舌がリュカの舌に絡《から》む。途端《とたん》にびくっと肩を跳《は》ねさせたリュカに少しばかり意地の悪い微笑みを向け、クライスは再びリュカを抱《だ》き締《し》める。

「リュカさん、愛してます」

「う、うん……」

「だからこれ、受け取ってください」

どこから取り出したのか、クライスがリュカに差し出した手の上には、黒い小箱が載《の》っていた。革張《かわば》りの箱の蓋《ふた》をクライスがゆっくりと開くと、箱の中で静かに佇《たたず》んでいた銀の指輪が、透明《とうめい》な光を受けて輝《かがや》いた。

宝石や装飾《そうしょく》の類《たぐい》は一切《いっさい》ないシンプルなデザインの指輪は、飾《かざ》り立てないからこその気品と美しさを放ち、リュカの左手の薬指を飾るそのときを待っている。

いったいいつの間にこんなものを、という疑問を、感激が軽々と凌駕《りょうが》する。筆舌《ひつぜつ》に尽くしがたい歓喜が心を占《し》め、リュカは何も言葉にならない。

「リュカさんが何か悩《なや》んでいることは知っています。だから今度こそ、あなたが何に懸念《けねん》を抱《いだ》いているのか詳《くわ》しく聞かせてほしいんです。教えてくれたら、あなたの悩みを解消する方法を、俺も一緒に考えられます」

リュカの気持ちを完全に理解することなど不可能だと考えながらも、可能な限り理解しようとする姿勢が、クライスが抱いた真摯《しんし》な愛情を物語る。リュカに注がれる真っ直《す》ぐな眼差しがリュカの最後の躊躇《ちゅうちょ》を溶《と》かし、リュカは小さく頷《うなず》いた。

「俺……不安だったんだ。若くて優秀《ゆうしゅう》な君と、もう三十前で凡人《ぼんじん》な俺じゃ何もかもが違《ちが》う。俺は王族として生きていけるだけの能力はないし、度胸もない。君と一緒《いっしょ》に王都に行って、結婚《けっこん》しても、俺はきっと王都での生活に耐《た》えられないと思う。そもそも住み慣れたヘイリア以外で暮らすのが怖《こわ》いし、今の仕事も辞《や》めたくない」

愛するヘイリアで文官として生きているからこそ、リュカはなんとか自分自身を肯定《こうてい》できている。王都で暮らすとなればクライスの支えを頼《たよ》りにする機会が増えることは明らかだが、リュカはクライスの助けの上で平然と暮らせるほど図太くない。役に立てない自分が彼の荷物や足枷《あしかせ》に感じられ、悲観し、自分自身を否定するだろう。自己否定と自己嫌悪《けんお》に押しつぶされる苦痛は、もう二度と味わいたくないというのが本音だ。

クライスと晴れて想《おも》いが通じ合った今でさえ、リュカの悩みは大きさも深さも変わらないまま、リュカの心に立ち込めている。愛情は魔法ではないのだから当然だ。現実の問題は、現実に生きる人間が解決しないと解消されない。

「理想を言えばヘイリアで君と結婚したいけど、君は王都で、広く活躍《かつやく》するべき人だ。だから俺と君が一緒に生きていく道はないと思って、それで好きってことも言い出せなくて……」

「……なるほど」

クライスは納得した様子で呟いた。

「では、主にヘイリアで生活して、王都には必要なときだけ赴《おもむ》く形にしましょうか」

リュカは目を丸くして瞬《まばた》きを繰《く》り返した。無理だと思っていた生活をあまりにも簡単にぽんと提案されて、リュカは困惑《こんわく》を隠せない。

「でも、君は王都に必要とされているんじゃ……」

「王都には俺以外にも有能な人材は多数いますし、この国はさほど面積が広くありませんから、いざ王都に戻《もど》るとなってもそう時間はかかりません。それに、王族が地方にいるのはそう珍《めずら》しいことではなく、かつては俺の父も地方と王都を行き来する生活をしていました。前例もあることですから、問題ないでしょう」

クライスは真面目《まじめ》な表情を和《やわ》らげ、口元に柔《やわ》らかな微笑《ほほえ》みを浮《う》かべた。

「そもそも、俺はもうヘイリアで暮らす心づもりはできているんですよ。リュカさんの郷土愛や肝《きも》の小ささから、ヘイリアを離《はな》れるのは嫌《いや》がるだろうなと予想していたので」

「え、そうなの?」

「はい。リュカさんは王都で暮らせば寿命《じゅみょう》が縮むかもしれませんが、俺は王都以外でも、なんら変わりなく平穏《へいおん》に暮らせますので。ならば俺がリュカさんに合わせた方が合理的でしょう」

つまり、クライスはリュカが何も言わずとも、リュカにかかる負担を最小限にしようと考えを巡《めぐ》らせていたわけだ。クライスは自分を王都に連れて帰ればいいだけなのだから簡単だろうと、浅慮《せんりょ》な思考を抱いていたことがひどく恥《は》ずかしい。

「ごめん。君がそんなふうに考えてくれてたなんて知らなくて、昨日はひどいことを……」

「いえ、俺も言うべきでないことを口走った自覚があるので、気にしないでください。お互《たが》い様ということで」

「……ふふ」

リュカは顔を綻《ほころ》ばせ、飛びつくようにしてクライスの身体《からだ》に腕《うで》を回した。唐突《とうとつ》なリュカの行動が意外だったのか、クライスは「リュカさん?」と問いながらリュカの身を受け止める。リュカは何も言わずに、服越《ご》しに伝わる体温や匂《にお》いの心地《ここち》好さを味わう。

クライスは当然のようにリュカの意思を尊重し、リュカの望みや幸福を守ろうとしてくれる。リュカをこんなふうに愛してくれる人は、やはり彼以外にはいない。

「……結婚したら、俺も君のパートナーとして、王族の公務をこなすときはあるよね?」

「それは否定しません。その点は、間違いなくリュカさんの負担にはなるかと思います。場合によっては数ヶ月へイリアに戻れないときもあるかもしれません」

ようするに、クライスは王都を離れてへイリアで生活することが、リュカは王族の公務をこなすことが、結婚に際してそれぞれが譲歩《じょうほ》する点になる。本来ならば交わらなかった人生の道を持つ二人が、それでも一緒にいるための妥協点《だきょうてん》だ。

「わかった。じゃあ、すごく頑張るから、応援《おうえん》してほしい」

決意と願いがするりと口から飛び出した。自信があるわけではない。大丈夫《だいじょうぶ》だという根拠《こんきょ》があるわけでもない。それでもリュカの隣《となり》にはクライスがいて、リュカの手を握《にぎ》ってくれる。リュカはその手を放したくないだけなのだ。魔法にはなり得ない愛でも、世界を見るリュカの目をより澄《す》んだものに、歩みを進めるリュカの足をより強くしてくれる。

「もちろん。俺は常にリュカさんを支え、あなたの味方に立ち、あなたを守ると誓《ちか》います」

クライスはリュカの左手を取り、銀の指輪を薬指に嵌《は》めた。サイズがぴったりな指輪は凛《りん》とした光をまとってリュカの指を飾り、クライスは誓うように指輪にキスを落とす。

伏《ふ》せられた端麗《たんれい》な顔が、清らかで美しい仕草が、顔を上げた際にクライスが見せた涼《すず》しげな微笑が、鮮烈《せんれつ》な記憶《きおく》となってリュカに刻まれる。きっとリュカは、今この瞬間《しゅんかん》の光景を生涯《しょうがい》忘れないだろう。そんな予感を胸に、リュカはもう一つの決意を口にする。

「クライスくん。国王陛下に会わせてほしい」

国王はクライスの王都への帰還《きかん》を望んでいた。ならばリュカもクライスもへイリアでの生活を望むと国王に伝え、説得し、ヘイリアでの結婚を認めてもらう必要がある。

小心者だとか、臆病者《おくびょうもの》だとか、もうそんな理由をつけて逃げている場合ではない。クライスがここまでリュカの幸福を尊重してくれたのだ。彼の献身《けんしん》的な愛情に応《こた》えるためにも、今度はリュカが誠意を見せる番だろう。

「そうですね。一度、父に会う必要があるでしょう」

クライスも異論はないのか、小さく頷いた。

かくしてリュカは、生まれ育った安寧《あんねい》の地ヘイリアにて最愛の人と結婚するため、国王がいる王都へ向かうことになったのである。


「リュカさん、生まれたての子鹿《こじか》より足が震《ふる》えていますが」

「うるさい黙《だま》れ……」

豪奢《ごうしゃ》な扉《とびら》の前で待機するリュカは青い顔でクライスに言い返す。限界を超《こ》える緊張感《きんちょうかん》により背中は絶えずゾワゾワとしていて、リュカは全身の神経を研《と》ぎ澄まして必死にカピバラ化に抗《あらが》っているというのに、クライスは平然としているのがなんとも腹立たしい。

だが、クライスが泰然《たいぜん》と構えているのも不自然なことではなかった。多数のシャンデリアや大理石の床《ゆか》が眩《まばゆ》い輝きを放つこの白亜《はくあ》の建物は、クライスにとっては生家であり、クリーム色

の扉の向こうで対面しようとしているのは実父なのである。

国王への謁見《えっけん》を決意した半月後、リュカとクライスは王宮にいた。

事前にクライスが手紙でリュカと共に王宮に赴く旨《むね》を国王に伝えていたため、スムーズに事が運び、到着《とうちゃく》した翌日には謁見の機会が得られた。持参した正装に身を包んだリュカは、クライスと連れ立って煌《きら》びやかな王宮内を進み、謁見の間の扉へと辿《たど》り着いたのだ。

リュカの背丈《せたけ》の倍はあろうかという謁見者用の扉は両開きで、両脇《りょうわき》には制服姿の近衛《このえ》兵が凛《りん》然《ぜん》と構えていた。謁見の間内部にも扉前で待機する近衛兵がおり、別の扉から謁見の間に入った国王が玉座に腰《こし》を下ろしてから、内部の近衛兵が謁見者用の扉を開く仕組みらしい。

「国王陛下、ご入室です」

扉の向こうから厳《おごそ》かな声が響《ひび》いた。リュカとクライスの傍《かたわ》らに立つ近衛兵が敬礼をし、リュカはクライスと共に片膝《かたひざ》を床につき、片膝を立てた格好《こうべ》で首を垂れる。

ぎい、という重い音が耳に届き、扉がゆっくりと開かれていく気配を感じた。

「面を上げよ。そして、中へ」

ぴんと張り詰《つ》めた空気を震わせる声は低く、太く、深く、声に乗る王者の風格がぴりぴりとリュカの肌《はだ》を痺《しび》れさせる。だが、圧倒《あっとう》されそうになる一方でどこか温かくも感じられるのは、声音《こわね》には確かにクライスの声に似た響きがあるからだ。

リュカはおずおずと顔を上げ、立ち上がり、クライスと共に謁見の間へと足を踏《ふ》み入れた。

円柱が並ぶ間は広大で、アーチ状の天井《てんじょう》は高く、天窓から光が差し込む。神々《こうごう》しくも感じられる開放感ある空間において、銀髪《ぎんぱつ》の国王は中央に設《しつら》えられた豪勢《ごうせい》な玉座に腰かけ、気品ある笑《え》みを湛《たた》えていた。

「リュカ殿《どの》、遠いところからよく来たな。歓迎《かんげい》しよう」

髪《かみ》と同じ銀の毛で覆《おお》われた耳は凛々《りり》しく立つ。腰から堂々と伸《の》びる尻尾《しっぽ》の毛もまた艶《つや》やかな銀色だ。光り輝《かがや》く狼《おおかみ》の毛並みを持つ国王を、人は敬愛を込めて銀狼《ぎんろう》王と呼ぶ。

リュカは暴れる心臓を抑《おさ》えつけ、右手を左胸に当ててわずかに上体を倒《たお》した。

「勿体《もったい》なきお言葉に存じます。この度《たび》はご謁見の機会を賜《たまわ》りまして――」

「ああ、そういう堅苦《かたくる》しいのはいらないよ。リュカ殿にこうして会えたのは私としても嬉《うれ》しいんだ。我が友ジャンの息子《むすこ》だからな。それに……」

国王は慈愛《じあい》に満ちた目で、リュカとクライス交互《こうご》に視線を配った。

「こうしてクライスと共に会いに来てくれたのだから、嬉しい報告をしにきてくれたと考えていいんだろう？」

「はい。先日、有り難《がた》くもクライス殿下《でんか》より求婚《きゅうこん》のお言葉を頂戴《ちょうだい》いたしまして、お受けするお返事をいたしました」

「そうか、おめでとう。私もとても嬉しいよ」

国王の瞳《ひとみ》にさっと喜色が浮かぶ。優雅《ゆうが》にふわりと微笑む国王の脳内では、おそらく、王宮で新婚生活を送るクライスとリュカの姿が思い描《えが》かれていることだろう。

リュカはこれから、国王の期待を裏切る申し出をする。

息苦しさに苛《さいな》まれるほどの緊張感の中、リュカは萎《しぼ》みそうになる声を絞《しぼ》り出した。

「つきましては、国王陛下にお許しをいただきたいことがございます」

「許し？　何かな？」

「私と殿下が、王都ではなく主にヘイリアで生活することを、お許しいただきたいのです」

国王の眉《まゆ》がひそめられ、リュカは自身には存在しない尻尾を巻いて逃《に》げ出したくなる衝動《しょうどう》に駆《か》られた。ゾワゾワ感と共に背中に嫌《いや》な汗《あせ》が滲《にじ》み、心臓はひっくり返って口から飛び出す寸前だ。しかしリュカはすぐさま退散しようとする足をその場に縫《ぬ》い付け、拳《こぶし》を握る。

「私はヘイリアを愛し、ヘイリアでの仕事に誇《ほこ》りを抱《いだ》いております。殿下はヘイリアでの私の幸福な日々を守るため、ヘイリアでの暮らしに賛同してくださいました。殿下が私を、これ以上ないくらいに、真摯《しんし》に、深く、愛してくださっているからです。そんな殿下を、私も同じくらい愛しています」

左手の親指で、そっと薬指に触《ふ》れる。冷たく硬《かた》い指輪の感触《かんしょく》が親指に伝わり、逃げ出しそうになるリュカを支えてくれる。そうしてリュカは愛を誓うように愛を語る。

不変ではない愛を、不変ではないと知りながらも誓うのは、不変のものでありたいという痛切なまでの願いを抱いているからだ。

「もちろん、殿下の夫として、必要な公務は責任をもって行います。必要とあらば何度でも王都に赴《おもむ》きます。ですが、殿下と共に帰る場所は、ヘイリアでありたいのです」

リュカは腹部にぐっと力を入れ、最後の懇願《こんがん》を口にする。

「ヘイリアで殿下と生活することを、どうかお許しいただけないでしょうか」

開放感ある空間にリュカの声が響いて、やがて消えた。神々しく静謐《せいひつ》な空気が満ちる謁見の間において、声を発する者は誰《だれ》もいない。

国王は顎《あご》に手を当て、リュカを静かに凝視《ぎょうし》している。やや目を丸くして瞬《まばた》きを繰《く》り返す表情は何かを訝《いぶか》っているようでもあり、リュカはそこでうっすらとした違和感《いわかん》を覚えた。

国王はリュカの頼《たの》みを聞いて決断に悩《なや》んでいるというより、何かを怪訝《けげん》に思っているような表情なのである。

「……許すも何も、私もとっくにそのつもりでいたんだが。この前、ヘイリアで結婚するからよろしくってクライスに言われたから」

「……はい？」

今度はリュカが怪訝な表情をする番だった。リュカがぎしぎしと骨を軋《きし》ませながら首を回し、隣に立つクライスに視線を送ると、クライスもまたきょとんとした様子で首を傾《かし》げている。

確実に、何かがおかしい。

盛大なすれ違《ちが》いの予感を覚えて硬直《こうちょく》するリュカに、国王は和《なご》やかに話しかける。

「でも、言いに来てくれて嬉しかったよ。思う存分、ヘイリアで幸せに暮らすといい。では、すまないが、私は公務があるので、これで」

国王は立ち上がり、颯爽《さっそう》とした足取りで奥の扉に向かって歩いていった。だが途中《とちゅう》で「あ、そうだ」と呟《つぶや》くと踵《きびす》を返し、クライスに何かを耳打ちすると、今度こそ奥の扉に向かう。近衛兵によって開けられた国王専用の扉の向こうに国王の姿が消え、やがて扉が閉まった。

神聖かつ荘厳《そうごん》な空気が漂《ただよ》う謁見の間には、未《いま》だ事態を把握《はあく》しきれていないリュカと、疑問符《ぎもんふ》を頭上に掲《かか》げたクライスが残された。

「……クライスくんは、もう陛下に、ヘイリアで結婚するって伝えてたの？」

「はい。収穫《しゅうかく》祭の少し前に」

リュカは目を剝《む》いた。収穫祭の少し前と言えば、国王がクライスの王都への帰還《きかん》を望んでいると伝えられた頃《ころ》ではなかったか。

「待て。ちょっと待て。収穫祭の前って……はあ？　いったい何がどうなってそうなったのか懇切丁寧《こんせつていねい》に説明しろ！」

「落ち着いてくださいリュカさん。荒《あら》ぶるカピバラになりますよ」

クライスは自身の両肩《りょうかた》を摑《つか》み、上体を揺《ゆ》らすリュカをなだめてから語り出す。

「収穫祭の前、俺は父が俺の王都への帰還を望んでいることを知りました。リュカさんと結婚したいなら王都に連れて帰ってきなさい、それが無理なら一人で帰ってこい、という旨を伝えられたのですが、俺はリュカさんを置いて帰るつもりは毛頭ありませんでした。加えて、おそらくリュカさんは王都で暮らすのは嫌がるだろうなと思ったので、リュカさんとヘイリアで結婚生活を送る可能性が高いということを手紙で伝えたんです」

「……それ、反対されなかったの？」

「反対されましたが、そもそも父が俺を近くにいさせたいのは、俺が王都にいないと執務《しつむ》が回らないからではなく、単に俺を溺愛《できあい》している親馬鹿《おやばか》だからです。そろそろ子離《こばな》れしてほしいというのが本音なので、母や兄、姉、妹を巻き込んで説得しました」

リュカはこれまで、国王はクライスの能力を頼《たよ》りにしているからこそクライスを王都に呼び戻《もど》したいのだと考えていた。もちろんクライスの能力を頼りにしている部分はあるだろうが、決してそれだけが理由ではなかったようだ。

そこで強烈《きょうれつ》な違和感が頭の片隅《かたすみ》を駆け抜《ぬ》け、リュカは口を挟《はさ》んだ。

「……ちょっと待って。収穫祭の前はまだ君に好きだって伝えてなかったよね？　それなのに君はあたかも既《すで》に婚約しているような体《てい》で、ヘイリアでの結婚生活について考え、陛下の説得も済ませていたと……？」

「そうですが……何かおかしなことですか？　その時点ではまだ俺に惚《ほ》れていなかったとしても、リュカさんがいずれ俺を好きになるのは確かじゃないですか。相手が俺なんだから」

信じがたい発言に頭を殴《なぐ》られ、リュカは口をあんぐりと開ける。自信家のクライスにとってリュカとの結婚は確定事項《じこう》であり、いずれ必ず訪《おとず》れる未来だったのだ。

——そうだ……この男は……こういう男だった……。

クライスが抱《かか》えた恐《おそ》ろしいまでの自信を久方ぶりに目《ま》の当たりにし、リュカは軽いめまいに襲《おそ》われ、額に片手を当てて俯《うつむ》いた。

「そして先日、謁見《えっけん》を希望する旨《むね》を記した手紙に、やはり考えていたとおりにヘイリアで暮らすという内容も書き記して、父に送りました。なので父は既に、俺たちがヘイリアで暮らすことを了承《りょうしょう》済みだったわけですね」

「じゃあ……俺がカピバラになりかけながら陛下にお願いする必要、なかったよね……？」

「はい」

「はい、じゃない！　もう腰《こし》のあたりがちょっとカピバラなんだからな！」

「面白《おもしろ》いですね。見せてください」

「ヴァー！　やめろ！」

リュカは荒ぶるカピバラと化しかけたところをかろうじて堪《こら》え、クライスの手を振《ふ》り払《はら》い、警戒《けいかい》を前面に出してクライスと距離《きょり》を取った。

「そしたら、君がさっき不思議そうな顔をしてたのは、自分が既に陛下に許可をもらってたからなのか……」

「そうです。父は既に許可を出しているのに、リュカさんはどうしたんだろう、と」

「君と陛下のやり取りなんて知らないよ！　じゃあ、君は俺が何をするために陛下に会いに来たと思ってたんだ……」

「単に、結婚《けっこん》の挨拶《あいさつ》をするのかと。その必要性は明白ですし」

泣きたくなったリュカは両手で顔を覆《おお》い、立っていられずにその場にくずおれた。

小心者のリュカにとって、国王を説得することは、リュカの幸福を守ろうとするクライスの愛情に応《こた》える行為《こうい》に他《ほか》ならなかった。だからこそ一生分の勇気を振り絞り、国王の御前《ごぜん》でカピバラ化するリスクを犯《おか》し、現に腰のあたりを少しカピバラにしてまで希望を叶《かな》えようとしたのに、すべてが無駄《むだ》な行いだったとなれば、打ちひしがれるのも当然というものである。

「だいたい、リュカさんに父の説得などという大役を任せるはずがないじゃないですか。俺にとっては造作もないことなのに、小心者のリュカさんにわざわざ任せるのは非合理的です」

「……ちくしょー！　本当に、そういうところだぞ！」

リュカは拳で床《ゆか》を叩《たた》き、叫《さけ》ぶ。同時に決心する。もう二度と、この王子を相手に言葉を惜《お》しみ、意思疎通《いしそつう》を雑に済ませることはするまい、と。

高い能力とそれに見合った自信を持つがゆえに、クライスの合理的思考は一般《いっぱん》人のそれを遥《はる》かに上回ったところで展開されることがある。ある意味で非常識ともいえる彼はリュカの想像を超《こ》えた先を猛進《もうしん》しているため、合意を怠《おこた》れば、予想だにしない状況《じょうきょう》に突入《とつにゅう》しかねない。

クライスは半泣きで誓《ちか》うリュカの傍《かたわ》らに膝《ひざ》をつき、リュカの顎に手を添《そ》えると、そっとリュカの顔を上げさせた。

「そういう俺は嫌《きら》いですか?」

クライスの端整《たんせい》な顔には、どこか挑戦《ちょうせん》的で意地の悪い微笑《ほほえ》みが浮《う》かぶ。自信に満ち溢《あふ》れた表情はリュカの答えを確信していることを如実《にょじつ》に物語っていた。胸の内を見透《みす》かされていることが腹立たしいのに、そんな生意気な態度が強引《ごういん》にリュカの心を甘酸《あまず》っぱく刺激《しげき》する。

所詮《しょせん》、リュカではこの男に敵《かな》わないのだ。

頬《ほお》を赤くしたリュカは、涙目《なみだめ》でクライスを睨《にら》みつけた。

「……嫌いじゃない」

「もっと正確に言うと?」

「好き……」

「よくできました」

クライスは自信満々の笑《え》みを描《えが》く唇《くちびる》で、リュカの唇を塞《ふさ》いだ。

キスで誤魔化《ごまか》された気がしてやはり腹立たしいが、キスをされればそれまでの鬱憤《うっぷん》がどうでもよくなってしまうのだから、リュカも単純な男である。


「はあ……疲《つか》れた……」

素肌《すはだ》の上にバスローブを羽織ったリュカは天蓋《てんがい》付きのベッドに倒《たお》れ込むと、柔《やわ》らかな毛布に鼻先を埋《うず》めた。

毛布からは微《かす》かにクライスの匂《にお》いがする。気がかりだった国王への謁見も無事に終えた今、懸《け》念《ねん》は何もなく、確かな安心感が心地《ここち》好《よ》い疲《ひ》労《ろう》と共に全身を満たしていく。

国王に謁見したこの日、リュカは王宮に到着《とうちゃく》した昨日と同様に、クライスの私室に泊《と》まることとなった。完備されているクライス専用の浴室で入浴を済ませ、入れ替《か》わりで浴室に入ったクライスを見送り、寝室《しんしつ》のベッドに倒れ込んだのだ。

リュカは広いベッドで寝返《ねがえ》りを打ち、寝室を見回した。窮屈《きゅうくつ》さを感じさせない広めの部屋だが、置かれた家具類は天蓋付きベッド、ベッド横のサイドテーブル、壁際《かべぎわ》の小さな棚《たな》くらいのものだ。あまりものを増やしたくないという部屋の主の趣向《しゅこう》が窺《うかが》える。

クライスの私室は書斎《しょさい》や居室、寝室など複数の部屋から成り立っているのだが、書斎や居室も寝室同様に家具類は必要最低限だった。とはいえ、謁見を終えるまでのリュカは心ここにあらずといった精神状態だったため、案内された各部屋の内装はあまり記《き》憶《おく》に残っていない。

さらに言えば、昨晩は初めてクライスと同じ部屋で、同じベッドで眠《ねむ》ったというのに、緊《きん》張《ちょう》のあまりクライスを意識する余《よ》裕《ゆう》もなかったのだ。そう思えばベッドから漂《ただよ》うクライスの匂いが強い刺激となり、リュカはぱっと顔を赤くして上体を起こす。

——ちょ、ちょっと待てよ。

――同じベッドで寝るって、それって、すごいことじゃないか？

昨晩のリュカは平気でやってのけたことの重大さが今さらながらに胸に迫《せま》り、リュカは一人心臓の鼓動《こどう》を速くする。

――昨日は何もなかったけど、多分それは陛下に会う前で緊張してる俺に気を遣《つか》ってくれたからで……そうなると、今日は……。

「リュカさん」

「うひょわっ」

背後から呼びかけられ、リュカはベッドの上で跳《は》ねた。背中を強いゾワゾワ感が駆《か》け抜けたがカピバラ化することは堪え、クライスに動揺《どうよう》を悟《さと》られないよう、必死で平静を装《よそお》う。

「お、おかえり……君が夜にお風呂《ふろ》なんて、なんか、珍《めずら》しいね」

ヘイリアでのクライスの生活を見る限り、クライスには夜の入浴の習慣はなく、身だしなみのため早朝に身体《からだ》を清めていたはずだ。日中に激しい運動をして汗《あせ》をかいていれば入浴にも頷《うなず》けるが、謁見の後にやったことと言えば、二人でのんびりと茶を飲んだくらいである。

バスローブ姿のクライスは何か言いたげな顔でリュカを眺《なが》めた。どこか不満げな面持《おもも》ちだが彼の頬はうっすらと染まっている。

「……そりゃ風呂にも入りますよ。あなたに触《ふ》れるんだから」

「……ふぁ？」

「謁見も終わったんだからそろそろいいでしょ。いい加減、俺の相手をしてくださいよ」

クライスはベッドに歩み寄ると、ベッドの上に身を乗り出し、上体をリュカに近づけた。自分を見ろと、暴力的なまでに訴《うった》えかける瞳《ひとみ》に気圧《けお》され、リュカは声も行動も封《ふう》じられる。

「ここ最近のリュカさんは、目の前に俺がいるのに頭の中は父への謁見のことばかり……婚約者がずっと自分の父のことばかり考えて、自分はキスだけで放置される気持ち、あなたにわかりますか？」

「そ、それは、陛下に会うから緊張がすごくて……」

「はい。わかってます。わかってたからちゃんと我慢《がまん》したんです」

クライスは珍しく余裕のない様子で言い放ち、リュカを抱《だ》き寄せると、耳元に口を寄せた。

「だから、我慢のご褒美《ほうび》をください」

懇願《こんがん》の皮を被《かぶ》った命令に、リュカの身体がびくっと震《ふる》える。しかしクライスは強張《こわば》るリュカの身体を離《はな》さず、緩《ゆる》く縛《しば》ったリュカのバスローブのベルトに指をかけた。

「こんな脱《ぬ》がしやすそうな格好で、俺のベッドで待ってるなんて……それだけで、俺はもう、どうにかなりそうなんですよ」

相手を一途《いちず》に愛し抜《ぬ》く狼《おおかみ》の牙《きば》が、リュカを柔く食《は》む瞬間《しゅんかん》を今か今かと待っている。決してリュカを傷つけずに牙を突《つ》き立て、リュカと己《おのれ》の境界線を食い千切る瞬間を。

耳朶《じだ》を魅惑《みわく》的に撫《な》でる声が、バスローブ越《ご》しに肌《はだ》を溶《と》かす体温が、リュカの理性に罅《ひび》を入れる。リュカはそっと顔を上げ、熱のこもった瞳にクライスの姿を映した。

自然と唇同士が引き寄せられ、触れ合う。勢い余って歯が衝突《しょうとつ》する。差し入れられた舌で口内を蹂躙《じゅうりん》される。触れ合わせた唇の隙間《すきま》から漏《も》れる荒《あら》い吐息《といき》さえも、すべてキスで奪《うば》われる。

「んっ……は、あ……」

息継《いきつ》ぎが上手《うま》くできずに声が漏れ、目に涙が溜《た》まる。深いキスで頭の芯《しん》がびりびりと痺《しび》れ、徐々《じょじょ》に甘い熱が身体の中心部にぽたぽたと落ちる。いつの間にかバスローブのベルトは解かれていて、布の内側に入り込んだクライスの手がリュカの腰や背中を撫でるうち、肩《かた》からずり落ちてリュカの裸身《らしん》が露《あら》わになる。

クライスは中途半端《ちゅうとはんぱ》にリュカの腕《うで》に引っ掛《か》かったバスローブを剝《は》ぎ取ると、リュカの身体をそっと横たえた。頬に、首筋に、鎖骨《さこつ》の上にキスを落とされ、肌を吸われ、軽く歯を立てられたリュカは、甘い刺激が走るたび小さく声を漏らす。

「今回はカピバラにならないんですね？」

クライスは悪戯《いたずら》めいた笑みと共にリュカに問う。前回の失敗は未《いま》だ記憶に新しく、頬を紅潮させたリュカは「なっ……」と目を見開いた。

失敗は事実だが、このタイミングで持ち出して揶揄《やゆ》するなど少々意地が悪いのではないか。しかも自分は余裕の微笑みを浮かべているというのがなんとも小憎《こにく》たらしい。苛立《いらだ》ちが膨《ふく》れ上がったリュカはプルプルと耳を震わせると、腕を伸《の》ばしてクライスの上体を引き寄せた。

自ら噛《か》みつくようなキスをして、リュカはクライスを睨む。

「馬鹿《ばか》にするなよ。俺だって、やるときはやるんだからな……」

リュカの行動がよほど予想外だったのか、クライスは呆気《あっけ》に取られた様子で頬を染めている。

しばしぎゅっと口を固く結んで不満げにクライスを見つめていたリュカだが、やがて大胆《だいたん》なことをしでかした羞恥《しゅうち》に襲《おそ》われ始め、もぞもぞと毛布を被って顔を隠《かく》した。

「……やっぱり今のなし」

「何がなしですか。なしにするわけないでしょ」

無慈悲《むじひ》にもクライスに毛布を剝ぎ取られたリュカは「うひょわっ」と間抜《まぬ》けな声を上げた。

「は、恥《は》ずかしい……忘れてください……」

「可愛《かわい》いことしておいてなに言ってるんですか。駄目《だめ》です」

「なんでだよ！　あんまり意地の悪いことすると、その……泣くぞ！」

「なっ……」

二十九歳の男が「泣くぞ」などという脅《おど》し文句を口にする展開など、クライスの鋭敏《えいびん》な頭脳をもってしても予測不可能だったらしい。クライスは珍しく狼狽《ろうばい》した様子で、これまた珍しく声を荒らげた。

「泣くのは反則ですよ！　俺が嫌《いや》がるリュカさんを無理やり抱《だ》こうとしてるみたいじゃないですか！」

「君がもっと俺に優《やさ》しくすればいいんだ！」

「優しいだろ！　俺以上にあんたに優しい人間がこの世界にいますか！」

　とても初夜のベッド上とは思えないくだらない応酬《おうしゅう》を繰《く》り広げる二人だが、やがて口喧嘩《くちげんか》は終了《しゅうりょう》とばかりにキスをした。リュカにとってクライスは十歳も年下の若造であり、クライスにとってリュカは十歳上とは思えない年甲斐《としがい》もない大人であるので、互《たが》いに自分が大人にならねばと譲歩《じょうほ》した結果である。

　クライスの手がリュカの胸元《むなもと》に触れ、胸の先を指でつまむ。片方は指で弄《いじ》られ、もう片方は舌先で舐《な》められる。すぐに硬さを持つそこはくすぐったさに似た感覚を放ち、その快感の一歩手前のむず痒《がゆ》さに、リュカは身を捩《よじ》る。

「んっ……うわっ」

　胸の刺激《しげき》に耐《た》えていたら、突如《とつじょ》として熱と欲を抱いて硬くなったものを握《にぎ》られた。やんわりと立ち上がったものを手で包まれ、しごかれ、これまでのゆったりとした穏《おだ》やかな愛撫《あいぶ》とは異なる直接的な快感に、リュカの頭の中で白い光が明滅《めいめつ》する。

「あっ……んんっ」

「気持ちいいですね。ほら、もっと感じていいですよ」

「なん、だ、それ……偉《えら》そう、うあっ」

　クライスの指で先端《せんたん》をぐりぐりと押されると、あまりの気持ちよさに涙《なみだ》が滲《にじ》んだ。ゆったりと甘く溶かされていたところを強引《ごういん》に引き上げられ、身体がびくびくと跳ねる。恥ずかしくて、手加減してほしいのに、一方でこのまま限界まで持ち上げてほしいとも思う。

「俺の手で気持ちよくなってるリュカさん、可愛い……」

しかし、待ち望んだ限界に至る直前にクライスの手は動きを止めた。荒い息とこぼれた涙をシーツに落とすリュカはわけがわからず、困惑《こんわく》気味にクライスを見る。

「な、なんで……」

「急がなくてもいいじゃないですか。あんまり多いと、リュカさん疲《つか》れて寝ちゃいそうだし」

クライスは乱暴にバスローブを脱いだ。初めて目撃《もくげき》した彼の裸身は細身だがしなやかな筋肉がついていて、薄《うす》く割れた腹筋の前では、リュカよりもずっと大きなものが屹立《きつりつ》していた。

リュカとはまったく異なる成長を遂《と》げた彼が、リュカとひとつになろうとしている。その事実がリュカの胸に歓喜《かんき》と高揚《こうよう》をもたらし、微《かす》かに芽生える恐怖《きょうふ》と不安を払拭《ふっしょく》する。

クライスはサイドテーブルから小瓶《こびん》を取り出すと、中の香油《こうゆ》を手のひらに出し、リュカの後ろに塗《ぬ》り込んだ。彼と繋《つな》がるそこを丁寧《ていねい》にほぐされ、浅く指を入れられた瞬間、未知の感覚に身体が強張る。

「痛くないですか？」

声を出す余裕《よゆう》はなく、リュカは涙をこぼしながら何度も頷いた。シーツに額を押し付け、二本、三本と増やされていく指によって中が開かれる奇妙《きみょう》な感覚に耐える。くちゅくちゅと鳴る香油の音が、ひどく扇情的《せんじょう》に鼓膜《こまく》を揺《ゆ》らす。

「んっ……」

比較的《ひかくてき》浅いところにあるその場所を指がかすめたとき、ぴりぴりとした甘い刺激が走った。

「ここ？　いいですか？」

クライスがその場所を執拗《しつよう》に指で押すと、それまでとは比べものにならない大きな波がリュカをさらった。目の前で火花が飛び、リュカは声を漏らしてシーツを握り締《し》める。

「あ、んんっ……あ、そこ、ちょっと、変……」

「いいんですね？」

「うあっ……あ、ああ、あっ！」

指先で押されるたび、痺れるような強い快感が走る。とろりとした熱が腹部に溜まり、腰骨《こしぼね》を溶かす。中がクライスの指に絡《から》みつき、もっと、もっとと粘膜《ねんまく》が彼に訴える。

先ほど限界手前まで追い詰《つ》められた性器が、昂《たかぶ》る熱の解放を懇願する。無意識のうちに自身のものに手を伸ばせば、クライスに阻止《そし》されてシーツに押し付けられる。まだ待って、というひどく優しく意地の悪い声が、耳元で響《ひび》く。色欲を色濃《いろこ》く含《ふく》んだ吐息に肌を撫でられ、熱く滾《たぎ》る欲が膨張《ぼうちょう》し、腹部の奥が蕩《とろ》けて疼《うず》く。

早く、早く、一刻も早く、彼が欲しい。それ以外には何も考えられない。

「リュカさん。もう、欲しい？」

「ほしい……」

嘘偽《うそいつわ》りのない本音が引き摺《ず》り出される。もはや躊躇《ちゅうちょ》も羞恥もない。リュカはクライスの背中に両腕《りょううで》を回し、涙を流し、乞《こ》う。

「きみが、ほしい」

するとクライスは勝ち誇《ほこ》ったような顔で笑った。余裕など欠片《かけら》もないくせに、余裕だと嘘をついているような顔だった。

「よくできました」

指が一気に引き抜かれ、代わりに熱く硬いものが当てられた。十分にほぐされたリュカのそこは指よりも太いものを難なく受け入れ、先端を飲み込んでいく。クライスの性器がリュカの中を押し広げ、たまらなく感じるところを擦《こす》り、奥へ奥へと進む。

「あ、ああ……」

待ち望んでいた熱量のものを与《あた》えられる。満たされる。ぶるりと身体《からだ》が震え、歓喜する。最《さい》奥《おう》に彼の先端が到達《とうたつ》し、こつんと奥を暴《あば》かれる。思わず身を捩るが、奥まで隙間《すきま》なく埋《う》め込まれたものはリュカの内側から離《はな》れない。クライスの手でとろとろに蕩かされたリュカの内側も彼を離さず、慣らすようにゆっくりと内部で動かされれば、簡単に快感を拾った。

「ひゃ、あっ……」

「リュカさん、痛くない？」

「ん……いたく、ない、から……もう……」

涙目で弱々しく訴《うった》えれば、クライスの手が立ち上がったままだったリュカのものをやんわりと握った。さんざん焦《じ》らされていたそこは軽く包まれただけであっけなく絶頂を迎《むか》え、ようやくもたらされた感覚に、仰《の》け反ったリュカの頭が真っ白になる。

「んっ……」

リュカの内側が締まったのか、クライスは目を閉じて短く声を上げた。ゆっくりと瞼《まぶた》を持ち上げ息を吐《は》き出すさまは何かを必死に堪《こら》えたことをリュカに伝え、愛する男に快楽を与えた喜びがリュカの胸にぽんと芽生える。

リュカはクライスのものを腹に収めたまま、両手と両足を使って彼の身体にしがみついた。

「リュカさん?」

「……好き」

は、と声とも吐息《といき》ともつかない音がクライスの口からこぼれた。

「君が、好き。大好き」

クライスの匂《にお》いが、体温が、うっすらと汗《あせ》をかいた肌《はだ》の感触《かんしょく》が、深いところに埋め込まれた彼の一部の熱さと硬《かた》さが、すべて幸福となってリュカを包む。

「俺も好きです、リュカさん。愛してる」

飾《かざ》らないからこその輝《かがや》きを持つ言葉を贈《おく》られ、温かな涙が頰《ほお》を伝い、クライスの肌に落ちた。

苛烈《かれつ》な情動が過ぎ去った後に残った穏やかな多幸感は、眠《ねむ》りに落ちる際の感覚に似て、リュカの意識を優しくさらう。抗《あらが》わずに身を委《ゆだ》ねる幸せを味わおうとしたところで、リュカは慌《あわ》てて閉じかけていた目を開けた。

「クライスくん、大変だ。俺、油断したら寝《ね》そう」

「え。ちょ、リュカさん……俺、まだなんですけど。入れただけですよ。ちょっと」

「君が無駄《むだ》に焦らして俺の体力を削《けず》るから！ 俺は体力がないんだぞ！」

「だから注意したんじゃないですか！ それなのに……ああ、もう、頑張《がんば》ってください」

クライスはリュカの腰《こし》を両手で摑《つか》み、ゆっくりと自身のものを引き抜《ぬ》くと、再度リュカの中に挿入《そうにゅう》した。浅いところを擦り上げられ、奥まで一気に貫《つらぬ》かれ、リュカの身体の中心を甘い電流が走る。先ほどまでより大きく激しい動きに、リュカは容易《たやす》く翻弄《ほんろう》される。

「ああっ！ あ、んっ」

「大丈夫《だいじょうぶ》ですよ。ほら、気持ちいいでしょ？」

クライスは薄く笑いながら腰を動かし、リュカを揺さぶった。律動のたび、喘《あえ》ぎ声が甘ったるい空気に響き、吐息が溶《と》け、涙がシーツに落ちる。何度も何度も引き抜かれ、浅いところを擦られ、奥を突《つ》かれる。この日初めて開かれたというのに、クライスを受け入れる内側はもう何度も経験があるかのように、熱く疼いて、蕩けて、彼を求める。

次第《しだい》に動きが速くなり、彼もまた限界が近いのだと察した。

いっそう奥を暴かれた瞬間《しゅんかん》、中に熱いものが放たれた感覚がした。

「んっ……」

クライスは目を閉じ、短く声を上げ、耳をぴくっと震《ふる》わせる。やや間を置いてから瞼を持ち上げ、深く息を吐き出し、汗ばんだ前髪《まえがみ》をかき上げた。色気に満ちた仕草に見惚《みと》れていたら、リュカの視線に気づいたクライスが口角を上げた。

「リュカさん。すごくよかった」

そう言って触《ふ》れるだけのキスを交《か》わした後、鼻先をリュカにこすり付けるさまは、愛するパートナーに甘える狼《おおかみ》を連想させた。するりとリュカの足に巻き付けられる尻尾《しっぽ》も愛らしく、リュカはクライスの頭を両手で撫《な》で回した。くすぐったかったのか「なんですか、もう」とクライスは文句を言うが、その顔には笑《え》みが浮《う》かんでいて、口ぶりとは裏腹にまんざらでもないことが窺《うかが》える。幸福そうな表情を見ていたらリュカの口元も自然と緩《ゆる》む。

「よし。じゃあ、お風呂《ふろ》に入って、寝ようか」

「え」

「え？」

互《たが》いに瞬《まばた》きを繰《く》り返し、見つめ合い、怪訝《けげん》な視線を交わす。

「一回で終わりですか……？」

「一回じゃ終わらないの……？」

沈黙《ちんもく》が下りた。互いの主張を完璧《かんぺき》に理解したリュカとクライスは、しばらく言葉を発さず、動くこともなく、繋がった姿勢を保っていたが、不意にクライスが微笑《びしょう》を浮かべた。

「リュカさん」

リュカの背中を嫌《いや》な予感が駆《か》け抜けた。

「今から俺は年下の我が儘《まま》を言うので、年上として譲歩《じょうほ》してください」

「……ふぁ？」

「得意でしょ？　年上面《づら》して偉《えら》そうに譲歩するの」

爽《さわ》やかな微笑を挑戦《ちょうせん》的な笑みに変え、クライスはリュカの耳元に顔を近づけた。

「リュカさん、もっと」

囁《ささや》かれた声は普段《ふだん》よりも甘く柔《やわ》らかで、蠱惑《こわく》的な響きを抱《いだ》いていた。

賢《かしこ》いクライスのことだ。おそらく彼は、リュカが年下であるクライスの懇願《こんがん》に弱いことを察していて、年下面でリュカに甘える方法が最も有効であると知っている。

現に、リュカの中ではこれ以上は無理だと泣き叫《さけ》ぶリュカと、仕方がないなと年上面をするリュカが取っ組み合いの喧嘩《けんか》を始めている。クライスはそれ以上願いを口にすることはせず、逡巡《しゅんじゅん》するリュカを見つめているが、リュカにはわかっていた。クライスの不思議な圧を放つ知的な瞳《ひとみ》には、既《すで》に勝利を確信する色があることを。

リュカは憤慨《ふんがい》する。まったくもって腹立たしい男である。実に生意気である。将来を誓《ちか》った恋人《こいびと》でなければとっくに距離《きょり》を置いている。

しかし、将来を誓った恋人だからこそ、自分勝手なところも少し強引《ごういん》なところも、生意気なところも、全部愛らしくて可愛《かわい》くて仕方がなくて、距離など置けるわけもないのだ。

リュカの脳内で、年上面をするリュカが勝利の拳《こぶし》を突き上げた。

「……仕方がないな」

半ばやけくそになって、リュカはクライスにキスをした。嚙《か》みつくようなキスだった。


目を薄《うす》く開けると視界に薄ぼんやりとした光が差し込み、リュカは朝の訪《おとず》れを知る。

次に目に映ったものは眼前にあるクライスの寝顔だった。瞼を閉じた表情は無防備で、日頃《ひごろ》は整えられている黒髪《くろかみ》は少し乱れてシーツにこぼれ落ちている。

——ヴァー！

衝撃《しょうげき》のあまり、リュカは心の中で叫んだ。クライスを起こさないよう、とっさに声に出すことを堪えた己《おのれ》をリュカは褒《ほ》め称《たた》える。

昨晩の情事を想起させる寝姿が朝一番に視界に飛び込んでくれば、大声を上げそうになるのも仕方がないというものだろう。加えて淡《あわ》い光に照らされたクライスの寝顔も、乱れた髪も、毛布から少し覗《のぞ》く肩《かた》も、宗教画に描《えが》かれた天使かと思うほどの美しさなのである。

リュカが暴れる心臓を落ち着かせるため深呼吸を繰り返していると、クライスがゆっくりと瞼を持ち上げた。どこか気だるげな寝起きの表情も美貌《びぼう》ゆえに様になっていて、リュカの心臓は彼が放つ色気に反応して再び大きく跳《は》ねる。

「……リュカさん。おはようございます」

クライスは柔らかく微笑み、リュカの身体《からだ》に回していた腕《うで》でぐっとリュカを抱《だ》き寄せた。裸《はだか》の胸に顔面を押し付けられ、リュカの心臓はひっくり返って口から飛び出す寸前である。

「ところで、リュカさん。なんでカピバラなんですか？」

「ふぁ？」

「ふぁ、じゃなくて。カピバラになってますよ」

言われてみれば、確かに視界に入るリュカの両手は前足になっており、肌は茶色い毛に覆《おお》われている。どうやら就寝《しゅうしん》中に身体がカピバラへと変化したらしい。

「ああ、俺、たまに寝てる間にもカピバラになるんだよ。特に意味はない」

「そうですか。昨晩少しやり過ぎたせいで体調を崩《くず》したかと思ったんですが、よかったです」

「う、うん……大丈夫」

昨晩の出来事を思い出し、リュカは茶色い毛の下で密《ひそ》かに頬を染めた。クライスがリュカの身体まで案じる余裕《よゆう》を見せるのに対し、自分は大人の余裕など欠片《かけら》もなく赤面していることが羞恥《しゅうち》に拍車《はくしゃ》をかけ、リュカは気恥《きは》ずかしさを隠《かく》して黙《だま》り込む。

「ですが……初夜の翌朝、一糸まとわぬリュカさんの肌を撫で回すことを楽しみにしていた身としては、残念なことは否《いな》めません」

「……ヴァー！」

もはや気恥ずかしさを隠して黙り込むことなど不可能である。リュカは叫びながら毛玉に似た身体をプルプル震わせた。

「あ、朝にふさわしい発言をしてくれ！」

「朝ならではの発言だと思います。もちろんカピバラ姿も可愛いですが、やはり全裸《ぜんら》人型のほうが情事の翌朝特有の嫣然《えんぜん》とした雰囲気《ふんいき》があり魅力《みりょく》的です。そのまま、隙《すき》あらばもう一度全身にキスをして、舐《な》め回して、嚙みついて、抱いてしまいたいというのが本音ですね」

「もおおおお！　欲求に素直《すなお》だな！」

「ありがとうございます」

「褒めてないよ！」

クライスには羞恥という感情がないのだろうか。耐《た》えきれなくなったリュカはいったん毛布の奥深くに潜《もぐ》って逃《に》げようとしたが、クライスにぎゅっと抱き締《し》められて逃亡《とうぼう》を阻《はば》まれた。

「リュカさん、戻《もど》って」

懇願の声は普段よりも甘い。年下面で甘える作戦の気配を察知したリュカは瞬時に警戒《けいかい》し、ぐらつく理性の脇《わき》に勢いよく支柱を立て、真っ直《す》ぐに正した。

「もうその手は通用しないからな！　まったく、味をしめて……」

「駄目《だめ》ですか？　本当に？」

クライスはリュカの顔を覗き込み、やや落胆《らくたん》した面持《おもも》ちで問う。少々寂《さみ》しげな、頼《たよ》りない表情が不覚にも支柱で支えたはずの理性に刺《さ》さり、リュカは「うぐぅ」と声を漏《も》らす。

「リュカさん、本当に駄目？」

クライスは甘える狼のように鼻先をリュカの顔に擦《こす》り付けた。空耳だろうがクーンと鼻を鳴らす音まで聞こえた気がして、あまりの愛らしさにリュカの理性の支柱があっけなく折れる。支柱で真っ直ぐに保たれていた理性も当然倒《たお》れ、リュカは敗北を受け入れた。

クライスの腕の中にいたカピバラが姿を変えた。人の形に変化し、硬質《こうしつ》な毛が消え、いたるところに赤い痕《あと》や噛み痕がついたむき出しの肌《はだ》が現れる。

人型に戻ったリュカは鼻先まで毛布に埋《うず》め、染まった頬《ほお》を隠し、ぼそぼそと呟《つぶや》いた。

「……仕方がないから、お触《さわ》りの許可を出してやる」

やや目を大きくしたクライスの顔がさっと紅潮する。少し困ったように眉根《まゆね》を寄せ、口元を手で覆ったクライスは、小声で呟いた。

「……リュカさん、そんなに容易に懐柔《かいじゅう》されて大丈夫《だいじょうぶ》ですか。心配になる」

「な、なんだと！　君が言った――」

くせに、という言葉が声になるより先に、リュカの口はクライスの唇《くちびる》によって塞《ふさ》がれた。容《よう》赦《しゃ》なく舌を差し入れられ、文句も反論も不満もすべて食われ、飲み込まれる。

口を離《はな》したクライスは、リュカの頬を両手で挟《はさ》んだ。

「他《ほか》の男に頼《たの》まれても、簡単に言うこと聞かないでくださいよ」

「……馬鹿《ばか》。君だけだよ」

リュカは無用な懸念《けねん》を抱く愛らしい婚約者《こんやくしゃ》に口を尖《とが》らせ、今度は自ら唇を重ねた。クライスの首に両腕を回し、身体を密着させる。リュカに触《ふ》れるクライスの手が次第《しだい》に情欲を帯びた手つきで背中や腰《こし》を愛撫《あいぶ》し始めたが、もうどうにでもなれと、リュカはすべてを受け入れた。


石畳《いしだたみ》を覆っていた色鮮《いろあざ》やかな落葉も今はその姿を消し、ローメルンの木々は裸の枝を寒風に揺《ゆ》らす。空に立ち込める雲は分厚く、少しでも揺らせば雪が落ちてきそうだ。

季節はいつの間にか歩みを進め、ヘイリアは本格的な冬を迎《むか》えていた。

「雪、降りそうですね。その前に帰れればいいですけど」

ローメルン市街を歩くクライスは頭上を見上げ、呟いた。声を発するたびクライスの口から白い息がふわりと立ちのぼり、凍《い》てついた冬の空気に溶《と》けて消える。

「雪か……綺麗《きれい》だけど、俺、苦手なんだよな。冷たいから」

リュカは厳重に巻いたマフラーの奥でもごもごと返した。厚い外套《がいとう》で身を包み、鼻先までマフラーに埋めていても、冷気は容赦なく身体を震《ふる》わせる。

そんな中、クライスと繋《つな》いだ左手だけがぬくもりに包まれている。

寒さで赤くなったクライスの頰に、少し悪戯《いたずら》っぽい笑《え》みが浮《う》かんだ。

「今さらですけど、真冬に結婚式って、リュカさん大丈夫ですか？　寒いの苦手でしょ」

「馬鹿にするなよ！　俺は王都より寒いヘイリアでずっと暮らしてきたんだからな。君こそ、ヘイリアの寒さにやられて風邪《かぜ》ひかないように——」

「はいはい」

クライスはリュカのマフラーを引き下げ、露《あら》わになったリュカの唇を自身のそれで塞いだ。

前触《まえぶ》れのないキスにびくっと身を震わせたリュカだが、優《やさ》しく唇を食《は》まれればとろりとした甘さが広がり、苛立《いらだ》ちがあっけなく消える。

近頃《ちかごろ》、クライスは頻繁《ひんぱん》にキスでリュカの文句を封《ふう》じるようになった。口で口を塞ぐ方法が最も有効と判断したようだが、リュカからしてみれば侮《あなど》られているようで遺憾《いかん》である。だがキス自体に喜びを感じていることは否めないので、猪口才《ちょこざい》なと思いながらも拒絶《きょぜつ》はしない。

赤い三角屋根が雪で白く染め上げられる厳冬の頃《ころ》、リュカとクライスはローメルン中心部の教会で結婚式を挙げる。

既《すで》に日取りは決定し、参列者への招待状も郵送済みだ。衣装《いしょう》の用意と段取りの確認《かくにん》もあらかた終わり、後は当日に向けて体調管理を万全《ばんぜん》にすれば問題ない。国王や王妃《おうひ》を始めとする王族も出席するため厳重な警備態勢が必要となるが、その点に関してはジャンやセレンがヘイリアの総力を挙げて取り組むと断言していたので、ありがたく任せることにしている。

とんとん拍子《びょうし》に進んだ婚姻《こんいん》だが、もちろん、王室や王宮に集《つど》う貴族の中には、クライスがヘイリアで結婚することについて反対意見を抱《いだ》く者もいた。

国王が許可を出しているとはいえ、王室や王宮とて一枚岩ではない。しかしここで有利に働いたのが、フラン伯爵《はくしゃく》領が置かれた状況《じょうきょう》だった。

人身売買事件によってこれまでのフラン伯爵家は領地を追われ、別の貴族が新たに領地を治めることとなった。領主の家系が変わったことで、官吏《かんり》や領民の中に新たな領主に反発を示す者が現れる可能性は否定できない。

最初は領主に対する小さな反発心であっても、場合によっては反乱となり、動乱が他の地域にも広がり、国王による安定した統治を揺るがす事態に発展することもある。だからこそしばらくは伯爵領を注視する必要があることは誰《だれ》の目にも明らかだった。

そのため国王やその側近、大臣たちには、信頼《しんらい》に足る有力者をフラン伯爵領内部もしくは近辺に置き、日頃《ひごろ》から伯爵領と連携《れんけい》を取らせ、伯爵領の動向を把握《はあく》させておきたいという願望があった。その有力者として挙手したのが、フラン伯爵領の隣《となり》にあるヘイリア辺境伯領での結婚を望んでいたクライスである。

王子という立場とクライスの能力はお目付け役として申し分ないもので、結果的にクライスのヘイリアでの結婚に反対する者はいなくなった。

聞けば、クライスは前フラン伯爵が逮捕《たいほ》された時点で、この展開を予想していたらしい。また、リュカが国王に謁見《えっけん》した際、国王が去り際《ぎわ》にクライスに耳打ちしたのはこのフラン伯爵領を巡《めぐ》る話だったようで、状況を上手《うま》く使えという助言だったとクライスは語った。

ちなみにクライスは当初、フラン伯爵領を巡る王宮側の思惑《おもわく》に関してリュカに話そうとしなかった。リュカとヘイリアで結婚するのはあくまでリュカとの幸せを優先しただけのことで、政治的要素が強い話を結婚に関連させて語りたくなかったと、のちにクライスは言った。

重い口を開いてぼそぼそと話すクライスの顔がなんだかひどく愛らしく思えて、リュカはクライスを抱《だ》き締めてキスをした。すると彼が見事に上機嫌《じょうきげん》になったので、リュカは自分のことは棚《たな》に上げ、単純な男だと笑った。

「おや、リュカ様」

目的地である孤児院《こじいん》が見えてきたとき、逆方向から歩いてきた住人がリュカに気づいた。猫《ねこ》獣人《じゅうじん》の男性はにこやかな笑みを見せたが、リュカの隣にいる人物を認識すると、尻尾《しっぽ》の毛をぶわっと膨《ふく》らませた。

「で、殿下《でんか》……失礼いたしました……」

何も無礼なことはしていないのだが、突如《とつじょ》として王子と対面したとなれば、気後《きおく》れするのも無理はないだろう。リュカは男性に向かって微苦笑《びくしょう》を浮かべた。

第七王子クライスとヘイリア辺境伯末子リュカの結婚は広く国中に伝えられ、これまでクライスを子爵令息と認識していたローメルンの人々も、クライスの本来の身分を知ることになった。驚愕《きょうがく》に叫《さけ》ぶ人々の中には興奮のあまり動物型になる者もおり、夜目が利《き》かないのに夜空に飛び上がり朝まで家に戻れなくなったり、家具や壁《かべ》に爪《つめ》で傷をつけたり、友人と角が絡《から》まったりと、微笑《ほほえ》ましいと判断していいのか若干《じやつかん》迷う事件があちこちで起こったという。

猫獣人の男性はクライスに恐縮《きようしゆく》しながらもそっとリュカに歩み寄り、耳打ちした。

「ご結婚おめでとうございます。お幸せに」

言い終えると、男性はそそくさと歩き去っていった。小さくなっていく背中を見つめていたクライスは、男性の姿が完全に通りの先へと消えてから問う。

「リュカさん、本当によかったんですか？」

クライスの瞳《ひとみ》にはリュカを案じる色が透《す》けている。そんな彼が発した問いの意味を察することができないほど、リュカは鈍感《どんかん》ではなかった。

クライスとの結婚を公表するということは、リュカもまたクライス同様に同性を愛すると広く知らしめることと同義だ。恋愛《れんあい》対象を男性とすることは、今まで街の人々には伏《ふ》せてきた。公表するか否《いな》かクライスと話し合った際、クライスは王子である自分との結婚は互《たが》いの親族など関係者のみが知る事実とし、公的な発表は避《さ》ける道もあると語った。自分の王子としての立場が外圧となり、リュカが己《おのれ》の意思に反して秘密を明かさざるを得ない事態に追い込まれることは避けるべきだ、と。

「いいんだよ、これで」

リュカは鼻先まで覆《おお》うマフラーを引き下げ、はにかんだ。

「なんか、自然とこうしようって思ったんだ。きっと大丈夫だろうなって」

秋が深まれば枝に葉が別れを告げるように、冬になれば雪が舞《ま》うように、やがて春の透明感《とうめいかん》ある日差しが降り注ぎ、いずれ夏になって陽光が眩《まばゆ》さを増すように、季節が巡ることと同じくらい、リュカは自然とこの決断をした。結婚にあたっては避けられない王族としての役目を受け入れると決心したときと同様に、淀《よど》みなく流れる川に似た清々《すがすが》しい心持ちで。

クライスの王子という立場が影響《えいきょう》を与《あた》えたことは確かだが、決して外圧によって追い込まれたわけではないと断言できる。ただ、愛するヘイリアで、生まれ育ったローメルンで、夫夫《ふうふ》として生きる自分たちの姿が容易に想像できたのだ。根拠《こんきょ》はなくとも、きっと大丈夫だろうと思えたから、リュカは自分の意思でこの選択《せんたく》をした。

「それに、何があっても隣に君がいるしね」

愛を誓《ちか》う銀の指輪が飾《かざ》る左手が、愛する人の右手と繋がれている。

たったそれだけのことがリュカにとっての確かな意味を持つこととなって、時に思いがけない困難や理不尽《りふじん》に襲《おそ》われ、絶望に苛《さいな》まれ、涙《なみだ》で世界の美しさまでもが歪《ゆが》みぼやける長い道のりの中、リュカの歩みを支える。

三十年近い時間を生きてきた。脆《もろ》さを残した自信と自己肯定《こうてい》で自分を支え、なんとか毎日息ができるくらいの強さは身に付けた。自分なりの幸福で自分を癒《いや》す方法も知っている。だから
きっと、リュカは一人でも、泣きながらでも歩いていける。

きっと一人でも、泣きながらでも歩いていけるけれど、それでも隣に彼がいてほしい。

だからリュカは思うのだ。クライスにとっても、リュカと手を繋ぐことに同じだけの意味があるといいと。

クライスは柔《やわ》らかく微笑んだ。夜の闇《やみ》に似た深い瞳に確かなぬくもりが滲《にじ》む、彼らしい微笑だった。

「いますよ。何があっても、あなたの隣に」

視線を交《か》わし、キスをする。柔らかな唇《くちびる》の感触《かんしょく》と、ぬくもりと、クライスの匂《にお》いがリュカの感覚を支配し、一瞬《いっしゅん》だけ、世界のすべてが彼に染まる。

その刹那《せつな》を幸福と呼ぶことに、もうためらいはない。

孤児院に到着《とうちゃく》すると、門の両脇《りょうわき》に立つ二人の兵がリュカとクライスに敬礼した。リュカは小さく頷《うなず》いて敬礼に応《こた》えると、庭に向かって呼びかける。

「アイナ！　迎《むか》えに来たよ」

寒風をものともせず駆《か》け回る子供たちと共に遊んでいたアイナは、リュカの声に反応してぴくりと耳を動かした。アイナは周囲の子供たちに手を振《ふ》ると一目散に門へと駆けてきて、門扉《もんぴ》

を開けたリュカに飛びつく。

「リュカさま！　クライスさま！　ただいま」

「はい、おかえり。お友達とたくさん遊べた？」

「うん！」

リュカが冷えて赤くなったアイナの頬《ほお》を両手で包むと、アイナは嬉《うれ》しそうに尻尾を揺《ゆ》らして
リュカの手に自身の手を重ねた。クライスの手がアイナの頭を撫《な》でると、今度は耳がぴょこぴょこと動く。素直《すなお》に喜びを表すさまが愛らしい。

アイナは現在、ヘルゼン家の屋敷《やしき》でリュカとクライスと共に暮らしている。

先日の事件に関与《かんよ》した人身売買グループのメンバーは全員が逮捕されたものの、グループ全体の壊滅《かいめつ》には至らず、残党は存在している。残党にユニコーン獣人《じゅうじん》であるアイナの情報が共有されている可能性がある以上、アイナは厳重な警備のもとで暮らす必要があったため、ヘイリアで最も安全性が高いヘルゼン家の屋敷に居を移すことになった。兵が孤児院の警備にあたっているのも、アイナや他《ほか》の子供たち、職員の安全を考慮《こうりょ》してのことだ。

こうしてヘルゼン家の保護を受ける形となったアイナだが、リュカとクライスの二人と深い信頼関係を築いていることから、実情は二人と親子関係を結んだに等しい。

「じゃあ、帰ろうか」

クライスがアイナの右手を取って歩き出すと、アイナは当然のようにリュカの右手を握《にぎ》った。

「リュカさまも迷子にならないように、アイナが手を繋《つな》いであげるね」

「ありがとう……でもね、俺は大人だから、迷子にはならないんだよ？」

「なってたじゃないですか。この前、王都で。俺が見つけたとき半泣きで――」

「ヴァー！　やめろ！」

リュカは空いている左手でリュカの醜態《しゅうたい》を語ろうとしていたクライスの口を塞《ふさ》ぐ。謁見の後日、街の散策をしていたら見事にクライスとはぐれ、道に迷って涙目になったところをクライスに発見されたことは記憶《きおく》に新しい。

「リュカさま、迷子になっちゃったの？　ちゃんとクライスさまと手を繋いでたほうがいいよ」

「そうだね……」

「そうですよ、リュカさん」

クライスは恭《うやうや》しい手つきで、自分の口を塞いでいたリュカの左手を取った。

「これから一生、絶対に放しませんから。だからリュカさんも、俺を放さないでくださいよ」

クライスはリュカの左手の甲《こう》にキスを落とした。愛を誓う仕草に胸が大きく鳴ったのは事実だが、往来でやることではない。あまりの気恥《きは》ずかしさにリュカが赤面していると、プルプル震《ふる》える耳にアイナの弾《はず》んだ声が届いた。

「クライスさま、王子さまみたい！」

「王子様だからね。リュカさんの」

胸焼けしそうなほど甘い台詞《せりふ》が鼓膜《こまく》に突《つ》き刺《さ》さり、リュカは「んぐぅ」と呻《うめ》き声を上げる。もはや文句も封《ふう》じられ、リュカは染まった頬も隠《かく》せずにクライスを睨《にら》むが、元凶《げんきょう》は悪びれもせず勝ち気に微笑むと、アイナの手を引いて歩き出す。

――こ、この男は……まったく！

クライスとアイナの横を歩きながら、リュカは密《ひそ》かに憤慨《ふんがい》する。相も変わらず、いつまで経《た》っても、生意気な男である。調子に乗っていると言わざるを得ない。臆《おく》することなど何もないと言わんばかりに、自信たっぷりな振る舞いをするところが実に腹立たしい。

同時に、リュカはやはり、そんな小生意気な男に心底惚《ほ》れ込んでいる。

愛すべき故郷へイリアで自分に合った仕事をして、決して高望みせず、大志など抱《いだ》かずに生きる。今さら恋愛も結婚《けっこん》もいらない。そう考えていたリュカはもういない。辺境に押し掛《か》けてきた王子によってどこかに追いやられてしまった。残ったのは、既《すで》に手放したつもりだった恋愛感情を両手いっぱいに抱《かか》えるリュカだ。

これだから愛というものは厄介《やっかい》である。厄介だと思いながらも、目が眩《くら》むほどの愛情によって、それでもいいかと思えてしまうところが非常に厄介である。

リュカは一人で苦笑《くしょう》して、アイナと言葉を交わすクライスを横目で窺《うかが》った。凛《りん》とした端整《たんせい》な横顔を盗《ぬす》み見れば先ほど味わわされた羞恥《しゅうち》が蘇《よみがえ》り、じわりと身体《からだ》の芯《しん》に熱が灯《とも》る。

リュカは密かに宣戦布告する。

屋敷に帰って二人きりになったら必ずや仕返しをしてやるから覚えていろよ、と。

甘い闘志《とうし》を胸に秘《ひ》めたリュカがクライスに気恥ずかしい仕返しをして、見事に甘ったるい返り討《う》ちに遭《あ》うのは、この日の深夜のことである。

# あとがき

このたびは『黒狼王子《こくろう》が辺境に押し掛《か》けてきました』をお手に取っていただき誠《まこと》にありがとうございます。ミヤサトイツキです。

王子が辺境に押し掛けてくる話にしようと思い立ち、獣人《じゅうじん》の国の設定にしようと決め、王子は狼《おおかみ》っぽいぞと即決《そっけつ》したのですが、悩《なや》んだのが王子のお相手である主人公でした。猫《ねこ》やウサギがいいかなと思い最初は猫獣人にしたものの（構想メモを見返したら猫でした）、なぜだかしっくりこない気がして悩むこと数日、突然《とつぜん》カピバラになりました。

リュカがカピバラに決定した後はするするとストーリーの大筋がまとまったので、きっとカピバラ主人公と狼王子であることがこの話のあるべき姿だったんだなと思います。

この話を書いている最中はカピバラについて調べるたびにカピバラの画像に見入ってしまい、うっかり一時間が過ぎる……ということを繰《く》り返していましたが、調べれば調べるほどカピバラは可愛《かわい》く、幸せな時間でした。書き終えた今でも頻繁《ひんぱん》にカピバラの動画を楽しんでいます。

イラストはカモバーガー先生に描《えが》いていただきました。リュカは少し気弱だけど可愛らしい人に、クライスは自信満々な美青年に仕上げていただき、絵の美しさに感激しています。お風《ふ》呂《ろ》に入るカピバラリュカのラフを拝見した際には、心の中で「可愛い！」と何度も叫《さけ》んでいました。カモバーガー先生、素敵《すてき》なイラストを本当にありがとうございました。

的確なアドバイスで作品を作る手助けをしてくださる担当編集様、いつもありがとうございます。また、編集部の皆様《みなさま》、この本に携《たずさ》わってくださったすべての方々、もちろん本をお手に取ってくださった読者の皆様にも、厚く御礼《おれい》申し上げます。

リュカにとっての日向《ひなた》ぼっこや夜のお風呂のように、この本が忙《せわ》しない現代社会を生きる皆様の楽しみの一つになれたならば、これ以上に嬉《うれ》しいことはありません。

またどこかでお会いできますように。

ミヤサトイツキ

黒狼王子《こくろうおうじ》が辺境《へんきょう》に押《お》し掛《か》けてきました

ミヤサトイツキ

角川ルビー文庫　23683

2023年6月1日　初版発行

発行者――山下直久
発　行――株式会社KADOKAWA
〒102-8177　東京都千代田区富士見2-13-3
電話 0570-002-301（ナビダイヤル）
印刷所――株式会社暁印刷
製本所――本間製本株式会社
装幀者――鈴木洋介



●お問い合わせ
https://www.kadokawa.co.jp/（「お問い合わせ」へお進みください）
※内容によっては、お答えできない場合があります。
※サポートは日本国内のみとさせていただきます。
※Japanese text only

ISBN978-4-04-113742-0　C0193　定価はカバーに表示してあります。

　◇◇◇